洗心问剑·壹

燕垒生，剑网3项目组 著

新星出版社 NEW STAR PRESS

序

西山居副总裁、《剑侠情缘网络版叁》制作人　郭炜炜

我一直觉得出版《剑网 3》官方小说是一件奢求的事情，这几乎已经是多年的执念了。

今梦想成真，幸甚幸甚。

在开始做《剑网 3》的时候，我便踏上了一段寻“侠”的漫漫长路，也没有想到这一路走来就是十二载。

最早进入游戏行业时就发现网络游戏中的剧情并不简单，因为在网游中根本没有主角这个概念！以前喜欢的武侠小说也好，电视剧也好，单机游戏也好，都是以具体故事形式展现给观众，让读者与主角感同身受，全部情感也都寄托在主角身上，通过曲折的故事线和情感交错让人对整个江湖联想翩翩。但主角叙事的方式却无法带入到网游世界里，因为在这个武侠世界中，玩家成千上万，没有谁是真正的主角，没有绝对的你错我对，甚至没有

小说中那么分明的善恶。也许“侠”是种很微小的体验，对于网络游戏中的每个玩家而言，“侠”都是不同的。在网游里的武侠是去体验设计好的故事呢？还是和别的玩家一起去创造自己的故事呢？没有人能说得清楚这两种方式哪种更迷人，我也相信各有各的独特与精彩。

但很多时候，网络游戏更加注重的是玩家间的交互，这导致大家都忽略了游戏本身如何让玩家去了解这个武侠世界的“扮演规则”！在初期创造《剑网 3》这个江湖的时候，我们创造了很多不同的势力（这些势力有的变成了门派），也是因为这些势力让游戏世界的武侠元素逐渐丰富起来。创建这些江湖势力时，最有趣的部分就是挖掘这些势力和对应人物的信仰。可以说就是由这些势力和人物的信仰组成了《剑网 3》江湖基础的骨络经脉。

在过去几年中，我在面试新人设计师时最常问的一个问题就是：“你觉得超人和我们中国武侠中的大侠有什么不同？”其实这个问题问的是对东西方“英雄”文化差异的解读，没有正确答案。但作为华人，我们能清楚地分辨出这个是武侠，而那个是超人，无论在影视还是小说还是游戏作品中，因为这些都是中国文化的点滴，被深藏在我们心底。

天策的金戈铁马，铁骨铮铮；
少林的古案青灯，舍身入世；
丐帮的幕天席地，逍遥坦荡；
长歌的剑胆琴心，相知莫问；
……

这十二年来寻侠的路上并不孤单。和大家一起创造了《剑网3》江湖和其中形形色色的人物与故事，我深信这完全得益于中华海纳百川的文化和源远流长的历史，这些才是我们最宝贵的财富。

我希望通过《剑网 3》系列人物传记小说的出版，能对这个江湖中的部分角色诠释一二，也希望能有更多极具才华的玩家参与其中，一起构建这个几乎永无止境的武侠世界！

武侠是个永恒广阔的话题，任何一部作品都难以以偏盖全去探其本质。但我希望玩家也好，读者也罢，都能在《剑网3》的世界中找到一处属于自己的武侠——因为这江湖早已流淌在我们血脉之中！

第一章

“暮春三月，江南草长，杂花生树，群莺乱飞。”

这是南朝丘迟《与陈伯之书》中之句。当时叛逃北魏的梁将陈伯之读到此句，想到江南风物，为之动容，因此领军复归。原来江南春日，风光旖旎，令人流连忘返。

此时尚是二月初，一到黄昏，尚有春寒料峭，在藏剑山庄门口随父亲迎客的叶晖想到的却是四句诗。

“阳春二三月，草与水同色。道逢游冶郎，恨不早相识。”

叶晖尚未及冠，只是个半大少年，人却规行矩步，安辞定色，和“游冶”二字沾不上边。只是在这个被称许为有着远超年龄老成的小小少年心中，不知怎么就想到了读过的这首《孟珠》。

水是清澈透明的，草却是绿色，怎会“草与水同色”？叶晖本来一直想不通，但看着藏剑山庄前那一道潺潺流过的小溪，溪边春草长得茂盛，映得满溪皆碧，草与水真的几乎分不出来，才算恍然大悟。只是看着这一带与草同色的溪水流出山前，这少年的心里又有几分茫然。

正在胡思乱想着，叶晖身边正张望着进庄山道的藏剑山庄庄主叶孟秋忽然露出喜色道："阿晖，快，客人到了！"

暮色将临，斜晖中只见远处一辆驴车正缓缓而来。叶晖见父亲急匆匆上前迎接，也连忙跟了过去，心里却在不住寻思，心道："这客人不知是什么来头，怎么阿爹要出庄迎接？"

这是藏剑山庄的第二次名剑大会。十年前，藏剑山庄的第一次名剑大会便已震动天下。这十年来，藏剑山庄的名声已一日大过一日，现在已是江湖中数得上来的一个字号，这次名剑大会更是轰动一时，来了不少成名的英雄。按理所请诸人都已到齐了，叶晖随父亲迎客，却还没见过父亲如此郑重其事，心想来的这人定然是个数一数二的人物。他虽然老成，毕竟尚是个未冠少年，好奇心起，走得也快了些。父亲是大步走着，他已是在小跑了，一边跑一边小声道："阿爹，这是什么客人？"

"便是公孙大娘。"

"公孙大娘"四字一入耳，叶晖身子便是一震，问道："可是号称剑器天下第一的公孙大娘？"

"当然便是她。"叶孟秋看了一眼叶晖，又小声道，"阿晖，见到了公孙大娘，可不要缺了礼数。"

叶晖道："阿爹放心，孩儿理会得。"心里只在想着：公孙大娘好大的名头，听说草圣张旭就是因为得见公孙大娘剑器舞悟得书道真谛。听阿爹说，十年前的名剑大会上，就是她击败了拓跋思南，夺得了御神剑啊。

十年前的第一届名剑大会，以叶孟秋精心铸炼出的第一把名剑御神剑为彩，一共请了六位当世最出名的剑客前来品剑。最后，来到藏剑山庄的只有五人，而夺得御神剑的，正是这公孙大娘。那时叶晖尚是个在乳母怀抱中的小儿，自然不记得了。可是自长大以来，都不知听了家中人说过多少遍这公孙大娘的传奇。藏剑山庄中人，不论尊卑，都算得剑道中人，可一说起公孙大娘那神妙的剑术，无不大为神往。叶晖虽然自幼就并不如何喜欢练剑，对剑术也没什么大兴趣，可听了那么多次，真个是耳朵都快要出了茧子。

驴车在庄门前停了下来。叶晖心想着父亲早提醒过不可缺了礼数，没等车门打开便迎上前去，整了整衣襟道："公孙大娘，晚辈叶晖有礼。"说罢便是躬身一礼。哪知他刚垂下头去，却听一个清脆的声音道："大娘，这个小哥哥是谁？"他心中诧异，也顾不得至圣先师"非礼勿视"之训，眼角抬了抬，却见先下车的是一个头上梳着双鬟的小女孩，比自己还要小好几岁。这小女孩长眉入鬓，一双如同点漆的眸子正骨碌碌地上下打量着自己，极是灵动。看到叶晖望向自己，这小女孩颊上微微一红，闪到了刚下车的一个中年妇人身后，只露出两只眼睛向他张望。那中年妇人轻轻拍了拍她的头，微笑道："这位定是叶公子了，还请免礼。"

叶孟秋见公孙大娘带了个小女孩前来，也不禁有些诧异。十年前见公孙大娘，美艳中带着一派凌厉之气，十年后的今日，相貌依如往日，但神情中却已全无一丝烟火气。他暗暗心折，心想这十年来公孙大娘的剑法有多少进益尚不可知，但这份养气功夫却显然已是炉火纯青。叶孟秋思绪一闪而过，也上前行了一礼道："大娘，叶孟秋有礼。十年一别，大娘风采依然，实是可喜可贺。"

公孙大娘微笑道："叶庄主客气了。公孙氏一介女流，得蒙庄主青眼，愧不敢当。"说着，又轻轻拍了拍那女孩的肩道："叶庄主，这是小徒李十二娘。来，十二娘，给叶庄主见礼。"

这少女李十二娘正躲在公孙大娘身后张望着叶晖，听得师傅要自己见礼，不敢不出来，涨红着脸走出公孙大娘身后，却对着叶孟礼行了个男子的揖礼，说道："叶庄主，在下李十二，这厢有礼了。"

女子行礼，以前并无定规，与男子礼混用。不过数十年前武后已定下了女子相见礼，此后女子与人相见再没有用男子礼的。她一个小小女孩儿，自称是李十二，明明极是羞怯，偏生又是一副老气横秋的谈吐，行的又是男子礼，也不知从哪里学来的。左手腕上还套了个发编的手镯，因为手腕小，这手镯都套到了臂上，行礼时却掉了下来。叶孟秋看得好笑，公孙大娘也笑了笑道："没规矩。"

李十二娘看了看师傅，眨了眨眼，也不知师傅说自己没规矩是什么意思。叶孟秋心知公孙大娘在扬州瘦西湖开了个忆盈楼，招了不少女弟子，这李十二娘多半是她新收的女弟子。见叶晖正在打发送公孙大娘师徒两人来的驴车车夫，便道："阿晖，你来陪李师妹去找阿炜玩吧。"

叶孟秋四个儿子中，长子叶英和次子叶晖都比这李十二娘大不少，幼子叶蒙又才五岁，三子叶炜倒是和她年纪相仿，想必可以玩到一处。叶晖把车夫打发走了，过来先向公孙大娘行了一礼道："李师妹，来，我带你去吃糖球去。"

原来中国虽然盛产甘蔗，但制糖之术一直不精。直到贞观年间，从天竺摩揭陀传来了制糖之术，方才制成了沙糖，自此始有糖果出现。藏剑山庄附近的灵隐寺里有个和尚，佛学马马虎虎，却酷嗜甜食，对天竺的制糖之术精益求精，又颇具巧思，将沙糖融化后混入各类果汁制成糖球，堪称今世绝味。李十二娘见叶晖方才行的礼与自己一般无二，仍在诧异，心想：我行的礼怎么错了？这个小哥哥不是和我行一样的礼？正在不乐，听得有什么糖球吃，心中已然千肯万肯，但又不敢自作主张，抬眼看向师傅。公孙大娘笑道："十二娘，跟二师哥去玩吧。"她这才跟着叶晖走去，一边嘴里还问道："二师哥，是糖么？甜不甜？"

公孙大娘见叶晖年纪小小，待人接物却大为老成，待他带着李十二娘离开，向叶孟秋道："多谢叶庄主费心了。"她顿了顿又道："叶庄主，拓跋先生到了吧？"

叶孟秋听她提起拓跋思南，心头一动，暗想十年前拓跋思南便是在她手下输了半招。在这十年里拓跋思南名声日大，已隐隐有天下第一剑之号，难道公孙大娘仍有争雄之心不成？他道："暌违十年，大娘可是要与拓跋先生再切磋一次？"

公孙大娘微微一笑道："拓跋先生少年英杰，公孙氏已是蒲柳之身，岂敢再生此念？不瞒叶庄主，我乃是为了这小徒，想请拓跋先生看看。"

叶孟秋一怔，问道："拓跋先生认得大娘这徒弟么？"

公孙大娘摇了摇头道："多半不认得。我也是在赶赴此间的路上刚收她为徒。公孙氏未敢妄自菲薄，也算对剑道略知一二，只是这小徒身上有件事实是百思不得其解。拓跋先生虽然年幼于我，剑道却已臻绝诣，说不定他能为我指点迷津，故此想请他拨冗指教。"

叶孟秋"啊"了一声，这才恍然大悟，心想怪不得公孙大娘会把这个小姑娘带来。只是听得公孙大娘说什么要拓跋思南"拨冗指教"，不以为意地说道："大娘过谦了，请随我来吧。"

叶孟秋看向领着李十二娘向内走去的叶晖，想到的是十年前拓跋思南才十六岁，便已一鸣惊人，而自己几个儿子却都不尽如人意，不由得暗暗叹了口气。公孙大娘却似猜到了他的心思，在他身后低声道："人各有长。令郎虽不精于剑，但精于持家，大为难得，叶庄主也不必杞忧。"

叶孟秋最大的心事，就是担心自己创下的这一份家业无人继承。他见自己的心事被公孙大娘看破，叹道："不瞒大娘，叶某这四个小犬，就数这次子阿晖最为懂事。只是他人也不算太蠢，却偏生无学剑之能。我藏剑山庄的铸剑之术，若无剑术相辅相成，只怕要流于匠气，难有大成了。"

藏剑山庄十年一次的名剑大会已是天下剑客最为推崇的盛会，山庄所铸名剑更是被隐元会推许为天下一品，但藏剑山庄能铸出如此名剑，最主要的还是庄主叶孟秋本身便是天下有数的剑客。铸剑先知剑，也只有精于剑术，方能铸出名动天下的宝剑，否则便沦为寻常的铁匠铺，不值一提了。叶晖虽然学铸剑颇有天分，但学剑术时却既无灵气，又无兴趣。三子叶炜却正好与叶晖相反，今年才十岁，剑术已颇得叶家剑法三昧，可对铸剑之术却一窍不通，连学都不想学。叶孟秋早年业儒，后来绝意仕进，一心经营藏剑山庄，现在最担心的就是自己后继无人。现在公孙大娘只不过一眼，就看出叶晖剑术不精，触动了他的心事，这一腔苦水不由得便倒了出来。

公孙大娘道：“是么？我听人说大郎十年前尚是垂髫小儿，便已有绝世之才，他如今不在庄中么？”

叶孟秋叹道：“大小儿这些年来学剑倒也勤勉，只是……”

公孙大娘道：“令郎学剑勤勉，那有什么不好么？”

“好是好，可是这孩子，只怕天生不是学剑的料，比阿晖都不如！”

原来十年前藏剑山庄第一次召开名剑大会，当时的少年剑客拓跋思南一鸣惊人，连败数人，虽然最后在公孙大娘的剑下输了半招，却已一战成名，震动江湖。正是在这一战时，叶孟秋的大儿子叶英在远处观战。事后公孙大娘向叶孟秋赞许说这小小孩童竟然在斗剑时目光屡屡看向紧要之处，实是个天生的剑术奇才。也正因为公孙大娘这一言，叶孟秋对叶英一直寄予厚望。只是希望越大，失望也就越大，叶英十年来练剑竟是全无寸进，叶孟秋昔年对他的期望已是荡然无存。听得公孙大娘提起，更是触动心事，心中不悦，话也不由得多了，说道：“大娘，这孩子也算肯用功，小小年纪，就耐得住性子在剑冢独自练剑，可就是没半点成就，只怕真不是这块材料……”

此时的叶英自不知老父正在大倒苦水，他正抱着长剑站在后院的栏杆前，看着院中的一本芍药。

已是黄昏，最后的斜晖尚未消逝，映在开得正艳的花上。有风吹来，将花枝吹得微微颤动。他叶家的四季剑法本就是师法自然，一花一叶，一雨一风，在高手眼里都有剑意。这些年叶英一直独居剑冢练剑，也养成了静观天地的习惯。

正看得出神，身后突然传来了一阵轻轻的脚步声。叶英忽地转过身，右手已然搭在了剑柄之上。

第二章

叶英身后，是手中还拿着一把小木剑的三弟叶炜，在他身后还有一个怯生生的小姑娘。这小姑娘一脸的惊恐，看去比叶炜还要小一号，见叶英看着自己，一张小小的脸已然吓得煞白，身子拼命想往叶炜身后躲。叶炜也没想到叶英在此处，说道："大哥。"他对这个似乎从无笑容的大哥一直有点害怕，乍一看到，有点手足无措。

叶英道："阿炜，你来这儿做什么？是不是想偷糖吃？"

灵隐寺和尚做的那种糖球，叶炜和叶蒙最为爱吃。只是叶孟秋说糖吃得太多了不好，向来不准他私拿。叶炜听得大哥说自己要偷糖，叫屈道："大哥，我才不是偷糖，是阿爹让二哥给我和十二娘来拿糖球的！二哥刚要来，却来了个高将军，他要先去迎接，让我带十二娘先来这儿。十二娘，你说是不是？"

他说着，转向身后那小姑娘。这回那小姑娘也躲不到他身后了，涨红了脸，却是连连点头，以示叶炜此言不虚。叶英见她虽然眼里透出惧意，可仍是大着胆子点头，显然生怕吃不到糖了，不知怎的，心里一暖，走到那小姑娘跟前，弯下腰道："小妹妹，你叫十二娘么？跟谁来的？"

这小姑娘正是李十二娘。她尚有些怕生，只是见叶英口气甚是和蔼，低低道："大师哥，我叫李十二……娘。"她听叶炜管叶英叫大哥，叶晖是二师哥，那这个人就是大师哥了。说到自己名字时，想起师傅说自己没规矩，总算悬崖勒马，将那个"娘"字吐了出来，也没敢再行揖礼。

叶英这些年一直独居剑冢练剑，因为不受父亲宠爱，责罚打骂那是常事，也就是二弟叶晖在自己被罚不能吃饭时偷偷来送点吃的，平时几乎连人影子都见不到。而父亲的弟子大多比自己年长，因此李十二娘脆生生地叫了声"大师哥"，倒是平生第一次听到。他微微一笑，摸了摸她的双鬟道："十二娘，我猜你师傅是公孙大娘，对不对？"

叶炜心道：大哥一直苦着个脸，我还只道他不会笑，原来他也会如此和气。在一边插嘴道："是啊是啊。大哥，那个高将军是最后一个客人了，二哥说不能怠慢，让我们先来这儿等。"他生怕大哥误会自己来偷糖，这个罪名无论如何都要洗脱的。

藏剑山庄的名剑大会上所邀请的，不是各派宗主，就是一方豪强。叶晖年纪虽小，却已是父亲的得力臂助，在庄门前迎客之职，便都落在他身上。叶英虽然比他年长，在世务上却是远不及乃弟，所以反倒是清闲。高力士是当今天子跟前最为得宠的宦官，又是银青光禄大夫兼右监门卫将军，乃是此次所请客人中位置最高的高官，万万不可怠慢，他来了，叶晖当然要先去迎接。李十二娘双眼却一下瞪得滚圆，说道："大师哥，你怎么知道的？你真厉害！"

看她的模样实是佩服得五体投地，叶英却有些想笑。他这些年来大多在剑冢度过，足迹几乎不出庄门，自然不能与二弟的精明强干相比，可虽然不通世务，却也不是傻子。这次名剑大会请了七个人，这七个人里会带一个小姑娘前来的，也只有在扬州开设忆盈楼，收养许多孤女的公孙大娘了。只是在李十二娘心目中，自己什么都没说，叶英却仿佛能未卜先知，不由她不佩服。叶英看着她的表情，也不禁淡淡一笑道："别管这些了。二师哥没给你拿糖球，大师哥给你拿吧。"

李十二娘先是听叶晖说，后是听叶炜说，对这糖球已是好奇无比，听得叶英要给自己拿糖球去，心想大师哥真个不折不扣是个好人，上前一把拉住叶英的手道："大师哥，你真好。"方才叶晖说要给自己去拿糖球吃，偏生要去接什么高将军，这回叶英也说要给自己拿糖球，自不能再放他走了。

叶英指了指那边的一扇门道："糖球就放在下面的地窖里，我拿给你。你喜欢橘子味的还是石榴味的？"

李十二娘听得竟有两种味的，一时倒拿不定主意。叶炜在一边馋涎欲滴，插嘴道："大哥，我和十二娘一家一半，我们分分好了。"他心想一个人吃两个糖球准不成，可不论橘子味还是石榴味他都爱吃，这样两种味都能尝到了。

叶英淡淡一笑，没再说什么，上前开了地窖的门。他正要下去，却听李十二娘道：“大师哥，下面很黑，你小心点。”

这地窖是藏剑山庄贮藏粮食和兵器的所在，站在门口便觉一阵阵凉风涌出，加上现在已是黄昏，望下去黑漆漆一片。叶英道：“是啊，里面挺黑。你等一下，我马上就来。”

他因为不受父亲宠爱，因此为人甚是冷漠，平时叶炜来找这大哥练剑，叶英也总是敷衍了事。今天不知为什么，听到李十二娘娇声叫着自己“大师哥”，心里不复往常的冰冷。

李十二娘看他走下地窖，小声道：“三师哥，下面这么黑，大师哥找得到么？”

叶炜道：“找得到的！大哥是大人了，阿爹说，大人就好下地窖了。等我大了，我也好下去，一找就找到了。”他因为被父亲严命不得下地窖，自不敢越雷池一步，只好嘴上撇清几句。

他们并没有等多久，只不过片刻，叶英便走了出来。一出地窖，叶英掩上了门，揉了揉眼，叶炜已急不可耐，上前道：“大哥，拿来了么？”

叶英从怀里摸出两个红红的果子来，一个是橘子，另一个是石榴，递给他道：“给，你们自己分吧。”

叶炜见大哥果然拿来了，欢呼一声，一把抢过。李十二娘见是两个水果，怔道：“三师哥，糖球呢？”

叶炜道：“这个就是啊，我剥开来分你一半。”

他说着，将那橘子从中间一分为二。只是分时也有点私心，分得一半大一半小。他将小的一半递给李十二娘，李十二娘也不在意，见里面却不是橘瓣，而是橘瓣样的糖块，用米纸包着。叶炜吃得急，往嘴里扔了一块，等不及含化，三两口就嚼得粉碎。她也拈了一瓣放进了嘴里，舌尖上立时涌来一股甜味，嘴立时都是橘香，不由得又惊又喜，叫道："真甜！真好吃！"

她的嘴小，一瓣糖块塞进去，嘴里已无余地，说出话来也含含糊糊的，可粲然一笑，真如春花初放，叶英只觉眼前顿时似明亮了许多，笑道："好吃吧？"

李十二娘点点头，伸出手道："大师哥，你也吃一个。"

原来这糖球乃是灵隐寺那酷嗜甜食的和尚巧思之构。将糖烧融后调入果汁，凝结后用米纸隔开再放回果皮里，然后用蜡封好，可以贮存许久。不过糖块终究怕热，定要收在阴凉干燥之处，因此才放在地窖里。叶英平时并不爱吃这糖果，但李十二娘递过来，他也拈了一颗放进嘴里，只觉心中有种说不出的喜乐，忖道：若是二弟在此，只怕会唠叨说："这糖吃太多的话，牙要蛀的。"

他正想着，外边果然响起了叶晖的声音："大哥。"

叶晖迎了高力士入内，便急急过来找叶炜和李十二娘了。他年纪其实比李十二娘大不了几岁，但少年老成，做事向来沉稳。公孙大娘将李十二娘交到自己手上，自不能出什么差错。只是一到后院，见三弟和李十二娘倒是乖乖在站在那边吃糖，站在边上的竟是向来冷若冰霜的大哥。他走上前来，先向叶英行了一礼，又对李十娘道："哎呀，李师妹，别吃那么快，牙要坏的！"他平时被父亲戏称为老学究投胎转世，所以小小年纪就如此不苟言笑，一本正经。虽然见李十二娘吃得如此香甜，终究忍不住要唠叨两句。只是李十二娘正在细细品味石榴味的糖球，哪里还听他说什么，只是“嗯嗯”了两声，又塞了一块糖进嘴。吃得腮边都鼓出糖块的印子来，方才想到给了大师哥吃糖，也该给二师哥尝尝，伸手将手里的糖球递过去道：“二师哥，你也吃糖。”

见她和叶炜两人两只手里都是糖果，叶晖肚里又有点埋怨，心想大哥不该一下子给他们这么多糖吃。只是看三弟与她吃得这般高兴，这话硬生生没说出口，只是笑了笑道：“李师妹，你自己吃。”说罢走到叶英边上道，“大哥，客人都到了，方才也抽出了第一个，明天便开始比试。”

名剑大会，以抽签决定顺序，而后上台之人由人挑战。因为来的人都是当今有数的英杰，能够在一边观摩，自是习武之人梦寐以求的事，藏剑山庄上下几乎所有人都会去观战。叶英道：“第一个出场的是谁？”

叶晖道：“是长歌门主杨尹安。”

名剑大会共发出了七张请帖。和十年前相比，只多了一个代表朝廷的高力士，其中并无长歌门。不过藏剑山庄认帖不认人，只要持有请帖即可参加，传说杨尹安这张请帖是向明教教主陆危楼买的，因为陆危楼仍然没来。名剑大会比武，由抽签决定顺序，抽到的第一个正是这杨尹安。杨尹安幼年时曾在少林习剑，据说也是江湖上有数的高手。叶英沉吟了一下，低低道：“是他啊，他不会是拓跋思南的对手。”

十年前叶英尚是个不足五岁的孩子，但他至今还记得拓跋思南与公孙大娘的最后一战。那时的拓跋思南与现在的自己年纪相仿，却如宝剑发硎，光芒万丈，最后与公孙大娘激战，才输了半招。这些年来每当叶英想起这个场景就激动不已。自此以后拓跋思南的声名愈大，十年来竟然未尝一败，在叶英心目中，已然将拓跋思南当成了自己的目标，因此一听到头一个抽到了杨尹安，便想到能不能与拓跋思南放对。叶晖屈指道：“十年前拓跋先生输给了公孙大娘，与御神剑失之交臂，这一次他准是势在必得。只是除了公孙大娘说了不下场，此番夺剑的共有六人，另外五个是少林李君延，纯阳李忘生，唐门唐傲天，再加上高将军。”他看了看四周，低声道：“大哥，这些人都不是易与之辈，只怕拓跋先生不一定能报十年前的一剑之仇。”

叶晖性子沉稳，可毕竟尚在少年。武人排座次，那几乎是所有孩童都乐此不疲的事。叶晖奉父亲之命迎客，每个客人都已见过，虽然眼光并不高明，可是来的每一个人都看上去英华内敛，身手不凡，让他极为向往。叶英却只是道：“这次的正阳剑，多半要归拓跋思南。”

叶晖见大哥根本不信自己的，不由得有点悻悻。此时叶炜已经吃完了糖，拿着木剑在前面空地上一招一式地练了起来。叶家四兄弟中，叶炜恰好与叶晖完全相反。叶晖不喜练剑，叶炜却除了练剑，别个全然不上心。叶家的铸剑之术与四季剑法齐名，叶炜长到了十岁，却连铸剑庐都没去过，每天都在剑房练习，有时便来找两个哥哥比试。叶英从不理他，叶晖有时被他缠得没法，一动手，虽然叶晖比他大好几岁，却已然占不了什么上风了。叶晖见叶炜这路剑法已然有模有样，轻声赞道：“大哥，三弟的剑术练得真个不错了。”心想大哥平时与三弟两人连话都搭不上，自己兄弟也弄得如此生分，现在有机会不妨多说两句。哪知半天不见叶英答话，扭头看去，只见大哥又怀抱长剑看着栏下那一本芍药。他暗自叹了口气，忖道：大哥这脾气，也太冷了，怪不得阿爹总不喜欢他。

他兄弟四人中，叶晖生得方面大耳，一脸忠厚，叶炜则佻脱可喜，小弟叶蒙今年五岁，也是虎头虎脸，一派武人风范，就是叶英生得俊秀绝伦，看上去似乎叶晖反是大哥一般。可叶英虽然练剑极为勤奋，却总无所得。当初学四季剑法，叶晖虽然自幼不喜练剑，可架子也是一学就会，偏生一副聪明面孔的大哥，跟父亲学完一套剑式，使出来时却用不全几招，使出来了全然不成章法，让叶孟秋气得当天都没吃饭。叶晖自觉没有学剑的天分，继承家传剑法的责任，只怕要落到三弟身上了。

他一边想着，不由得看了看叶英，却见叶英正看着叶炜和李十二娘那边出神。他刚要扭头看去，耳边却听得叶炜叫道："你使的这是什么呀，这又不是剑法！"他扭头过去，只见叶炜正指着李十二娘说着什么。李十二娘平素柔顺，此时却也不知怎的，小脸通红，尖声道："就是！就是！三师哥你坏！"叶晖生怕两个小孩说僵了吵起来，忙过去道："阿炜，怎么惹李师妹生气？"

叶炜道："二哥，我问李师妹学了什么剑术，使出来让她看看，她说她不会，就会几个样子。比画了给我看，可天下哪有这等剑式，她骗我！"

他说得口气重了点，李十二娘更是生气。方才两人分食糖球时还客客气气，一吵起来便不可开交。她眼眶里已有眼泪在滚来滚去，尖声道："人家说过不会，你非要我摆出来，还说我骗人。三师哥才骗人！"

叶晖道："是什么架式？李师妹，你摆出来给二师哥看看。"

李十二娘道："不摆！三师哥骂我，我找师傅去了。"叶炜见她使小性子，怒道："稀罕什么！你不肯摆，把糖球还来！"

小儿吵架，这话也是经常会说。吃下去的东西，还怎么还得出来？李十二娘被他一挤对，说不出来，眼里已然泪水直淌。叶晖见她哭了，喝道："阿炜，你怎好惹李师妹哭？快向她道歉？"叶炜却脖子一挺，说道："她骗人！我不理她！"他脾气一上来，把方才和李十二娘的分糖之谊全都丢掉了脑后，转身便走。李十二娘却也甚倔，心想你不理便不理，头别在了一边，也不去理睬叶炜，生怕他又想起要自己还糖球的事。

小儿女吵架，叶晖看得哭笑不得，心想小孩就是小孩，说翻脸就翻脸。他知道叶炜的脾气向来不好，生怕他一怒之下做出什么事来，说道："李师妹，你别怪三师哥。大哥，你看着点李师妹。"快步向叶炜追去，叫道："阿炜，回来！"只是叶炜脾气一上来，二哥的话也不听了，越跑越快。

李十二娘见和叶炜闹了个不欢而散，也觉没趣，正在抹着眼泪，却听得叶英低声道："李师妹，你这剑舞是大娘教你的么？"

李十二娘道："不是的，这个是我小时候学来的。就会这么几个架子，师傅说这也是剑式，三师哥却硬说不是。”

方才叶炜在一边舞剑，李十二娘看得也甚是眼热，又听叶炜说自己师傅乃是天下有数的剑客，让自己也练几招给他看看。李十二娘其实刚入公孙大娘门下，根本不曾学过剑术，但小孩子好胜心切，记起自己不知何时学会这几个架子，师傅也说大有来历，便摆出来以示“我也会几招”，没想到被叶炜一通抢白，还说自己骗人。听得大师哥柔声对自己说话，她更觉委屈，已止住了的眼泪又流了下来。叶英见她又在抽泣，伸手摸了摸她的头道：“别哭别哭，我也觉得这确是剑招。”

李十二娘一下睁大了眼，说道：“大师哥你也这么说？师傅说这几个剑式连她都参不透，带我来是想请教一下一个拖把先生……”

叶英只觉心头一凛，说道：“拓跋思南！”

李十二娘将手一拍道：“对！对！大师哥你真聪明，我都没记住。师傅说可能只有这拓跋思南先生才能参得透……”

她还待再说，却听得那边公孙大娘唤道：“十二娘！”她听得师傅的声音，吐了吐舌头，低声道：“大师哥，师傅叫我，我过去了。大师哥再会。”她这时已经全然忘了方才还哭了一场，蹦蹦跳跳地向那边跑了过去。

叶英有点茫然地看着她的背影。只有拓跋思南才能参透么？他的心里仿佛被什么在啮咬着，又似有火在燃烧，更多的，却是欣喜。那个小姑娘自己也全然没有料到，这些年来他一直都想悟得的无上剑道竟然在这小姑娘摆出的几个姿势中隐约见到了。仿佛长夜行路，处处碰壁，总是找不到出口，突然间眼前豁然开朗，出现了一片全新的天地，这份欣喜实是无以言表。

天色已然昏暗，栏下的芍药花只能看到一些模糊的影子。叶英抱着长剑，看着那一团微微晃动的红影，陷入了沉思。

第三章

名剑大会开了十多天，正阳剑果然如叶英所料，最后落到了拓跋思南手中。这些天来的连番大战，让观者无不惊心动魄，只是在叶晖看来，也不过如此。在他眼中，只知这些人武功很高，但究竟高到何等程度，他也无法知晓了。倒是送客时让他手忙脚乱，每个客人都不可怠慢了，不论对谁话语间都不能失了礼数。也亏得他少年老成，深谙世故，各项事宜都井井有条，一丝不苟。公孙大娘带着李十二娘告辞时，叶晖还没忘了在程仪中放了两个糖球，给李十二娘路上吃着玩。

叶孟秋送走了公孙大娘师徒，见只有叶晖带着下人在忙东忙西，高声道："阿晖，你大哥呢？"

叶晖正指挥着下人将一座迎客的彩门拆掉，听得老父问话，抬头道："阿爹，我今天没见着大哥，大概又去剑冢了吧。"

多半如此吧。平时叶英便是独自去藏剑山庄对面的剑冢练剑，整天不见人。只是迎客时他不出面，送客时还不出面，让叶孟秋实在有点不快。

公孙大娘所说的话，会是真的么？

叶孟秋摇了摇头。那天公孙大娘去找李十二娘，远远地看到叶英在栏前观花。事后叶孟秋与公孙大娘清谈时说起自己的四个儿子，公孙大娘说叶氏四子将来都不是俗流，但最终能将叶家剑法发扬光大的，定是长男叶英。因为那天公孙大娘见到他身上散发出一股无坚不摧的剑气，而这等气势她唯有在拓跋思南身上才见过。

阿英真的会有如此成就么？叶英今年已然十四岁，但一路四季剑法仍然使得支离破碎，不成章法。十年前，拓跋思南能够击败纯阳谢云流这等绝世剑客时也才不过十六岁。

真是个笑话了。叶孟秋又摇了摇头。只是在他心底，实是盼着公孙大娘能够言中。就算只有拓跋思南的一半，也会是个名动江湖的大剑客了。

公孙大娘走出藏剑山庄时，又回头望了一眼。

江湖上，真的是英杰辈出啊。她的嘴角浮起了一丝笑意。十年前听得妹妹对拓跋思南的赞誉时，她并不曾太过在意。但这一次见过他，才知妹妹根本没有夸张。

幸好十年前他才十六岁。若是今日，只怕天下已无人能与此人抗手。只是，在拓跋思南口中，她也没能得到答案。

确有剑意，但绝非剑谱。这是拓跋思南看了她比出的那几个姿势时所下的判断，其实正与公孙大娘所料一致。她低下头，看了看牵着自己的手，嘴里还含着一块糖的李十二娘。偶尔救下了这个说不清自己来历的小小孤女，公孙大娘意外地发现她居然会几个与自己所创的剑器舞极其相似的姿势。剑器舞乃是公孙大娘殚精竭虑，将剑术化入舞蹈而成，向来自诩为独得之秘。李十二娘所会的，虽然仅仅是几个姿势，并非舞蹈，但其中脉络分明与剑器舞极为神似，虽然简洁明了，但在公孙大娘这等剑术大高手眼里，这几个姿势竟比自己的剑器舞更为博大精深，以公孙大娘的剑术造诣，只觉其中大有似是而非之处，实在参不透其中奥妙。公孙大娘之震惊可想而知，问李十二娘从何学得，她也说不上来，只说是很小时看来的。现在连拓跋思南也如此说法，更让公孙大娘莫测高深。

这个小姑娘身上，到底还隐藏了多少秘密？

她正在沉思着，前面忽然传来“嗤”一声响，随之是一阵杂乱的山鸟惊飞之声。

是有人出剑，剑气惊扰了飞鸟。

公孙大娘抬起头，不禁有些动容。她是当世有数的剑客，闻弦歌而知雅意，只听得一声剑啸已然深知其中三昧。这一剑老辣圆融，其中蕴含着深不可测的剑意，非寻常人能为之。此番前来参加名剑大会有好几个剑士，但不要说那长歌门主杨尹安没这功力，就算仅败在拓跋思南剑下的纯阳门下二弟子李忘生，多半也没能到这境界，就连自己，略一分心便不能到此。

是拓跋思南在与人动手？

公孙大娘微微蹙了蹙眉，小声对李十二娘道：“十二娘，走，过去看看。”

如果真是拓跋思南与人动手，公孙大娘倒是对他的这个对手更为好奇。竟然能让拓跋思南用到这等功力，这人定然也不同凡响。李十二娘也不知要看什么，跟着师傅小跑着上前。此间过往的人并不多，路也甚是荒凉，两边古木参天，路上尽是积年落叶。走了十来步，路忽然有个急拐弯，前面有片空地，空地上正有两个人在斗剑。一个要矮一些，脸上还蒙着面，手中是一柄精钢剑。另一个刚要高他一头，穿着青袍，正是拓跋思南。拓跋思南手中握的却不是剑，而是一根树枝，那柄刚从名剑大会上得来的正阳剑仍然背在背后。他虽然只以树枝对敌，那蒙面人出招已见滞涩，显然若拓跋思南真要出手，早已取胜。

这是在喂招么？公孙大娘一怔。她也是当世有数的剑士，一眼扫过，便已看得清楚，这两人剑招虽然完全不同，但招术中的剑意却是异样的一致，倒似同一路剑法的不同招势，而剑意也有种似曾相识之感。

公孙大娘正待细看，拓跋思南手中的树枝忽地在身前一竖。寻常剑术，这本是个起手式，但拓跋思南于剑道已然神而化之，剑招大开大阖，连发三击。那蒙面人手中的精钢长剑甚是锋利，平时砍到这等树枝，自是有若吹毛，但树枝握在拓跋思南手中却不亚于一柄神兵利器，三下连着击在精钢剑身上，蒙面人只觉虎口一震，长剑再握不住。虽然蒙着眼，但露在外面的两只眼睛也已露出了惧意。

拓跋思南这三剑一出，公孙大娘心头便是一凛。方才这两人一招一式，几如师徒喂招，但此时拓跋思南的剑招中杀气大盛，虽然只是树枝，可一旦刺中，一般会取人性命。她不由得叫道：“手下留情！”

公孙大娘一出声，拓跋思南的手忽地不动了。此时他的树枝中宫直进，直取那蒙面人的咽喉，几如无坚不摧，蒙面人的长剑根本挡不住，甚至连躲都躲不开，拓跋思南突然一收势，他趁势一低头，一个踉跄，差点要单腿跪倒在地，却又身子一旋，人猛地从一株大树后闪过。只怕逃走时连魂都已丢了一半。

一见那人逃走，公孙大娘才松了口气，只听“笃”一声响，却是拓跋思南手中的树枝插进了一株大树上。这树枝无锋无刃，那大树都有合抱粗，可树枝却如入腐泥，没入树身足有一大半。

将树枝插入树身后，拓跋思南长吁了口气，这才转过身道：“多谢大娘。在下艺业不精，方才险入魔道，还祈海涵。”

李十二娘看他竟然将寻常一根树枝这般轻易插进树身里，几乎不敢相信，忖道：“这拖把先生会变戏法么？”她却不知拓跋思南年纪虽轻，剑道上的造诣在当今之世实已不作第二人想。以他的本领，原本举重若轻，收发自如，可方才这一招竟似要脱离自身，连他都几乎控制不住。若不是公孙大娘在侧出声提醒，这招险些就要了那蒙面人的性命。

公孙大娘看着那根只露出两三寸的树枝，叹道：“听闻妖剑能反客为主，原来并非子虚乌有，真不知创制这剑意图的前辈是何居心。”

拓跋思南也长叹一声道：“前人深意，吾辈终不能妄测。只是看起来，这剑意图还是不悟为妙。”他说着，忽然把目光转向李十二娘，眼中神光一闪，沉声道：“小妹妹，你将那几个图都忘了吧。”

李十二娘见他目光灼灼，心中有点害怕，往公孙大娘身后一躲，说道：“我……我已经不记得了。”心里却在打着鼓，忖道：师傅和这拖把先生在说什么？我怎么都听不懂。

拓跋思南离开藏剑山庄后，尚未走出山中，突然有个蒙面少年拦路挑战。拓跋思南这些年来与人接战无数，自不在意，本想让这不知天高地厚的少年知难而退，哪知这少年所用剑术虽然尚不足入他法眼，但其中剑意竟然与公孙大娘演给他看的那几个剑意图一脉相承。李十二娘会的那几个姿势，与公孙大娘所创剑器舞暗合，其中深藏剑意，这一点公孙大娘与拓跋思南所见略同。剑意不在招式，只存乎一心，看人能悟得多少。但这剑意大违常理，以他二人之能，也完全想不通，只觉根本不能融会贯通，猜想定然是李十二娘年纪幼小，根本没将正确姿势摆对。只是拓跋思南见这无名少年居然也能悟出剑意，不禁大感兴味，便也依剑意随意出招，与他印证一番。拓跋思南剑术之强，几近震古烁今，他率尔出招，也已逼得那蒙面少年无法应付，拓跋思南只是想看看这少年所悟与自己所悟有几分相同，这才让他尽力施展。少年是经过了苦思冥想有得才来挑战，拓跋思南则是率意出剑，但两人出招有时又大相凿枘，有几招竟然一般无二，拓跋思南虽然已是在喂招，但这少年能够见招拆招到这地步，便是拓跋思南也有几分佩服。只是随着招数渐变，拓跋思南也觉招数中杀气渐重，竟然自己也难以控制。剑道亦如天道，古老传说有一种妖剑练至极处，竟会反驭其主，人反而成为剑奴，最终不异于行尸走肉。只是这话也太过匪夷所思，向来被当作笑谈。可此时拓跋思南已然觉得树枝上的剑招源源不断，竟似在自行催发，而杀气也已大盛，居然不由自主地就要取对手性命，分明从那剑意图而来的，正是传说中的妖剑。本来到了这地步人已无能为力，但拓跋思南非寻常之辈，在千钧一发之际收住了剑势，让那少年逃命。不过他虽然暂时收住剑势，最终仍要以雷霆一击将剑上杀气泄去方保无虞。想到方才竟连自己都要控制不住，饶是拓跋思南也有一分后怕。虽然李十二娘刚入公孙大娘门下，穷其一生也未必能练到剑反客为主的地步，可她不知从哪里记住了这几个剑意图，仍要防患于未然，让她及早忘了才是。

公孙大娘道："拓跋先生，各有因缘，不可强求。今日我非昨日我，明日我亦非今日我。"

拓跋思南一怔，忽然笑道："多谢公孙大娘二次指教，就此别过，若有因缘，再来拜见。"

李十二娘见他的目光一下变得柔和了许多，人也似刹那间可亲了起来，忖道：这拖把先生说话老是让我听不懂，师傅现在也说我听不懂的话了。待拓跋思南大踏步走了，她才小声道："师傅，你方才和拖把先生说什么了？"

公孙大娘摸了摸她的头道："傻孩子，你大了就懂了……说不定你一辈子也不懂。唉，还是不懂的好。"

李十二娘更是纳闷，眨着眼想不明白。她顿了顿，小声道："师傅，方才和拖把先生打架的是谁啊？"

公孙大娘看了看她，微微一笑道："我不认得他。你认得么？"

李十二娘道：“他蒙着脸呢，我也不认得。不过我看他比拖把先生差不了太多，师傅你说是不是？”

公孙大娘笑了笑，却没说话。那少年虽然蒙着面，用的也不是本门剑术，但仍然逃不过公孙大娘的目光。公孙大娘也没想到这个看似沉静似水的少年，心里却也如火一般，会做出这等狂妄之举。方才拓跋思南那几句话，实是担忧剑意图会失控，因此不惜一破杀戒。自己以一语解开他的心结，让他放过了那少年，却不知那少年会不会辜负自己的好意。

好自为之吧。

公孙大娘想着，拉了拉李十二娘的手道：“走吧，我们回扬州去了。”

第四章

岁月荏苒，年光易逝，第二次名剑大会结束后，转眼过了五年。现在的藏剑山庄比五年前名声更大。当初说起铸造兵器，总以河朔霸刀山庄为尊，现在就算不是后来居上，至少藏剑山庄也已与霸刀山庄分庭抗礼，不相上下。江湖上凡是要打造兵器的，首先想到的就是这两家。

这一天，一辆马车驶出了藏剑山庄的剑庐。车前坐着两个少年，赶车的正是叶家二公子叶晖，坐在他边上则是叶英。叶晖已经已经十七岁了，他本来就少年老成，现在嘴唇上生了一层茸毛，更显得比真正年纪还要大得几岁。叶晖对剑术仍然没有什么兴趣，不过铸剑之术却已完全接过父亲的衣钵，几兄弟里任谁都不能望其项背，已是叶孟秋打量庄中事务的好帮手。这一次要送一批定货前往扬州，因为庄里人手不够，这批货也不大，叶孟秋就让他兄弟二人走一趟，也好在江湖多少有一番历练。

叶晖年纪虽然不大，但一辆马车赶得又轻又稳。叶英坐在他身边，却是一声不吭。五年过去了，叶晖相貌变了不少，叶英却几乎没什么变化。他看着前面的一片坡地，他心里忽然有点不安。

上一次离开剑庐，还是五年前了。自从那一次出庄，这五年来叶英足不出户，日子几乎都在剑冢度过。每天对剑打坐，静观天地日月星，但五年前的那件事他总也难以忘记。直到现在，才重出剑庐，看着这条路依稀犹如往日，他又想起了五年前的那一天。

叶英正想着心事，一旁的叶晖忽然“扑哧”一声笑了出来。叶英不知他做什么突然没来由一笑，还以为出了什么事，小声道：“二弟，怎么了？”叶晖却低低道：“大哥，李师妹这趟来时，看她也似模似样，可一样那么爱吃糖！”

原来坐在后面车厢里的，正是李十二娘。自从五年前李十二娘随公孙大娘回到扬州，叶晖有时也会想起这个娇俏可爱的小师妹，不过日子一长也就淡忘了。前两天李十二娘突然带着公孙大娘的手书前来，为的是提取公孙大娘替忆盈楼女弟子定造的二十把短剑。暌违五年，叶晖又看到她时几乎认不出来了。五年前李十二娘胆怯怕生，现在却是落落大方，举止得体，穿着一身男装，活脱脱便是个干练俊秀的少年。二十把短剑自不是什么大生意，因为送货的庄丁正好另有要事外出了，叶孟秋便让叶英与叶晖两人押送，也算让两个初成人的儿子历练一下。叶晖还记得李十二娘当初对那糖球赞不绝口，便给她带了两个在路上吃。哪知李十二娘在叶孟秋面前，一口一个“叶庄主”，显得十分老成，一出庄就钻进后面车厢，叶晖坐在前面，也时不时听得后面传来嚼碎糖块的声音，这大半天她一声不吭，大概两个糖球都已经吃得差不多了。一想起她看到糖球时眼都发亮的情景，与五年前那个小女孩仍然一模一样，叶晖就不禁想笑。

叶英没想到二弟说的是这么没要紧的事，只是淡淡一笑道：“三弟倒不怎么爱吃糖了。”

叶炜只比李十二娘大一岁，小时候也非常爱吃糖，不过现在已长成了个少年，对糖果也不太有兴趣了，李十二娘大概是女子，平时又吃不到，倒是和以前一样。叶晖还待再说，这时他身后车厢的小窗忽地被拉开了，李十二娘在后面道：“大师哥，二师哥，你们在说什么呢？”

虽然叶晖没回头，但听得她说话含含糊糊，便知她嘴里还有没吃完的糖块。他道：“没说什么。李师妹，你那糖球都吃完了么？”

李十二娘道：“还没呢，还有两块留着慢慢吃。二师哥，这回怎么没见三师哥？”

叶晖道：“他呀，老是出去惹是生非，不太见得到他。”叶家几兄弟，叶英为人孤僻冷漠，叶晖则沉静和善，四弟叶蒙也极是忠厚，偏是三弟叶炜生就个争强好胜、如火如荼的性子，家中有客人来，只消是用剑的，叶炜就非磨着他们教自己一招半式，平时也总是外出时候多，在家时候少。叶晖平时就很为这三弟头痛，他也不想多说。前面正是个上坡，抬头看看天色已是彤云密布，一场大雨眼看就要来，他说道：“李师妹，小心点，上坡了。”一抖丝缰，那匹马登时小跑了起来，冲上了坡地。李十二娘叫道：“好快！二师哥，你赶车赶得真好！我就不会。”

叶晖虽然老成，可毕竟只是个十七岁少年，听得李十二娘夸赞自己，正待谦逊两句，耳边却是“咣”一声，他就觉得车子倒向一边。叶晖还有点不明所以，叶英却已一跃而下，喝道：“勒马！”伸手一把扶住车厢。他生得文秀，但力量着实不小，车子被他一扶，立时止住了倾倒之势。

叶晖用力拉住马缰，说道：“李师妹，你没事吧？”车子没翻倒，应该不会有什么大事，他生怕李十二娘受伤，忙不迭扭过去看去，却见李十二娘惊魂未定地站在叶英身边。方才出事时，她虽然措手不及，但飞身一跃出了车厢，连磕都没磕到，就是吓了一大跳。听得叶晖问自己，她答道：“二师哥，我没事，就是右边轮子坏了。”

叶晖见她没事，心想李师妹的轻功倒很是不错。他先解开了马缰这才过去察看。只见马车右边的轮子已经裂成了两半，飞出了数尺远。这车轮是用山木斫成，外面包着一圈铁皮，原本十分牢固，但这辆车拉货甚多，铁皮磨损甚多，上坡时不巧有块尖石突在地上，结果铁皮被别断，轮子也一分为二。李十二娘已捡了几块石头撑在车下，但看轮子坏成这样，她苦着脸道：“真倒霉。二师哥，你会修轮子么？”

叶晖捡起那两半破轮子，摇了摇头道：“这个我可不会。”

这轮子破成了这样，已无法赶路了。若是平时也不算如何，只消让一个人骑马赶到前面找个铁匠铺修一下轮子便可。这儿虽然荒僻，前不着村后不着店，但离吴兴已然不太远，再走三四里定然有村落。可是看天色马上就要下雨，实是进退两难。正在犹豫，叶英忽道："前面不远处应该有处寺院，先把货抬到那边避避雨。"

李十二娘一怔，问道："大师哥，你来过这儿？"

叶英道："有铃声。"

他也不多说一句话。这一路叶晖很随和，叶英却一直沉默寡言，李十二娘对他多少有点害怕。叶晖将座位盖板打开了，从下面取出了一个三尺许的包裹往背上一背，和叶英一起打开车厢门拖出了箱子。李十二娘也没敢多说，拿起那两半破轮子，牵着马跟着他们走去。走了没一会，风也大了，果然能听到风里隐约的铃声，前方树林中掩映着一带矮墙，果然是座小小寺院。只是这寺院甚是破败，连门都已没了，只有屋角的铜铃在风中不时发出一连串响动。还没走进寺门，一道闪电划破，雨便落了下来。几人急急进了寺门，迎面是个小小的庭院。南朝齐梁陈隋历代帝王大多笃信佛教，因此江南一带佛寺极多，后来杜牧之诗便有"南朝四百八十寺"之句。这所小小寺院当初只怕香火也还不差，不过隋末天下大乱，百姓流离，这所小佛寺虽在方外，也难逃一劫，如今里面已是杂草丛生，大殿上的佛像倒是不小，只是装金早已被人剥去，也已颓圮了大半。几人在大殿上扫干净一块地方，马也拴在了一边。叶晖道："先歇一歇，生堆火烤干衣服，等雨停了再想办法吧。"

被雨淋了一阵，三个人的衣服也已湿了。叶晖捡了些破木片来生着了火，又去后院井里打了点水煮开了，就着水吃点干粮。眼看天色越来越晚，原本可以在前面找客栈打尖，结果出了这乱子，看来只有在这破庙里待上一晚了，看了看那破轮子，见铁皮已经全然断裂，自己是根本修不好了，他心境甚是烦乱，但脸上仍是不动声色，一边吃干粮，一边说两句笑话。李十二娘被他逗得格格直笑，只觉虽然出了这等事，其实也不算什么。正说得有趣，这时忽地一道闪电划过。本来已是黄昏，一下雨天色更暗，但这道闪电映得人满脸俱白，随之便是一声焦雷。李十二娘吓了一跳，连叶晖都是一缩头，喃喃道："这雷可真响！"

李十二娘道："可不是！"却见边上的叶英正袖手站在窗前看得出神，对这声炸雷恍若充耳不闻，心道：大师哥胆子真大！

窗板早就没了，窗台上都长了几茎草，她顺着叶英的目光看去，本以为是什么好看的，哪知甫一触目，便如被蛇咬了一口般跳了起来，叫道："雨！看！这雨！"

她叫得极是突然，叶英被她吓了一跳，扭头道："雨怎么了？"叶晖也吓得差点把手中的干粮都丢了，心想小姑娘就是大惊小怪，扭头看了过去。他也只是顺便一眼，可刚看到，便觉心底冒上了一股凉气，惊叫道："大哥，天上下的是血雨！"

雨下得正大。窗前，檐溜已成一线，直直垂下，只是，垂下的那一线雨水竟是红色的！其实天色虽然还有点亮光，却已经很昏暗，若不注意，根本看不出来。可一旦看到了，这情景又是如此诡异。叶英皱了皱眉，上前一步走到了窗前，伸出手去接了点雨水，凑到鼻端嗅了嗅，忽地抬起头道："是血！"

雨水中，有一股淡淡的血腥气。李十二娘已不知往哪儿躲好，说道："大师哥，这真是血么？"

她说得似快要哭出声来了。她胆子不小，可毕竟只是个十四岁的少女。叶晖也觉心头发凉，顾不得再吃干粮，走到叶英身边低声道：“大哥。”说着，看向了头顶。这寺院虽小，大殿却有两层。那本是当初僧人所住的禅房，但眼下自然不会有人，连楼梯都已破损不堪。天上自不会没来由地下血雨，定然是上面有变。叶英沉吟了一下道：“二弟，你护着李师妹，我上去看看。”

叶晖道：“大哥，你……”可他话音未落，叶英已然提步上了楼。楼板虽然多有破损，但叶英步履轻捷，只略微一点便飞身掠过。叶晖见叶英走得甚快，心想若是自己，说不定会将楼板踩断，扭头正想安慰李十二娘两句，李十二娘却道：“二师哥，我也上去！”她虽然害怕，可叶英已然上去，她也不甘落后。公孙大娘一脉武功本就以轻灵见长，她在门下已有五年，轻身功夫已然不错，话音刚落，人已跟了上去，不比叶英慢多少。她只比叶英慢得一步，刚上得楼，便“啊”地惊叫起来，人猛地从楼上一跃而下。叶晖不知出了什么事，忙过去道：“李师妹，出什么事了？”却见李十二娘嘴唇都已发白，颤颤地道：“楼上……楼上有两个死人！”

叶晖听得有死人，再也忍不住，快步上了楼。楼板被他踩得“吱呀”乱响，倒也没断。正对着楼道，是一间没有门的禅房。这禅房的窗上，有个男人扑倒在窗台上，而在窗外屋檐上，有个中年女子倒在那儿。叶晖看了看，小声道：“大哥，这两人似乎只是寻常人啊。”

叶英点了点头道：“这两人手上无茧，男子用的刀也只是寻常解手刀。看起来，应是男子将女子追到此处，将她杀死后又自杀。”

这两个人年纪都已有四旬开外，衣着亦很寻常，女子咽喉中刀，男子的刀伤则在心口，手还搭在刀柄上，而插在身上的刀亦只是平常切肉用的解手刀。这两人死了应该并没有太久，血在屋檐上已然积了一大摊。只是外面树木甚是繁茂，若非下雨将血水冲下来，只怕现在还发现不了。叶晖道：“看情形应是如此，只是这男子和这女子有何深仇大恨，杀了她后却又自杀？”他沉吟了一下，低低道：“难道，是凶手故意布的局？”

凶手杀人，将凶杀伪装成自杀，这等事叶晖虽没见过，却听过不少。如果真是如此，那这一男一女只怕也另有身份，不会是寻常之人。叶英的眉头皱了皱，忽然低声道：“二弟，隔壁有人！”

他说得极轻。叶晖根本不曾听到隔壁有什么声音，但他也知大哥耳力极强，定不会听错。难道凶手竟然还不曾走么？他的轻重双剑都包好了插在背后，一时不好取，身边只带了把解手小刀，顺手便握在了手中。小刀握到了手里，才发觉掌心已都是冷汗，心道：原来我也在害怕啊。他和叶英都在天不怕地不怕的年纪，可不知为何，事到临头还是有点害怕，尤其这废寺中两人竟然死得如此古怪。两人闪身出了这屋子，一左一右站在隔壁禅房门前。楼下李十二娘见他们两个如临大敌，更觉害怕。楼上有死人，她不敢再上去，可一个人在下面又觉得害怕，一闪身躲到了房柱后，露出半个头来看着，生怕那扇门后冲出个什么妖怪来。

叶晖深深吸了口气，见叶英朝自己点了点头，猛然飞起一脚，“砰”一声将门踢开，手中的解手小刀舞了个花。他叶家剑法本是轻重双剑的剑路，解手小刀虽然比轻剑还要短小许多，也勉强可以用用招式。叶晖虽然练剑无成，到底也练了十来年的剑术，这种招式自是熟极而流，心想纵然房里那凶手再强悍，自己不求有功，但求无过，总不会有错。

他主意打得甚好，小刀在身前舞出一团白光，可哪里有什么反击的招式，耳边传来的却是一个号啕大哭。

第五章

屋里，哪是什么五大三粗的凶汉，竟然只是个四五岁的小女孩。这小女孩一边哭还一边拼命往墙角里挤，看着叶晖已是害怕之极。叶晖一怔，手中的解手刀自是舞不下去，上前道："小妹妹……"

他不问还好，一开口，这小女孩哭得更凶了。叶晖虽然精明强干，此时却是无能为力，正不知该如何下场，叶英却走了过去道："小妹妹，别哭了，吃颗糖吧。"说着，从怀里摸了个糖球出来。那小女孩乍见叶英掏出了一个红红的橘子，大感诧异，已忘了哭泣，待叶英剥开橘皮，闻到传来的甜香，她再忍不住，拿过一块便塞进嘴里舔。

叶晖在一边看得大为惊奇，心想大哥根本不爱吃糖，怎么身边也会带了个糖球？看那小女孩只顾吃糖，不再哭了，便上前道："小妹妹，你叫什么名字？"

他一开口，那小女孩顿时又大哭起来，人往叶英身后躲去。叶晖方才一脚踢开了门，舞着刀直冲进来，这模样实在可怕，叶英却给她糖吃，在她看来自然叶英是好人，叶晖是大大的坏蛋了。却听得李十二娘在身后道："二师哥，这小妹妹很怕你呢。"

李十二娘先前自己也怕得浑身发抖，待听得是个小女孩声音，她已忘了害怕，跑上楼来。见这小女孩一双又大又圆的眼睛哭得泪眼婆娑，她走过去抱起她道："小妹妹，别哭了，你叫什么？"

李十二娘抱着她，这小姑娘已不再害怕，抽泣着道："我叫……苏苏。"

李十二娘道："你叫苏苏啊？真好听。你怎么会在这里的？"

苏苏又舔了舔糖块，说道："我在家里，有一男一女两个坏人把我抱走了，带到了这里，后来两个人打架，那男坏人拿了把刀要杀人，我就躲在里面，后来有个坏人拿着刀冲进来要杀我，后来这个大哥哥救了我，姐姐你也救了我。"她说着，见李十二娘手上戴着一个发编手镯，觉得甚是有趣，伸手去摸。李十二娘听她说得颠三倒四，实在不知说了些什么，那个"后来拿着刀冲进来要杀我的坏人"，说的自是叶晖了。她见苏苏对自己的手镯很有兴趣，便拿了下来替她戴上，微笑着指着叶晖道："这个是二师哥，可不是坏人，他也是要救你的。"

苏苏戴着那手镯，极是开心，看个不停，总不舍得摘下。听李十二娘说二师哥是好人，有点怔怔地看着叶晖，见叶晖收起了刀，倒也不那么怕人了，喉咙里咕哝了一阵，低低道："二师哥。”叫了叶晖一声就算是信了李十二娘，把叶晖划出了坏人的名册。又举起手问李十二娘道：“姐姐你看，真好看！”

苏苏毕竟只是个稚龄小儿，方才还吓得魂不附体，马上就几乎把先前的事忘得精光。李十二娘道：“苏苏，你们是怎么来的？”

苏苏道：“那两个坏人带着我坐马车来，还跟我说他们是我爸爸妈妈。我自有爸爸妈妈，为什么要叫他们爸爸妈妈？我不叫，他们就骂我，我就哭，他们就再骂我……”

叶晖听她啰啰唆唆地说个没完，只怕长大了是个碎嘴子，只是半天都说不到正题，叶晖听她说是坐马车到这儿来歇息的，心中一动，插嘴问道：“苏苏，那你们的马车呢？”

苏苏道：“刚才坏人冲进来要杀我，把马车抢走了。”

叶晖一怔，说道：“我可没抢你们的马车。”

苏苏撇了撇嘴道：“我又没说你是坏人，那是个戴帽子的坏人，还会吹小喇叭。”这时她已与李十二娘混熟了，自然也不怕叶晖了。叶晖不知她说的“吹小喇叭”是什么意思，多半是小孩子胡扯，沉思了一下，低声对叶英道：“大哥，这孩子的话不知能不能信。”

他说得虽轻，苏苏的耳力之灵却不下于叶英，早听得一清二楚，怒道：“我说的都是真的！那人戴着大帽子，还吹着小喇叭进来的。后来那两个坏人自己打架打死了，吹小喇叭的才不吹了，还说要什么‘常见山转’货一件也运不出去！他就把我们的马车抢去了。”

叶英和叶晖的身子同时一震，李十二娘却有点诧异，但马上回过神来，心道：那个什么“常见山转”定然就是藏剑山庄了！苏苏还太小，说话也云山雾罩的只怕要打个七折八扣，剪径之人还要吹小喇叭之类更是匪夷所思，但到现在为止，谁也没跟她说过自己是从藏剑山庄来，就算别的话属实的不多，但这一句肯定不会有假。她想通了这一点，不由得有些害怕，身上也颤抖了一下。苏苏也不知道，问道：“咦，姐姐你冷么？我妈妈说，冷了要穿衣服，不然会流鼻涕的。”

李十二娘道：“我不冷。苏苏，你冷不冷？”苏苏道：“我也不冷，这个糖真好吃。”说着又舔了舔先前叶英给她的那块糖。

叶英和叶晖两兄弟都没有说话。先前他们都只觉这只是一件寻常杀人越货之事，但这事其实针对的是藏剑山庄，也就是说，苏苏他们说不定仅仅是受池鱼之灾，那伙强盗的真正目标实是自己。叶家虽然也是武林中人，但更多的却是生意人。叶孟秋科举无成，才创建了藏剑山庄。短短几年里藏剑山庄便成为江湖铸剑第一家，有一半靠的是与江湖客的交情。叶孟秋也深知“和气生财”的道理，一向不得罪人，因此藏剑山庄才好生兴旺。可这些日子，藏剑山庄发出去的货屡屡出事，叶孟秋也只以为现在世道又有点不太平，每次送货都加派人手，以至于这次公孙大娘的订货要送时人手不足，只得让叶英与叶晖两人出马。而公孙大娘所订之货，不过二十几把短剑，真有劫道的，只怕也看不上这等些微小货。但如果苏苏说的都是真的，那么有一批人竟是处心积虑地在暗中与藏剑山庄作对，这件事实是比丢失一两批货物更紧急万分，可藏剑山庄上下竟然还一个人都不曾察觉。叶晖看了看叶英，只觉心头浮起了一阵凉意。他顿了顿道：“李师妹，先带苏苏下楼去吧。”

外面仍在下雨，天已全然暗了下来。一想到隔壁还躺着两具尸首，李十二娘便有些发毛。她道：“大师哥，二师哥，我倒不怕，不过苏苏大概要吓死了，我们快点下去吧。”

她虽然推说苏苏害怕，其实自己的心都快快跳到嗓子眼里了。这一次也是师傅第一次让她独自出来办事，本以为不过简简单单，路上还可游山玩水，谁知竟会越变越诡异。

几个人拾级而下，楼梯吱吱作响，里面已极是黑暗，都看不清脚下，只能摸索着往下走。黑暗中叶晖忽道：“苏苏，你说那人戴着大帽子，是怎样的帽子？”

叶晖的精干，实远超叶英与李十二娘。苏苏不过是个小小女孩，这种年纪的孩子往往分不清孰真孰假，万一只是她信口胡说一番，自己却当成真事，回去告诉老父，岂非自寻不是？他知道小孩子虽然分不清真假，但若是胡扯的，在细枝末节上便说不清楚。像她说什么“大帽子”，万一她说戴的是高高的黑白帽，说不定是把别人跟她说过的黑白无常的事当真了，惊吓中只道黑白无常出现，因此故意问她的帽子是什么式样的。苏苏哪里知道他的心思，说道：“就是那种又大又扁的帽子，很大，跟把伞一样……”

这时几人正要走到下面，天空忽然又是一道闪电划过。本来大殿上已是漆黑一片，这道电光特别明亮，映得满室皆白。在电光中，只听苏苏忽然“啊”地叫道：“就是他！”

她指的，乃是大殿中央。这道电光照进来，在大殿中央赫然映出了一个巨大的人影。这人头上戴着个斗笠，正是苏苏说的

“又大又扁的帽子”。

叶晖只觉眼前便是一花。这个影子，正是从那有两个死人的禅房里映出来的。天正下雨，又黑暗无比，那人定然以为旁人根本发现不了他，因此有恃无恐地站在了窗口，谁知这道电光突如其来，让他无所遁形。

叶晖走在了最后，此时也刚要走下楼梯。当大殿中映出这个人影时，他其实比苏苏看到得更早。果然有人！一想到这人就在看着自己一行人下楼，一刹那，叶晖只觉背心都已被冷汗湿透。这人一直在暗中窥视自己，定然在伺机出手。幸好人算不如天算，这人的如意算盘被一道电光打破。他一把拔出解手刀，左脚一蹬，借势一个急旋，人已极快地转了个向，向那间没有门的禅房扑去。

叶晖对剑术并没有多少天分，也没什么大兴趣，但叶家子弟人人都要练剑，叶晖虽然没天分，终已练了十来年了。情急之下，力量也比平常大了好几倍，这一转正暗合四季剑法中一招“风卷残云”，只是平时在平地上练习都没有如此顺畅，现在在七高八低的楼道边却如疾流下坂，顺极而流。

“风卷残云”这一招，本是要以轻重双剑齐用，借身体疾转之势攻敌。因为是双剑齐出，一轻一重，攻守灵兼备，实是四季剑法中的高招。那人也根本没想到自己会被一道闪电揭破行藏，而叶晖竟会攻得如此之快，一发觉叶晖出手，他便要去腰间拔刀。只是他的手刚按在刀柄上，叶晖的解手刀已递到他面前。解手刀只有数寸长，比叶晖平时用的轻重双剑中的轻剑还要短许多，这一招“风卷残云”威力自是大大不及双剑齐使，但一寸短，一寸险，更添了几分阴狠，那人偏生又应对失误，再想躲开，哪里还来得及，刀都无暇拔出，百忙中只得一团身，“嚓”一声，却是解手刀将那人的斗笠斩开了一条大缝。也亏得叶晖武器不趁手，若是平常用的轻重双剑，这一招只怕已将那人拦腰斩断了。

那人死里逃生，不待叶晖变招，身子一纵，已跳回了窗口，心道：这人好狠！其实他也是错怪了叶晖，叶晖练剑以来，只与三弟叶炜比试过一阵，真正和人过招，尚是头一次。他出手如此之狠，实是拿捏不好分寸，只是在那人眼里叶晖一动手便要取人性命，自然狠毒之极。叶晖抢上一步，正要再递出一招，可那人心志已夺，也不知叶晖本领高到了何等程度，没敢与叶晖交手，就在房檐上一个倒翻，在一声闷雷中跃出了窗外，消失在无边的夜雨之中。

一见这人如同被黑暗吞没了一般消失，叶晖这才长长吁了口气。他第一次与人动手，居然大获全胜，信心已然大增。此人在暗中偷窥至今，肯定不会就此罢手。叶晖站在窗前睁大眼看着外面，心道：这人到底是谁？

闪电已经消失了，大殿上又是一片黑暗。苏苏吓得抱紧了李十二娘的脖子，抽泣着道：“我怕！”李十二娘其实也吓了一大跳，不过这人显然是人非鬼，她怕的是妖魔鬼怪，是人的话倒不算什么，拍拍她的背道：“不怕不怕，二师哥把坏人打跑了。”偷眼看去，只见叶英双手背在身后，好整以暇地闲闲站立在她身边，叶晖与人动手似乎与他全然无关。李十二心道：师傅说过，叶庄主几位公子中，大师哥将最为出色，果然不假。叶英如此镇定，她的胆子也更大了不少。

黑暗中，只听得楼梯响动，叶晖急急跑下了楼。还没到楼下，叶英道："二弟，怎么样？"

叶晖抹了抹额头冷汗，小声道："没事。"他顿了顿，才道："大哥，只怕要拔剑了。"

那个人一直在暗中窥视，肯定还有同伙，叶晖也已听得外面的雨声中传来的脚步声，定是那人的同伙正在聚拢。现在天已黑了，就算他独自一人，杀出一条血路也大不容易，何况叶英短时间里动不了手。他心里不住叫苦，可脸上仍是声色不动。藏剑山庄不是一个寻常的江湖门派，叶孟秋创立伊始，便严令门下不得轻易拔剑，免得多惹是非，叶英与叶晖都是叶孟秋嫡子，自然恪守不渝。只是眼看敌人来了不少，不动剑显然不成。叶英点了点头道："拔剑吧。"说完这句，他压低了声音道："只怕敌人有五六个。"

叶晖心头一颤，但仍是从背后取下了剑囊。一打开，里面赫然露出了四把剑，两重两轻。轻重双剑术乃是藏剑山庄独得之秘，但不是轻易能练成的，叶晖直到十五岁才能用轻重双剑，叶英比他更晚些，十六岁时才能用双剑。叶晖将两柄剑交给叶英，转过头对李十二娘道："李师妹，这儿有我和大哥顶着，你带着苏苏，小心点。"刚说完，却犹豫了一下，低声道："大哥，你成不成？"

叶英看了看门口，也低声道："要你先顶一阵。"

李十二娘在一边听得莫名其妙，心想敌人来了，应该同仇敌忾方是，大师哥怎么让二师哥一个人去顶一阵？只是叶晖却只是点了点头，说道："好，那我先上。"

叶晖话音刚落，却听得门口有人道："阿三，进去吧。什么地方输，你便什么地方赢回来，我六刀使没有临阵脱逃的。"

这人多半是那六刀使的首领，口气阴冷，可语调却甚是温和，听起来实是怪异莫名，甚至有些好笑。李十二娘忍不住"扑哧"一笑，小声道："这人怎么这等说话？"

其实不仅是她，叶晖也是这般在想。听这人的话，那个阿三应该便是方才在楼上被叶晖打跑的那人。方才叶晖用解手刀也大获全胜，虽然知道骄兵必败的道理，可终究有点轻视这人。听那六刀使首领的意思，是逼着这阿三进来找回场子。叶晖倒也不惧，高声道："多言无益，列位还是一拥齐上为是。"

叶晖在叶家五兄弟里，生得方面大耳，最为威严，年纪看上去也要比叶英大几岁，为人则最为方正，总是一本正经，其实却甚是多智。敌众我寡，叶晖最担心的便是这些人一拥齐上，自己定然难以招架，因此故意反唇相讥，心里只盼着那人受不起激，先行说出单挑的话来，如此才有一线胜机。哪知那首领冷冷道："不必了，一个胜不了，就两个上。除非阁下有本事将我六人一起打发了。"

叶晖听他竟不受激，心中暗暗叫苦。他这辈子，刚才在楼上出手攻敌还是破题儿头一遭，虽然得胜，但他也自知本事寻常，在家连三弟都打不过了，这些人既然敢行走江湖，绝非易与之辈。他肚里连珠价叫苦，脸上仍是声色不动，说道："原来阁下打算倚多为胜，那也无妨。"

因为此人不受激，叶晖已是顺嘴说一句出出气，哪知那首领的声音忽地高了一层，喝道："你若真个能打败阿三再说吧！"

听他有点恼羞成怒之意，叶晖反倒一怔，心道：原来这个家伙语调温和，脾气却急，根本沉不住气啊。他的智谋远在武功之上，自知武功不足以克敌制胜，唯有以智谋来扳回一局。兵法有云："知彼知己，百战不殆。"现在知道了这六刀使首领竟然性子浮躁，叶晖也有了一点信心。他对李十二娘道："李师妹，看着大哥一点，我去门口挡住他们。"

叶晖年纪不大，武功也不强，但在五兄弟中，却最为好学，读书也最多。他们身在大殿之下，身前是个院子，若敌人到了这院子里，直如高屋建瓴，一旦围攻，连逃都没地方逃。而最好的地形，便是守住门口，如此敌人只能一个个上前，有各个击破的可能。眼见门口已出现一个人影，那人正要进来，他咬了咬牙，将手中双剑一振，人已直冲过去。

第六章

叶家四季剑法共分青阳、朱明、金天、玄英四路。所谓青阳、朱明、金天、玄英，也就是春、夏、秋、冬四季的别称。四季剑法需轻重双剑同使，厚重轻灵兼而有之，叶晖于“轻灵”二字所得甚少，“厚重”二字却多少有些心得，因此偏向轻灵一路的青阳、朱明两路剑法他练得远不及侧重厚重的金天、玄英两路。但此番要打对手一个措手不及，金天、玄英两路剑便失之太缓，因此叶晖用的是朱明剑中一招“风雨如晦”。

这一招要旨，便在出招时的步法有如行云流水，双剑交替攻击。叶晖的功底远远没到行云流水之境，但十来年寒暑之功也不是白练的。门口那人正被首领逼着进来与叶晖放对，他本来就把叶晖的本事高估了，心中正在惴惴，刚要踏入庙门，眼前忽地白光一片，他大吃一惊，手往腰间一按，“锵”一声拔出了刀，在面前舞了个花，肚里不住叫苦。

这人一拔出刀来，叶英便是一震。听此人拔刀时的声音，干脆利落之极，远胜叶晖拔剑。正在担心，却听得“当当”两声，正是叶晖的轻重双剑被那人的刀格挡住。只是听这声音，分明那人挡得甚是勉强，反是叶晖占了上风。叶英听得此人拔刀时，只道他是个远胜于叶晖的高手，可真一动手，实在和叶晖差不了太多，说不定还真的比叶晖都要弱一点，实是令人百思不得其解。

叶晖使的朱明剑是四季剑法中主攻的一路，正如夏日暴雨，借助身法以轻重双剑交斩，每斩一次，身子每转一圈，轻重双剑的斩击借了这转动之势，力量也更增一分。若是叶孟秋使来，可以连转六圈十二剑。这十二剑一剑紧似一剑，一往无前，出剑之时敌人休想能够还击，到了最后的十一、十二两剑时，真有闪电雷霆之威，纵然敌人不受伤，锐气也要被打掉一半。叶晖没有父亲这般本事，提起一口真气只能转得三个圈子，不过这六剑也斩得那人叫苦不迭，只是短短一瞬间，刀剑已相撞六次。叶晖人在庙门口打了三个转，剑光闪闪，那人虽然将剑势尽数接下了，可人却进半步退一步，本来一只脚踏入门口，此时被剑光逼得退到台阶以下去了。

方才叶晖在楼上出手，李十二娘并不曾看到，现在却看得清楚，心道：师傅说藏剑山庄的剑法与我们忆盈楼剑法很有渊源，看来倒是不假，只是二师哥显然不到火候。可是那人的刀法又是怎么一回事？

当那人拔刀时，李十二娘也吓了一跳，心想二师哥碰上扎手的了，说不定要糟。她在公孙大娘门下已有五年，公孙大娘一脉的剑舞她也已有了两三成火候。叶晖一杀出去，她将抱着的苏苏放下，双手握住袖筒里的短剑。可是等叶晖使全了这一招“风雨如晦”，李十二娘却又有些诧异。叶晖出手虽快，但仍有点拖泥带水。本来这招“风雨如晦”使来，两把利剑几乎化成一团，可叶晖每转一圈，明显会有个空隙。若那人在此时还击，叶晖纵不受伤，也已一败涂地。可这使刀之人明明跟得上叶晖的快剑，但叶晖转折处缓一缓，此人居然也会缓一缓，两人倒不似在生死相搏，而是师兄弟喂招一般。她不由得看了看一边的叶英，却见叶英将背着手握着双剑，居然在闭目养神。她不由得暗暗失笑，心道：大师哥不担心二师哥，自是他知道二师哥不会输。我也太狂妄了，哪里看得出二师哥剑法的奥妙，还好没有信口雌黄地说出来。

原来四季剑法本是出自春秋时楚令尹沈诸梁。沈诸梁即是后世通称的叶公，也是叶氏之祖。他的剑法，习自吴楚交界处的龙氏一族，后加以变化，定名为四季剑法。春秋时伍子胥带到吴国的，也正是这一路剑法。而公孙大娘一系的剑法，则是春秋时越王勾践所聘之越女传下的猿公剑术。春秋时，猿公与龙氏一族世世相仇，双方争斗不息，两派剑术也是针锋相对，结果却是两派剑术又相辅相成，互不相让，外虽相异，本源却一。公孙大娘所创剑器舞，乃是取剑术神髓，弃实际招数，化剑为舞。虽是舞蹈，观者却觉剑气纵横。李十二娘在公孙大娘门下习学剑器舞，日日耳濡目染，虽然武功还算不得高手，眼力却实已算得一等一的好手了，更何况四季剑法与公孙大娘的剑术异曲同工，她看到的实是深中肯綮，正中叶晖之病。此时叶晖已转到了第三个圈子，胸口这口气已是如骨鲠喉，不吐不快，再也转不下去。他生怕敌人趁势进攻，错一错步，人已退后了半步，立在庙门口，左手轻剑搭在了右手重剑上，脚下踏了个不丁不八的步法，看着那人。那人的斗笠有道破口，正是先前被叶晖砍破。这人的刀守了个门户，站在阶下，却是踌躇不前。他本来就以为叶晖本领非凡，先入为主，加上叶晖这一招“风雨如晦”来得突然，就算有破绽，在他眼里也成了诱敌的杀招了。正相持不下，却听那首领道：“阿三，你一个人不行吧？”阿三肚里正在不住地叫苦，只是被逼无奈，只得来与叶晖拼杀，听大哥这般说，忙道：“是，是，大哥，让随便哪个上来助我。”

那首领“哼”了一声，说道：“阿四，你上去帮忙吧。”

那个阿三自承斗不过叶晖，叶晖实是得意非凡，哪知那首领马上又叫了一个上来。他心里叫苦，沉声道：“原来阁下果然要倚多为胜了。”

那首领道：“成王败寇，今天不会让你们逃走的，你想骂不妨再大声些。”

叶晖暗想糟糕，心想这人性子虽然褊狭急躁，不料颇有领袖之能。现在阿三一个人打不过自己，那阿四也要来帮忙了，事已急矣。他心想大哥若能出手，兄弟二人双手四剑，应该不惧对方两人联手。就算他们六人齐下，说不定也闯不过布下的“惊鸿掠影”剑阵。想着又朝叶英看了看，见他将双手剑背在身后，垂首倚着梁柱而立，心中一痛，忖道：大哥现在也不能出手，只有靠我自己了。他侧转身，将右手剑一沉，左手剑竖在身前，正是四季剑法中金天剑的起手式。

四季剑法中，青阳、金天两路一轻一重，都是主守的剑法，朱明和玄英两路则主攻。叶晖性子方正，走轻灵一路的青阳、朱明两路剑法，他练得就远不及走厚重一路的金天、玄英两路。方才为了突袭，他这才用的朱明剑，但出剑时也觉左手轻剑远不如右手重剑得力，心知自己弃长就短，实非良策，因此这回不求有功，但求无过，金天剑的攻势虽然远不及朱明剑，守却远胜其他三路剑法。叶晖心知斗那阿三其实也靠了那阿三是个惊弓之鸟，若是凭真实本事，自己并不比那阿三强多少。这回又加个阿四，自己再想抢攻，多半会吃苦头，因此索性摆出这个金天剑只守不攻的架式，无论如何都要再撑一阵。显然敌人一个输了两个上，两个输了三个上，这等行径实属无赖，可也无计可施，唯有希望叶英能和自己联手，将这些敌人强行逐走。

叶晖的身上已被雨淋得湿透，也顾不得去抹脸上的雨水。眼见另一个头戴斗笠之人也走上前来，两口刀一高一低，马上便要攻上。一见他们出手，叶晖心里便是一动，心道：原来他们用的是刀阵！怪不得要一起上来。

叶家的惊鸿掠影剑阵，乃是叶孟秋所创。叶孟秋弃儒就武后，感到门下尚无出类拔萃的高手，虽然自己严命门人轻易不可拔剑，但人在江湖，终有动手之日，现在这等时候，藏剑门人与他人相争多半会吃亏，因此才创制了这惊鸿掠影剑阵。这剑阵最高可布至七重，要七人同使，虽然尚未完备，但也已经颇具威力。眼下虽然只有叶英与叶晖两人，能布的阵亦较全阵威力小许多，总比一个人要强不少。只是叶晖见大哥仍然没有出手的意思，也只有暗暗叹息。

阿三先前被叶晖斫了一刀，斗笠也破了个口子。他对叶晖已然望而生畏，现在有阿四帮忙，他仍然心中忐忑，心想大哥别个都好，就是这一点不好，老是逼着人与人单挑。他们六刀使不是头一次与人动手，以前也碰到过好手，但六人结成刀阵纵然不能取胜，也能相持。偏生就是单挑时往往缚手缚脚，谁都不明白是怎么一回事。那首领只说定是练刀不勤，只要勤加修炼，必有所成，因此动手时也往往先单挑，再一个个地加上，直至最后结成六刀刀阵。这回又是如此，偏偏阿三因为斗笠被叶晖斫了一刀，首领便让他打头阵，阿三实已有点怯阵。但六刀使以那首领居长，众人都唯其马首是瞻，首领下令，自不敢有违。现在总算阿四过来帮忙了，他这才松了口气。

叶晖本来想的，就是用计取胜。可是那首领虽然心浮气躁，偏偏很能沉住气，先前的如意算盘一点都打不响，他反而有点心浮气躁。眼见两人再次攻上，他咬了咬牙，也踏上一步，心想无论如何，都不能让他们突破门口。金天剑虽然擅守，但此时单凭守势是挡不住那两人攻势，手腕一沉，剑路又转到了玄英剑上。

李十二娘站在大殿口一直隔雨相望。眼见叶晖又与人动上了手，刀剑相撞之声也较方才密了许多，她心知叶晖与对手斗得更紧，扭头看了看叶英，却见叶英仍是一副无动于衷的模样，心想大师哥真沉得住气。只是方才叶晖与那人单挑，还能占个六七分攻势，这回却几乎是一往无前，尽是猛攻。飘风不终日，骤雨不终朝，如此用剑，定不能持久，李十二娘虽然没有太多临敌经验，也知叶晖是在以攻为守，实是已落下风。看对手两人守得却是门户极严，虽然目前还相持不下，但只消叶晖剑势稍稍一缓，定然急转直下，大势去矣。

想到此处，李十二娘再也镇定不下来。她低头看了看苏苏，见她正站在自己边上，一双小眼睛睁得圆溜溜地眨也不眨，直盯着叶晖。她小声道："苏苏，你躲到大师哥身后去。"苏苏点了点头，躲到了柱后，只是实在好奇，从柱后拉了拉叶英的衣角，低声道："大师哥，二师哥打得赢么？"她听李十二娘"大师哥""二师哥"地叫，也跟着这样叫了。叶英头也不抬，也低低道："小妹妹，不用怕，二师哥已经占了上风，马上要把那人打得连滚带爬。"

叶英一向对人冷漠，但对苏苏说话时却十分温和，李十二娘依稀记得五年前他也是这般对自己说话的，不知怎么心里微微一动，眼前仿佛又出现了五年前初见叶英时的模样。谁知叶英话音刚落，从门口处忽地传来一阵爆豆也似的疾响，叶晖踉跄着连退了好几步，跌跌撞撞地退到了院中，看去极是狼狈，虽然还不是连滚带爬，却也庶几近之。苏苏见状惊道："二师哥没打赢！"头一下缩回柱子后，不敢再去看。在她心目中，看不到，事情便没有了，那二师哥也就不会输。

阿三阿四两人将叶晖迫进门来，两人也踏上一步，齐齐进了门口。只消再进一步，他们便到了院子里。这破庙只有门口还算得上有点地形之利，一旦被他们迫入，便大势已去。叶晖对付阿三时并没觉得如何吃力，本以为这两人就算结成刀阵，自己总能应付，可是一轮强攻未使完招数，他们只一反击就将自己的玄英剑剑势尽都击破。他心中又是震惊又是害怕，但退到了五步，身子向下一压，扎了个马步，心想着就算死也不能再退一步。

正想着，一道身影忽地掠过他眼前，随即是一阵叮叮当当的响声。叶晖又惊又喜，心道：大哥终于出手了！抬头定睛看去，却又吃了一惊。

出手的，竟是李十二娘！她用的也是双手剑，不过是两柄短剑。这两把短剑上下穿梭，人也在门口闪转不定，身法曼妙，有若舞蹈，出招却极其凌厉。漫天都是雨丝，但李十二娘仿佛游走于雨点之间，忽焉在东，忽焉在西。阿三与阿四两人刚要进门，眼前突然交织起一片剑网，他们吃了一惊，措手不及之下，被李十二娘攻了个手足无措。公孙大娘的剑舞之术他们也是头一回见到，只觉这对手虽然动作好看，可剑势却甚是凌厉，一时间竟被李十二娘迫得又退出了门口。那首领方才见阿三阿四一联手，果然将叶晖击退，正要招呼其余诸人跟进，谁知阿三阿四马上又被人迫了出来，站在门口的已换了一个矮个子，用的也是一对短剑。阿三阿四的首领说话语气温和，脾气其实甚坏，斥道："哪里来的娘娘腔！"

公孙大娘所传剑舞，本来便是亦武亦舞，在他看来，用这路剑术的定然是个娘娘腔了。李十二娘心下着恼，百忙中回嘴斥道："你才娘娘腔！"只是她略一分心，阿三阿四两人刀势却已暴长，又将李十二娘压住。李十二娘身着男装，他们只道她本是男子，但她一开口，声音娇脆，谁都不会错认，两人心道：原来是个女子！原本这一招出其不意，反客为主，李十二娘多半会受伤，可是心里转过这念头，两人的刀不约而同也是缓了缓。饶是如此，李十二娘也觉挡不住，尖声叫道："二师哥，快来帮忙呀！"

这一声又尖又脆，他们再无疑问，两人互相看了一眼，忽地收刀向后一退。虽然有些男子也会扭捏作态，但这等毫不作伪地大放娇声，自是少女无疑。那首领见阿三阿四明明占了上风，居然还退后，怒道："为什么不拿下他？"

阿三道："大哥，她……她是个女子……"

阿三还没说话，那首领喝道："就算女子又如何？江湖上妖女魔女多了，难道你还不知道么？"他虽然是在呵斥，声音仍然软绵绵不甚响亮，听来甚是怪异。阿三看了看门口的李十二娘，心想大哥这话是不错，但眼前这几个少年男女怎么看都不似他们要找的人。只是大哥有命，又不能不上，小声对阿四道："阿四，我们再上。"

李十二娘见这两人又待上前，心里有些忐忑。刚才她突然出手，让这两人措手不及，但刀剑撞击了数十下，她的手腕已又酸又麻。就算招数不输，可她的力量较这两人实是太远了。眼见敌人两把刀再一次迎面斫来，终不能让他们等一下再说，正在担心，身边微风一动，叶晖已大踏步抢到了她跟前，双剑一下架住了敌人双刀。李十二娘见他过来帮忙，心中一宽，叫道："二师哥，就这样！"他两人还是头一回联手，两人用的都是双剑，只不过一长一短，却连自己也不知竟会配合得天衣无缝，叶晖只守不攻，李十二娘只攻不守，叶晖将双刀的招数尽数接过，李十二娘却趁机出击。那两人也不曾想到对手居然还有这等配合之功，一时手忙脚乱，只不过两三个照面就大落下风。躲在柱后的苏苏一直都探出了小半个头在看，连她都看得出李十二娘和叶晖已占上风，只是不敢相信，又轻轻拉了拉身前叶英的衣角道：“大师哥，二师哥和十二姐姐是不是又要赢了？”

叶英一直垂首倚靠在柱子上，似乎漠不关心，其实却一直在听着四周动静。听得苏苏问自己，他轻声道：“是啊，能赢。”

苏苏松了口气，说道：“我说二师哥和十二姐姐本事大，这些坏人肯定会输。”先前叶英给她的那糖块还没吃完，只是这阵子吓得惨了，她都忘了去吃，到这时候才想起来，将糖块放嘴里舔了舔，说道：“大师哥，你们要到哪里去？”

叶英实是不愿分心与她说这些闲话，顺口道：“扬州。”苏苏一怔，糖也忘了吃了，问道：“扬州是不是就在长安边上？”叶英道：“当然不是，远着呢。”刚说完，便听得苏苏低低地抽泣了两声，他诧道：“怎么了？”苏苏听他一问，再忍不住，抽泣着道：“大师哥，我……我想回家！”叶英道：“你家在长安？”她“嗯”了一声，声音已是万分委屈，只是强忍着才没有号啕大哭。

原来她是从长安被人拐到这里来的。这儿离长安足有千里之遥，她一个小小女孩儿，一个人自不可能回长安去了。而长安百万人家，就算有人带她回去，只怕也找不到自己家了。只是不知为什么，叶英实在不忍对这小女孩说这些话，他低低道：“别怕，我忙完了这事就送你回去。”

苏苏眼睛一下瞪得溜圆，颊边还挂着泪水，却已是喜出望外，说道：“大师哥，真的么？你可别骗我。”叶英道：“当然不骗你。”苏苏又“嗯”了一声，这回却满是喜悦，忙不迭把手里的糖块又送进嘴里去舔。

听到她又吃上了糖，叶英不由得有点好笑，可也有一丝心酸。他自幼就不得父亲欢心，但毕竟一直都在家中，像苏苏这般小小年纪就流落在外，他都不敢去想。他微微合上了眼，生怕自己也会淌下泪来，耳边却忽然传来铿然一声。

有人拔刀！这一声如一根尖针，让叶英浑身都是一凛。马上，又听得那首领喝道："布阵！"

他说起话来仍然甚是温和，但叶英已然感到了从未有过的危机就在眼前。李十二娘骂这首领是个娘娘腔，他说起话来也真个少了点男子气，但拔刀时却干脆利落，大有高手风范，与旁人大不相同。此人见阿三阿四两人仍然敌不过叶晖和李十二娘的联手，终于忍不住要将这刀阵布全了。虽然叶英至今不曾出过手，但他实是比叶晖更清楚这些人的本事。他们单打独打时实是平平无奇，但两人一联手，出招威力便大增。若六个人齐齐出手，真不知这刀阵威力会如何大法，叶晖与李十二娘两人是铁定招架不住的。刀剑无眼，若被这些人结成阵势，则大势去矣。

直到现在为止，叶英一直都是半闭着眼睛，那首领一开口，他突然睁开了眼。

从大殿看出去，只能看到门口叶晖与李十二娘两人正在与阿三阿四两人周旋。但叶英知道，包括那首领在内，另外几人正在上前。只消片刻他们的刀阵便可结成。纵然自己尚未完全准备好，现在也已是最后的机会。

那首领性子甚急，虽然还算沉得住气，但明明人数占优，却到现在连门都进不去，他也终于沉不住气了。虽然他也有点怀疑自己是不是弄错了，眼前这几人可能并非己方要对付之人，但他们六刀使齐聚还拿不下对手，亦是难得之事，纵然搞错了人，也要将对手擒住再问个明白。

第七章

这首领性子褊狭，但武功实可算得上六刀使中翘楚，与其余三人一起向前冲去。此时阿三与阿四两人已被叶晖与李十二娘逼得又退了一步，完全退到了台阶下，但只消片刻六人汇齐，情势又将全然逆转，这两个对手所成剑阵就算再奇妙，也绝非他们这六合刀阵的对手。他们这刀阵虽取名六合，却并不是非要六个人齐聚不可。但六人聚齐，这刀阵威力才能最大。只消再踏上一步，便与阿三阿四会合。虽不敢说必胜，至少已站在了不败之地。

斗笠下，他的嘴角已浮起了一丝笑意。只是笑意刚浮上，却听阿三惊道："大哥，小心！"他还不知阿三让自己小心什么，眼前忽地白光一闪，一道寒气已逼面而至，方知被人偷袭。只是他全然不曾料到会被偷袭，一时竟吓得傻了，动都动不得分毫。

出手的，正是叶英。叶英半日未动，一动便疾如闪电。他突然从李十二娘与叶晖两人中间掠过，阿三阿四两也没料到会突然又杀出一个人来，还以为叶英是对付自己的，本来两人就自保不暇，此时更为害怕，齐退一步，只想布成刀阵再说。可叶英身法既快，也不与他们动手，脚下一点地，冲向的竟是那首领。他用的也是轻重双剑，剑招也与叶晖一般无二，但出手之快之准，与叶晖实不啻天壤。叶晖虽与他是亲兄弟，也从没见过叶英与人真个动手，只道他武功与自己相去无几。现在见到，最惊异的倒是他。本来阿三阿四被叶英冲乱了阵脚，他若乘胜追击，多半让阿三阿四两个挂彩，可也忘了动手，连嘴都张开了忘了合上。眼看叶英这一剑正刺向那首领面门，他急得只待大叫。虽然动了半天手，叶晖也已觉得这些人应该并不是苏苏口中杀了人的那些人，可若是叶英真个将那首领一剑刺死，那没仇也结上了仇。只是他想明白了这点，哪里来得及叫出声，叶英一剑已然斩到了那首领面门前。六刀使这首领出刀之速，在六人中首屈一指，可也没想到这剑如这般快法，刀连举起都来不及。就在剑尖马上要刺到他面门的一刹那，从一边忽地飞来一刀，“当”一声，自下而上，正格在叶英的剑上。这一刀力量不小，叶英刺出的乃是轻剑，本来就没那人的刀重，剑擦着那首领的颈边掠过，一下将他的斗笠挑落，露出脸来，居然还是个十分清秀的少年。这少年吃了这一吓，脸涨得通红，额头已是涔汗涔涔，眼里却透出一丝凶光。

这突如其来的一刀让叶英也吃了一惊。他乃是谋定而动，这一招的速度、方位都已思量得一清二楚，只道那首领难逃这必杀一剑，可他也终究没算到居然还有人能后发先至。借眼角余光，叶英见出刀架住自己一剑的是左边一人。六刀使六人全都一样的打扮，六个人高矮胖瘦也相差不多，只有阿三的斗笠因为有破损才好认，其余人真不知是哪一个，总之不是阿二，便是阿五或阿六。叶英直到此时才等到这个出手的良机，已是势在必得，却也没想到这必杀一剑竟然会被斜刺里杀出的这人给破坏了。他还不曾将轻重带转，那少年已然冲上来。他虽然被叶英这一剑吓出了一身冷汗，但斗志反倒燃得更旺，心道：想不到还是阿六救了我。六刀使是按入门先后排序，这少年自幼便跟随主人，自视极高，本身武功也远超六刀使其余诸人。这阿六来得最晚，在六刀使中也最为沉默寡言，与他平时没多大交情，平时练习也以配合为主，相互之间虽有比试，自然从来不动真格，他只知阿六武功甚高，但向来觉得他定不如自己。此时见阿六一口刀上下翻飞，居然与叶英的轻重双剑斗了个难解难分，就算不比自己高，也绝不会比自己低，不由得又是惊奇又有一分妒忌，忖道：阿六的武功居然这般高法！他一直都在隐藏自己的真实本领么？

这时叶英的双剑齐齐刺出，阿六的刀正要格挡，叶英双手忽地一分，轻重双剑脱手飞出，直取阿六面门。李十二娘有点惊讶，心想：这是什么招式？叶晖却惊道："春云乍展！这是春云乍展！"

寻常相斗，兵器脱手自然就是输了。但叶家四季剑法的青阳剑中，有一招却是以退为进的飞剑术，正是这招春云乍展。所谓春云乍展，变幻莫测，双剑脱手时所用之力须极尽巧妙，没有三四载寒暑之功难以有成。叶晖学这招时，只见父亲演示过一次。听父亲说这一招轻易不可使用，而且习练又极其困难，非常不实用，实属事倍功半，因此他在整编四季剑法时曾有心将此招删落，但念及列代祖先传下，因此仍是保留，不过并不列入青阳剑的正招之中，只作为一个变招。叶晖没有学剑的天分，练了几次，只觉自己是一生无望。如果真个与人动手，剑一脱手哪里还回得来，因此也就没有再学，后来也再没见过，没想到大哥居然能练成此招。他睁大了眼，连眨都不敢眨一下，心里只是道：我老是听父亲说大哥学剑无成，还一直以为他与我差不多，原来……原来他竟然已到这等地步！只是想到大哥习练这一招，不知要比自己多花多少精力，心头又是一阵刺痛，说不出是什么滋味。

阿六接了叶英数招，正自大觉惊奇，忽见叶英的双剑竟然脱手飞出，他更是一怔，心想：扔了剑还能斗么？两把剑破空而来，虽然看似厉害，但失了人把握，终是无源之水，无本之木，有何可惧？只是他虽不识此招，但向来不敢轻敌。狮子搏兔，犹用全力，这个道理他自是时刻不忘，生怕叶英另有奇招，反正不急在一时，将身一闪，便要闪开双剑。

以他身法，要闪开双剑自然轻而易举。谁知他刚一闪身，叶英也将身一闪，手在双把剑的剑柄处一拔，双剑立时转了个方向，又对准了阿六。原来这正是这招“春云乍展”的精髓所在，剑看似脱手，其实仍在掌握之中，如此一来，等如人的手臂陡然间长了一倍，而对手一旦格挡，剑上所受之力便更加了上去，剑势更加不可捉摸，与手持长剑攻击时的角度全然不同，旁人措手不及之下，如何还能抵挡？阿六连退了三步，轻重双剑便如被一个隐身人持着一般绕着他飞舞，直如附骨之蛆，紧紧相随。也才三步，斗笠下阿六已是微微气喘，脸也变得煞白。他真气已弱，再赶不上双剑飞行时电闪雷鸣般的速度，举起刀来格向重剑，但另一边的轻剑却已挡不住了，心想这一剑之厄多半会逃不过。正在担心，人影一闪，却是那少年抢到了他身边，举刀格住了重剑。

这少年虽然有点妒忌阿六，可见他已至险境，也不能不救。此时不过一瞬间，叶晖刚喊出第一个“展”字，少年却低声道：“阿六，一人对付一剑！”

他与阿六两人的武功比阿三阿四两人高得多，一人对付一剑，叶英顿时便难以控制脱手双剑。他伸手一把抓住剑柄，退后两步。这招“春云乍展”使来大耗心力，他重重呼出了一口气，心道：怪不得父亲说这招难学难练，华而不实，不太实用，已近乎旁门左道，原来果真如此。

“春云乍展”这招乍一使出，炫人眼目，端的是极难对付，但对手一旦站稳脚跟，这般将剑脱手飞出，实是格调不高的轻佻之举，叶晖这些年来一心练剑，就算父亲跟他说过他也不甚信，只有到了此时方知道其中精微之处非实战不能领会。他见阿六与少年两人已然联手一处，沉声道：“二弟，李师妹，不要让他们布全刀阵！”

这六刀使的刀阵与藏剑山庄的“惊鸿掠影剑阵”异曲同工，只是更注重联手之力。这六人刀法有高有空，若是单打独斗，就算武功可能是最强的阿六也定非自己对手，但一旦六人将刀阵布全，只怕自己和叶晖、李十二娘三人竭尽全力也没有一丝胜算。叶英在人情世故上较弟弟差了很远，但在武功一道上，眼光却要锐利得太多，一下就看破了其中关窍。

当叶英突然出手，叶晖又惊又喜，待叶英与阿六过招时，他竟然已忘了再去出去，而此时阿三阿四两人也看着叶英与阿六动手，一般忘了上前。到这时两边才回过神来，阿三和阿四两人正待退到那少年与阿六边上，可叶晖与李十二娘已然将他们截住。此时六刀使被硬生生分为两段，除了阿三与阿四，其实四个已布成了个刀阵，走马灯一般绕着叶英打转。他们这刀阵果然厉害，少年与阿六两人联手时充其量不过与叶英拉平，此时加进来的阿二与阿五两人武功都不及他两人，可四个人分列四角，穿插闪转，威力何况增加一倍？便是十倍都有，叶英轻重双剑已被四把刀的刀光逼得缩到身周。虽然只消将刀影再缩小一圈，叶英已无回天之力，可他的剑圈就如铜打铁铸的一般，怎么都突不进去，反是四人倒时不时被中间飞起的剑光逼得后退，将圈子又拉开了。那少年性子本来就急，此时更急，心想：再这样下去还怎么成？本来只消六刀使齐聚，六合刀阵完整，对方就算是六个叶英，也未必是六合刀阵的对手，可现在却是这般僵持不下，分成了两圈。一边的四人攻叶英一个，虽然占了点上风，可想取胜也不知何时，另一边的阿三阿四却难以应付叶晖和李十二娘。

再这样下去，六刀使真个要一败涂地。百忙中，少年扭头向后面看了看。虽然只是极快的一瞥，叶英已然发现了少年的刀势有了疏漏，抢上一步，右手重剑已然斩出。他的轻重双剑虽然与叶晖一般无二，可出剑却要快得多。只是当剑刚斩出，叶英便感到有种凌厉的剑气从面前的黑暗中直射过来。

除了这六刀使，树林里还有人埋伏！

这是个人迹罕至的偏僻地方，又是暮色沉沉，隔得稍远就什么都看不到了，叶英也没想过林中居然还会有人。他心神只略微一动，便觉重剑一沉，是那武功不凡的阿六一刀搭在了他右手重剑上。刀刚触到剑身，叶英便觉剑一下子又重了好几倍，正待抽剑脱出，可六刀使的四人如走马灯般正绕着叶英打转，阿六一刀搭住叶英的重剑，他左右两个如影随形，也已抢上，两把刀同时斫出。“当”一声，三把刀齐齐锁住了叶英的重剑，哪里还抽得动分毫。那少年见此情形，大喜过望，他们四个围攻叶英一人，斗到现在才算见到胜机，哪肯错过良机，一个箭步跃出，腰刀已横斩而来。他只道定然得计，哪知叶英右手忽然松开了重剑，左手一挥，轻剑交在了右手，在身前一竖，连斩三剑。那少年只觉剑气如排山倒海而来，竟然与叶英先前所用之剑大异其趣。叶英和叶晖一直用的是双手剑，一旦失了一剑，威力也就大减，只是叶英失了一剑，剑上威力竟然比双剑更强，这少年已是茫然不知所措，看着剑光迎面斩来，心霎时凉透，只是想道：原来他一直没有用真本事！这少年心高气傲，一向不服人，到了这生死一线的时候，却终于明白了人外有人，天外有天的道理。

叶英这一剑快如闪电，他自己都有点茫然。这一剑实是太快，连他自己都回不过神来，心中实是比那少年更为震惊。这一剑在他心里已经盘旋了五年之久，可谓熟而又熟，却直至今日才用出来。真正以之对敌，他这才知道这一招竟有如斯威力，仿佛就是自己一心想要寻找的剑道真谛，但又仿佛不是。茫然中，耳边“当”一声响，有个人硬生生插到了叶英与那少年之间，两道弯月形刀光三起三落，叶英这如电闪雷鸣般的连环三剑尽被他接下。每次剑与弯刀一撞，叶英便觉剑上传来一股极其沉重的大力。这力量一层大过一层，待第三剑斩下，脚下竟然立足不定，震得退出了好几步，而那少年接下这三剑，也一个踉跄，退后了半步，看向叶英的目光中亦带有一丝惊异。

就是林中那人！叶英脸上仍然不动声色，心里却已如翻江倒海。这人终于现身了，原来本领竟是如此高强。叶英定睛看去，只见来的这人年纪与他差不多，手上握着两把弯刀，那六刀使都已退到了他身后，特别是那少年，一脸诚惶诚恐，哪还有半分先前的骄狂？这人将叶英震开后也不追击，将两把弯刀插入袖筒，双手趁势抱拳一拱手道：“在下沈酱侠。情急之下多有得罪，还请海涵。”

他的口气却甚是客气，话中也全无敌意，听来不卑不亢，极是自然，那少年大概是向他学的，只不过学了个半调子。叶英心道：“沈酱侠？怎的是这样的名？”他一直在藏剑山庄，不问外事，从没听过这名字，身后叶晖却惊得倒吸一口凉气，上前一步期期艾艾地说：“你……你是明教……”

沈酱侠这名字现在也不算如何响亮，但叶晖却知道得很清楚。明教教主陆危楼，因为无子，所以将外甥沈酱侠过继为子。明教行事，向来我行我素，不容旁人置喙，在外人看来甚不讲理，因此江湖中人对明教向来都敬而远之。叶晖也没见过明教中人，传说倒听了不少，都说明教里的尽是青面獠牙、穷凶极恶之人，但沈酱侠斯文有礼，和他想象的全然不同。

沈酱侠又向叶晖行了一礼道："正是在下。不知兄台如何称呼？"

叶晖见他行礼，才想自己还没说自己是谁，连忙还了一礼道："在下叶晖，这是我大哥叶英，我们自藏剑山庄而来。"

听叶晖说从藏剑山庄而来，沈酱侠的眉头微微一扬，微笑道："原来是名门高弟，难怪如此了得。方才这几位下人眼拙错认，妄动刀兵，大大失礼，还请诸兄海涵。阿一，你速向三位赔罪，请三位恕你狂悖无礼之罪。"

叶晖见沈酱侠武功非凡，说话却是文绉绉的，心里也有几分钦佩，心想六刀使气派不小，居然只是沈酱侠的下人，倒是真个没想到。区区六个下人，居然有这等本领，看来传说明教高手如云实非虚言。沈酱侠倒是坦荡磊落，大为不俗，那少年虽是一脸不情愿，可也上前行了一礼，说了几句场面话。叶晖道："岂敢岂敢。阳虎之讹，在所难免，沈公子不必苛责尊介。"

"尊介"一词，指的是仆人。沈酱侠说六刀使是他下人，而下人或是指仆人，也指下属。叶晖没什么习剑的天分，书倒读了不少。他本性虽然忠厚，终也不是没脾气的人，听得那少年道歉时言不由衷，先前这人又不分青红皂白便动手，心中有些怒气，就偏生说成是仆佣，占点儿口舌上的便宜也好。只是说完了这话，看那少年仍是无动于衷，定然根本不明白叶晖这点口舌上的小诡诈。叶晖不由得有些沮丧，心道：这小子不学无术，绕弯子骂他也不懂，真是俏媚眼做给瞎子看了。沈酱侠倒似听懂了叶晖所言之意，淡淡一笑道："多谢多谢。"

叶晖正与沈酱侠交谈，李十二娘站在他们身后，紧紧盯着叶英的背影，叶晖在说些什么都充耳不闻，心里只在想着：是他！原来是他！方才叶英突然使出那连环三剑时，她就惊得差点叫出声来。这一招，分明就是五年前见到拓跋思南击败前来挑战的蒙面剑客时所用。五年前，她只是个小女孩，但当时拓跋思南郑重其事地要她将四式剑意图忘掉时的情景她仍然记忆犹新。五年过去，那剑意图已然忘得差不多，可是那一天见到的剑光却时时梦见。尤其当李十二娘在公孙大娘门下学得的剑术越来越精深时，每当回想起那连环三剑，她也暗自咋舌。

世上竟有如此剑法！虽然事隔五年，记忆也已模糊，但刚才看到叶英使出的，正是五年前拓跋思南使出的那一招。这一招是拓跋思南从自己那剑意图中即兴生发而成，他要自己忘掉剑意图，那么拓跋思南自己也定然不会再用。那么，五年前的那个蒙面剑客，定然就是叶英了！李十二娘怎么也没想到，这位沉默寡言，生得清秀如好女的大师哥，也曾做出如此狂妄之事。

如李十二娘所料，五年前出手挑战拓跋思南的蒙面剑客，正是叶英。只是此时他心里说不出的难受，一句话都说不出来。

五年前，看到剑意图后自以为悟得无上剑道，真个不可一世，以为天下无人可胜过自己，任何人都不堪一击，于是偷偷去挑战拓跋思南，想把正阳剑夺回来。结果拓跋思南以一根树枝就把叶英打得一败涂地，若不是手下留情，叶英多半会连性命都要丢在了那里。一想到五年前的狂妄之举，叶英便极是沮丧，但心中更多的却是不服。这五年来他练剑愈加刻苦，足不出户，每天都与剑为伴，自觉于剑道更有心得。可是五年前的败战之耻，却历久弥新，日日都铭记在心。他心性深沉，叶孟秋也不知儿子当初居然有此惊人之举，他自然也不会向旁人提起，可自己几乎每天都要反省一遍。那一日拓跋思南所用的每一招每一式，叶英都记得熟而又熟，最熟的自是让他险些丧命的连环三剑。最初时只觉拓跋思南的剑法平平无奇，败在他手上真个不甘，可剑练得越多，叶英便越觉得那些平凡的招式竟是如此无懈可击。那时他是经过一番苦思方有所得，而拓跋思南分明只是即兴使出，两人的剑招同出一源，但这几年越想，越觉得与拓跋思南之间的差距越来越远。叶英也知道其实并非自己在退步，只不过五年前自己尚不能看出拓跋思南剑招的精妙之处，现在眼光高了，看得也深了，也看到了自己与拓跋思南之间真正的差距。被六刀使的四人围攻时，当重剑被对手锁住，练惯的双剑术已使不出来，情急之下，叶英脑海中跳出来的便是这连环三剑。这三剑他想得最多，总觉无懈可击，真个使出来时，威力也让他大吃一惊。但更让他吃惊的，是沈酱侠竟然如此轻易就将此招化解。此时的叶英，才真正明白“人外有人，天外有天”到底是什么意思。

第八章

雨已经小得多了，夜却仍然很长。沈酱侠走在林中，不觉又回头望了一眼那座废庙。

对藏剑山庄，他舅舅向来不屑一顾，所以藏剑山庄两次名剑大会都邀请了明教，他都没有参与。沈酱侠还记得舅舅提到藏剑山庄时，只是一派看不起的口吻，说叶家的四季剑法只以轻重双剑来投机取巧，格调不高。然而方才叶英用单剑使出的连环三剑却也让他大为震惊。

这个外貌俊秀之极的少年，竟然有如此高明的剑术。虽然挡住了叶英的三剑，但沈酱侠的心神仍有些不定。不仅仅是一招半式，叶英的剑上所透露出的剑意，让沈酱侠为之心悸。

藏剑山庄绝非只会花拳绣腿、投机取巧的门派。这一趟虽然没能达成自己的真正目的，但得到了这个消息，也是不虚此行——如果不是教中出事的话。

一想到这，沈酱侠的心里便是一阵烦乱。这时的叶晖，却是重重地松了口气。

方才与沈酱侠一番交涉，虽然素闻明教有不通人情的名声，那六刀使不由分说就动手，分明也是如此，可沈酱侠却十分大度坦荡，听叶晖说他们的马车车轮坏了，还送了他们一对备用的，以表六刀使无礼的歉意。这等雪中送炭实是来得及时，趁着雨已小了，他将马牵到了先前车子坏掉的地方，修好了车轮，套上马拉回到寺里，此时实在撑不下去了，打了个哈欠道："大哥，现在走还是睡一会再走？"

叶英实是不愿再在这废寺待下去，但见叶晖眼睛都快睁不开，低声道："你睡一会吧，天亮了再走。"

叶晖又打了个哈欠，说道："好，好，大哥，那我先睡了，你若困了就叫我，我来替你。"其实这是后半夜了，离天亮已没有多久，等他睡醒，天自然已经放亮，也轮不到叶晖去守夜，不过这话他仍是要说的。他也是真个困了，说罢靠在柱上一闭眼，便已睡去，哪还管别个。李十二娘见叶晖坐着都睡那么香，心知现在走不了，从随身包袱里取出一件衣服摊在地上道："苏苏，你也睡一会吧。"

苏苏受了一番惊吓，此时更困，站在她身边时脑袋不住往下垂，听得要睡觉，不由分说，一骨碌倒头便睡。李十二娘怕她着凉，又拿了件衣服给她盖上，自己也已困意连连，和衣靠在柱子边，闭上了眼，心道：这一趟竟出了这许多事，师傅想必也没想到。这几十把短剑的订货，对藏剑山庄来说只是桩微不足道的小生意，公孙大娘也根本没往心里去，而且江南一带向来太平，因此李十二娘吵着要来，公孙大娘便让她一个人上来。哪知来时没出什么事，回程竟是如此不太平。她睡意已浓，心事虽重，可还是沉沉睡去。

他们都已睡着，叶英却全无睡意，仍是想着方才之事。五年前，他见到李十二娘所演示的那四个剑意图后，便惊叹不已。这四个看似简单的图竟是如此博大精深，直如汪洋大海，无穷无尽。可是五年前与拓跋思南一战，却几乎摧毁了叶英的信心。正是这一战让他明白，自己苦心孤诣悟得的剑道竟然在拓跋思南一根树枝下不堪一击，而拓跋思南的随手一招又让他五年来怎么都想不出破解之法。可是方才沈酱侠后发先至，以双刀化解了这连环三剑攻势后，又让叶英震惊不已。他从怀里摸出了一片竹片，细细地摸着上面所刻的纹路。

竹片上刻的，正是那四个剑意图。虽然叶英已是记得熟而又熟，但当时他就怕自己忘掉，马上刻在了竹片之上。五年来，这竹片日日不离身，已摩挲得光可鉴人，颜色也成了紫褐色，叶英仍是得暇便拿出来琢磨一番。细细地摸索了竹片上的纹路一会儿，叶英忽地站起来，抽出轻剑在胸前一竖，接连三剑斩落。

这正是当初拓跋思南击败叶英的那一招。时至今日，虽然叶英自觉已大有长进，但回想起来，若再次面对拓跋思南，而拓跋思南再用此招，自己仍是抵挡不住。因此沈酱侠轻描淡写便化解了此招时，叶英甚至有些绝望。

究竟能不能参透这剑意图？叶英实是毫无信心。正摸索着竹片，身后，忽然传来了一个人的声音：“叶英兄。”

这声音极是突然，虽然轻得有如耳语，但在叶英听来却不啻雷鸣。他没想到有个陌生人竟然欺近到他身后如此之近，一霎时惊出了一身冷汗，脚下一错，人已转过半圈，右手轻剑一下刺出。此时他满脑子想的便是那连环三剑，手上自然而然使出的也是此招。只是剑甫一刺出，却觉这剑有些异样。平时练习时务求其快，但总是难以突破极限，可现在无心出之，这一剑竟是快得异乎寻常，叶英自己还不曾察觉，手中剑已如活了一般疾斩，而后面两剑也已跃跃欲试。他大吃一惊，心道：这是怎么回事？

原来这连环三剑威力虽大，但练到极处却能发而不能收，剑已不能为人所控。当初以拓跋思南这等功力，使出此招后也要将树枝刺入树身来化去此招戾气，因此拓跋思南才会说这剑意图实是要引人入魔的妖物。叶英功力远未练至被长剑反客为主的地步，因此并不能发挥出此招真谛。但适才他心无旁骛，出手时又毫无滞涩，正暗合其中三昧，单以这一招而论，无意中已有了拓跋思南一半的火候。他根本不曾想到这一招竟会有如此异样，眼见剑光直取对手，叶英反而惊得脸已煞白。

剑光闪过。就在一刹那，黑暗中又飞起一道剑光，正迎上了叶英刺出的这一剑。黑暗中这剑在空中连画了五六圈，剑尖的一点亮正成了个圆圆的圈子。那人划得极快，圈子也有大有小，正套在叶英的剑光之上，两道剑光竟如蛛丝一般缠在了一处，竟听不到剑刃相击的声响。叶英的剑厉如电光，那人的剑却柔若春风，电光虽厉，终不能斩春风之毫末，而双剑偶尔相击，竟然全无声音。

如果那人如沈酱侠一般以自身的本事破解这一招，叶英也不会如此惊异。这人用的剑招大异寻常，这般大绕圈子可谓大违剑理，但用来对付叶英这招连环三剑却如天造地设一般，一个攻得无孔不入，一个守得水泄不通，其实也不是破解，两招倒似事先练好了来喂招一般。叶英只觉掌中剑身突然重了许多，仿佛刺进了一团极黏稠的胶水之中，剑势也慢了数倍，原本似要脱手飞出的长剑又能控制了。他隐隐已觉得有些异样，手腕一振，剑尖忽地一缩一伸，剑尖也画了个圈。

这一路，正是叶英自那四个剑意图中悟得的剑术。图是四个，气象各异，一刚一柔，另两个也有阴阳之相。那连环三剑正是拓跋思南从第一图中悟得的剑意所化，刚猛无伦。叶英败在这一招下后，曾苦思冥想破解之道，觉得要破阳刚，唯有从阴柔处着手。第二图正是阴柔之相，但无论他如何绞尽脑汁，总觉得要破解那连环三招仍是力有未逮。此时见那人一招就破去，他这才恍然大悟，心道：我可真笨！总想着拓跋思南如何如何，却没想到世上有几个拓跋思南！

叶英因为在拓跋思南剑下败北，因此想的总以拓跋思南为参照。每每想得一招，马上就转念想道：拓跋思南定不受此招所困。他先入为主，因此觉得这一招堪称无敌，却忘了世上能达到拓跋思南境界的实是寥寥无几。在拓跋思南剑下，不要说是这连环三剑，就是再寻常不过的招式，也没几个人能够抵挡得住。叶英便是求全责备，以至于处处碰壁。此时想通了这一点，只觉胸中一空，说不出地快活，但心头也更是疑惑，忖道：这人到底是谁?

刚划得四五个剑圈，那人剑势忽地一变，长剑大开大阖，尽是进手的招数。叶英再无疑心，心道：这正是第三图的。第三图的气象正是平和中正，不偏不斜。他见那人变招，也相应转到了第三式。此时已不似斗剑，倒似在弈棋一般。叶英于每一图所得的剑招往往不能融会贯通，变招时往往生涩迟滞，因此败给拓跋思南后再不敢用于实战。此时见这人变招有如行云流水，舒畅无比，有时甚至与自己所悟招数极其相似，但流畅程度却远在自己之上，而此人似乎并无什么敌意，有时叶英变招慢了，他甚至也放慢了剑势等着。叶英与他每过一招，便觉多少都有所得，以往无法连贯在一起的剑路似乎也可合为一体。他本来想叫起叶晖和李十二娘，此时也已全然忘了，倒希望二弟和李十二娘睡得越沉越好。

两人不知不觉从大殿的东角转到了西角。大殿共有四根柱子，叶晖、李十二娘和苏苏都睡在东边两根柱子边，篝火也点在了东边，西面更显得昏暗。一退入黑暗中，那人的剑突然一变，“嗤”一声响，有如一点萤火疾飞，叶英只觉咽喉处感到了一股彻骨的阴寒，那人竟然在一刹那间变招，化缓为疾，中宫直进，刺向叶英的咽喉处，正是第一图的“刚”字诀。叶英没想到此人竟然说变就变，背上湿漉漉的霎时惊出了一身冷汗，人疾退一步。只是他退得快，那人跟得也快，剑尖仍然指向叶英的咽喉处。

叶英只觉心头一阵冰冷，未及多想，他手上动得比心思更快，眼见要害受制，剑意图中悟得的招式已不足以对付这一招，左手忽地从背后抽出了重剑，与右手轻剑一搭，两剑交叉着护住面门，正是四季剑法青阳剑中一招“归燕剪尾”。“归燕剪尾”这一招本是轻重双剑交叉，可攻可守，不过叶英因为右手力大，平时都是重剑握在右手。但此时他的右手正握着轻剑，归燕剪尾这一招使出来正好与寻常的相反。那人也没料到叶英还有这一招，若再将剑刺过去，纵然一剑刺死了叶英，叶英的双剑也足以将自己一条手臂“剪”了下来。他本来就没有杀意，不等叶英双剑闭合，身子便向后一纵，闪身到了一根柱子后，轻声道：“叶英兄，如此孟浪，恐非待客之道。”

虽然挡住了这一剑，叶英心里仍是一阵后怕。虽然此时才知道对方并无取自己性命之意，可对剑之时却只觉危急万分，直到现在也没能看到对方的面目，却仿佛已在鬼门关前打了个转回来。他听得那人突然开口，更是诧异。这声音十分陌生，叶英也不记得自己认得他，但听起来这人并无许多敌意，倒多了几分欣喜，若不是方才他的剑曾经逼到了叶英咽喉处，旁人听了定会以为他是叶英十分熟络的老友。叶英怔了怔，让胸中乱成一片的内息平静了些，沉声道：“在下正是叶英，阁下是谁？”

叶英这些年一直在藏剑山庄练剑，几乎足不出户，也很少认得江湖人物，而旁人大概也只听说过藏剑山庄庄主的大儿子叫叶英而已，他实在想不出这人怎么会认得自己。那人道：“在下陆浩，不过一介无名小卒，叶英兄取笑了。”他站到另一根柱子边，只露出一角衣服，脸仍是隐在了黑暗中。

叶英的江湖经验甚是浅薄，姓陆的高手他也只知道一个陆危楼。听得这人说是姓陆，心想：这陆浩是明教高手么？只是这陆浩年纪甚轻，自然不是陆危楼，而陆危楼并无子嗣，因此才将外甥沈酱侠收为义子。他没敢有半点放松，双剑仍是护住前心，说道：“陆兄究竟有何指教？”

陆浩道：“叶英兄果然也精擅问道剑。在下本以为当今之世，唯弟一人知有此剑，没想到尚有叶兄在。空谷闻跫，欣如之何。”

叶英诧道：“陆兄谬赞，愧不敢当，但不知何谓问道剑？”叶英与旁人交往不多，以前说过话的无非是庄中之人，从来没有一个像这样那样说话咬文嚼字。加上先前见到的沈酱侠说话也是文绉绉的，他心里多少有点奇怪，不自觉也拽了句文。

陆浩“咦”了一声道：“叶英兄居然不知问道剑之名？你究竟是从何处习得此剑？问道七剑，有意无形，‘刚明柔暗’前四路你修到了第几路？”他也知叶英明明会这问道剑，实不必作伪，说不知道就定然是真的不知道。他向来以为自己手中的问道剑是个孤本，当发现叶英也会这一路剑术时，惊异实不比叶英小多少，而听得叶英居然连这路剑的名字都不知道，更是惊讶得连咬文嚼字说话都忘了，只是连连发问。

听陆浩说到“有意无形、刚明柔暗”四字时，叶英心中便是一动。李十二娘不知是从哪里看到了这四个剑意图，这四个图简单到一个小孩都能一学就会，但其中又蕴藏着深不可测的剑意，正可用“刚明柔暗”四字概括。只是李十二娘演示时，却不是按这顺序来的，多半是因为她看到这图时年纪幼小，连自己都不知正确顺序应该怎样。而叶英一见之下便将这四个剑意图按序刻在了竹片上，几乎天天都会摸上几遍，更不会去想顺序如何。只是功夫下得越深，就越觉牴牾不顺，总是不能将融会贯通，他也一直想不通其中道理。听得陆浩无意间说出的这四字，险些便要欢呼起来，心里只是在暗暗骂着自己道："原来共有七剑！叶英啊叶英，你真是榆木脑瓜不开窍，五年来居然会没想过这边去！"为了这四个剑意图，他在藏剑山庄的剑冢独自待了五年。只是纵然有所悟，但悟得的每一招每一式都显得难以调和，真要斗起来，对手可不会等着摆半天架势再发招。叶英也一直为此所苦，却想不到什么好办法。现在终于得知了剑意图的真正顺序，真如豁然开朗，这些年来一直在心头萦绕不去的种种难题似乎都将迎刃而解，当真有种说不出的快意。而"有意无形"四字，更是仿佛触动他心底一点灵机，百思不得其解的疑团似乎都将涣然冰释，一霎时他满脑子尽在想着剑法，以往格格不入的招数已渐渐有贯通之势，根本顾不上别个。陆浩见他只是不答，也不知他正在想什么，急道："叶英兄，你到底已修成了几路？"

陆浩的谈吐一直甚是老成，听不出年纪来，这一句却透出了几分稚气。叶英心道：原来他年纪并不比我大，他有的，应该也只是这四路而已。只是他到底是什么人？为什么如此急着想要知道？叶英的江湖经验虽然浅薄，却也不是傻子，心中更是怀疑，反问道："陆兄，那你是从何处习得此剑？"

话音甫落，叶英忽然觉得心头猛然一跳，仿佛在暗夜行路时突然一失足一般。他一怔，也不知是怎么一回事，却听陆浩低低道："糟糕，叶英兄，快逃吧！"

听得这话，叶英心中一寒，方才与陆浩一言一语，说得甚好，动手时他也觉得陆浩并无敌意，但这话怎么听都是威胁，一念及此，他伸手握住了剑柄，人又退后一步，沉声道："陆兄是要动手么？"

他心知这一回动手，陆浩定不会再手下留情，必须要小心应付，好在自己已得了刚明柔暗四字诀，已非吴下阿蒙，多半不会再一招受制。刚把剑举到胸前，心口却又是一震，有种说不出的难受。他又惊又骇，忖道：这到底是怎么回事？这时突然又是一道闪电划过，刹那间映得大殿上一片雪亮，但前面哪儿还有陆浩的影子？倒是心口又是一震，就如被一个隐身人兜心重重打了一拳。

不对！叶英此时已然回过神来。陆浩那句话并不是威胁，话中也带着一丝惧意，定然有敌人来了，陆浩是真的叫自己逃走。叶英也不知这回来的究竟是何许人也，但连陆浩都感到害怕，定非善类。他退到了叶晖睡觉的柱子边，低声道："二弟，起来！"

叶晖为人精细，听得自己这般叫他，定然翻身起来，但叶英叫了两声，叶晖却仍在呼呼大睡。叶英大急，伸手一推，只觉叶晖被他推得在地上晃了晃，竟然还不曾醒。就算睡得再死，也不会这样都醒不了。叶英不由得大骇，伸手试了试叶晖的鼻息，但叶晖的呼吸却十分平和，并无异样。

这到底是怎么回事？他正想着，心口又是一震。此时叶英已知不对，只觉有敌来犯，陆浩正因此逃走。自己虽然没有昏过去，可终不能扔下叶晖独自逃生。他扭头看向边上的李十二娘和苏苏，却听得黑暗中苏苏低低叫道："大师哥！十二姐姐死掉了！"

她的声音又轻又弱，叶英吓得魂飞魄散，冲到李十二娘睡的那根柱子前，也顾不得什么，抓住李十二娘手腕搭了搭她的脉门，却觉李十二娘的脉搏也不见异常。他道："苏苏，你看看你十二姐姐的脸色如何？"

苏苏自己已是吓得脸色煞白，听叶英要自己看李十二娘脸色，忙凑近了看看，说道："大师哥，十二姐姐的脸挺白。"

叶英暗暗叹了口气，心想也没办法跟这小姑娘说清怎么看脸色。不过李十二娘脉搏正常，人应该并无异样。他道："苏苏，你别瞎说，她没有死。"

苏苏道："可是……大师哥，那个吹小喇叭的人又来了，我听了害怕，想告诉十二姐姐，可推她都推不醒。"

叶英怔道："吹小喇叭？"

苏苏奇道："是啊。大师哥，你难道听不到么？听，又响了！滴……滴……滴……"

她说"又响了"的时候，叶英便觉心口又是一震，仿佛又被一个隐形之人当心重重打了一拳。可是侧耳听去，却只听得到细细的雨声。可是苏苏每次学喇叭响时，他就觉得心脏在剧跳，竟然分毫不差。

原来苏苏能听到这声音。叶晖与李十二娘昏迷不醒，定然也与这听不到的声音有关。叶英不觉看了看那边的叶晖，心头微微一痛。叶家几兄弟里，叶晖最为精明强干，做事也最为仔细，叶英虽是他大哥，平时也总是听叶晖拿主意。只是眼下叶晖昏迷不醒，万事只有靠自己了。想到此处，他低下头，小声道："苏苏，你没听错吧？"

苏苏有点着恼，跺了跺脚道："这小喇叭的声音我怎么会听错！"

叶英倒也说不出话来。先前苏苏认错了同样戴斗笠的明教六刀使，但这喇叭的声音自不会听错，叶晖与李十二娘突然昏迷不醒，定然也是因为此人，便是叶英，心口仍是一阵阵地发闷，极是难受。他低低道："苏苏，你觉不觉得难受？"

苏苏睁大了眼，诧道："很难听，难受倒也不难受。"她顿了顿，又轻声道："大师哥，你打不打得过他？要是打不过，我帮你打！"

虽然此时不是好笑的时候，但叶英仍是不由得失笑，摸了摸苏苏的头道："好孩子，大师哥一准打得过，不过得靠你帮忙。"

苏苏没想到这个本事极大的大师哥居然也要自己帮忙，又惊又喜，连连点头道："我帮！我帮！大师哥，就怕我打不过他！"

叶英暗自苦笑，脸上仍是不动声色，说道："不要你打架，你只要躲在柱子后看好二师哥跟十二姐姐，不管出什么事都不要出声，行么？"

苏苏听得只是如此，忙不迭道："嗯！大师哥，这个我会。"

叶英将叶晖扶到李十二娘边上，自己站到了外侧的柱子后面，又看了一眼天色。天已经快要亮了，此时却是一夜中最黑暗的一刻。虽然听不到苏苏说的响动，但他感觉得到这听不到的声音正一波波地袭来。

陆浩虽然极想知道问道剑的来历，但因为忌惮这人而遁走，可知这人的厉害。但不论有多凶险，自己终不能抛下二弟和李十二娘他们逃走。

他想着，双手将轻重双剑又握得紧了些。

第九章

寺院门口出现了一个人影。

这是个头戴头笠的行脚僧。行脚僧是不在寺院挂单，四处云游，靠化缘度日的僧人。大唐皇室，奉老子为祖，因此道家颇受尊崇，但自太宗开始诸帝，其实都更信奉佛门。而女帝武则天，更是个虔诚的信徒，因此当时天下僧众极多。只是这和尚比一般人大了一圈，步子也极是沉重。

从院子到大殿，不过数丈之遥。大殿上原本点着篝火，此时却已然快要熄灭了，只有一点微微的红光闪烁，越发显得昏暗。叶英站在柱子后，默默算着这人的步子。以他的本领，七尺之内突袭，当有九成的把握一招制敌。这妖僧不知用了什么邪术把叶晖与李十二娘都弄得昏迷不醒，只有先下手为强，逼他拿出解药不可。

人一步大约有一尺六寸左右，七尺也就是四到五步，正是叶英所立的柱子到大殿边上的距离。当那和尚踏上大殿台阶的一刹那，叶英忽地飞身掠出，双剑急旋，正是朱明剑中那招“风雨如晦”。先前叶晖也曾以此招攻向六刀使中的阿三，只是叶英使来比叶晖更快了倍许，而在这风雨交加的夜里使出，仿佛借得天地之威，剑光几若电光。

叶英在此招的功力仅次于父亲，已能连转五个圈子。纵然敌人能及时反扑，但能挡住五圈共十剑疾攻的人，只怕也没有多少。听这和尚的脚步声如此沉重，此人定是以膂力见长，而这一招“风雨如晦”恰以轻灵迅捷见长，正可克制对手。

叶英算得极准，在柱后等的便是这个时机，出剑极快。左手剑刚斩出，便觉剑身已吃到了分量，那和尚出手却也异乎寻常地快，手一扬，掌中多了条短棒，架住了叶英的左手轻剑。但叶英的左手轻剑只一提，借着疾转之势右手重剑便已跟上。纵然这和尚能够挡住两剑，但这招“风雨如晦”一旦发动，一剑连着一剑，直如天风海雨逼人，除非那和尚生了三头六臂才挡得住。

又是“当”一声，那和尚左手中也出现了一根短棒。他是用右手挡叶英的轻剑，左手去挡重剑，已成以弱击强，右手的短棒只在轻剑上略略一磕，左手却实打实地和重剑一击。叶英只觉手中一麻，只是并不似预料中一般力大无穷。他右手重剑在那和尚的短棒一磕，人已转了半圈，不等那人右手短棒收回，双剑一个起落，左手轻剑划了半圈，先斩向那和尚的后颈，不等那和尚的右手棒举起，叶英右手的重剑也已斩到。这一招使得有若行云流水，毫无滞涩，叶英以前也从未使得如此酣畅淋漓过。

这一剑到此，那和尚已然避无可避。叶英自己都没想到一招“风雨如晦”居然只转了第一个圈便已得手，几乎都不敢相信。原来他听陆浩说了“刚柔明暗”四字诀后，对剑意图的领悟已深了一层。剑招只是形，剑意方是骨，不论使什么剑招，已相应强了许多。只是叶英并不想伤人，只觉这一剑那和尚定然挡不住，若毫不留手，只怕要将这凶僧半个脑袋都削下来，因此手腕一紧，暗暗收了一分力。只是一剑眼看就要斩到那和尚的头颈，“当”一声，从和尚背后突然又伸出了两根短棒。这两根短棒交叉在一处，便如剪刀般绞住了叶英的剑。

竟有这等事！叶英倒吸了一口凉气，用力一抽，却觉重剑便如削进了石缝里被死死卡住一般，被那两根短棒锁住。本来这招“风雨如晦”还能再转四个圈子，可重剑一被锁住，这一招已然使不下去。不等他再行变招，那和尚已然一分为三，将叶英围在了正中。此时重剑已被当中一个行脚僧双棒锁住，左右两人挥棒打向叶英两肋。只是他们出手虽快，眼前一花，却是叶英倏进倏退，向后连退了四步。这两个行脚僧双棒落空，直到此时，“当”一声，却是重剑落到地上。

叶英本道自己已大获全胜，没想到在极短的一瞬间胜负便已易势。他手中只剩了一把轻剑，闪身在柱后不住喘息，心道：该死！我太轻敌了！若是二弟，定不会上这个当。这和尚自没有分身术，只是三个人站成了一排。这三人一般高矮，一样的打扮，走路时步调更是一般无二。叶英先入为主，听苏苏说是有个人在吹小喇叭，一心以为只有一个人，因此觉得那人步履极重，根本没去想那其实是三个人。这必胜一剑最终铩羽而归，连重剑都已失落，叶英心头不禁有些茫然。

三人中当中那个行脚僧看了看地上的剑，忽然一笑道：“我道是谁，原来是藏剑子弟，但不知是大郎还是二郎？”

叶英心头忽地一震，忖道：这人居然知道我们！他和叶晖年纪不大，从未在江湖上露过面，真不知这行脚僧怎么会认得自己的。他深深吸了口气，说道：“在下叶英。不知大师如何称呼？”

那行脚僧忽然“嗤”地一笑道：“原来大郎有这等高明的剑术，贫僧倒是始料未及。既然是藏剑山庄的大郎，那留下要送的东西，饶你去吧。”

叶英又是一怔，心道：他知道了我，却要饶我，但东西又要拿走，此人到底想干什么？虽然这批短剑价值不菲，但也并不是值钱到要铤而走险的地步。何况剪径之人，往往都要杀人灭口，这行脚僧偏生要放了自己，实在让他想不通。

那行脚僧说完了，半晌不见叶英答话，心想这少年定然是吓得怕了，再不敢动手。叶家四季剑法，在江湖上也算得一路名剑，方才叶英出手一剑实是将他吓出了一身冷汗，但四季剑法是双手剑，此时叶英失了一剑，已是无牙老虎，没什么可惧的。而他们受人之托出手，旁人杀了也就杀了，对藏剑子弟却要留个活口，因此要留他性命倒是真话，只想将货物带走就是了。他们三个受师命来办事，先前却不巧遇到了明教众人。他们向来无法无天，见被人撞破，而那些人用刀不用剑，自非藏剑子弟，便想杀人灭口，哪知六刀使单打独斗时武功寻常，连成刀阵后竟是攻则无坚不摧，守得固若金汤，他们三人联手也不是对手。若不是六刀使生怕落单后不敌，因此不敢分散，他们多半便要死在六刀使的刀下了。待看到沈酱侠出手时，方知这些人乃是明教门下，更是胆战心惊。明教行事，比他们还要狠辣，心想这次劫道不成，差点把自己性命都送在了这里。可是有心逃走，又想到师命难违，若是办不成事，回去无法向师父交代，因此一直不敢远遁，只在周围逡巡。好不容易等到明教诸人离去，再次下手，不料叶英的剑术竟是高得出奇，他也不想再节外生枝，见叶英不开口，心想这叶家大郎知难而退，他将两根短棒往腰间一插，上前便要搬地上的箱子。手刚伸出，眼前剑光一闪，一剑斩向他的手掌，正是叶英从柱后突然出剑。这行脚僧没想到叶英仍不肯罢手，吓了一大跳，慌忙向后一闪，狞笑道："大郎，你仍不肯死心么？"虽然买托他的人说过不要伤人，但这些和尚杀个把人实是家常便饭，根本不放在心里，见叶英不肯就范，已然动了杀机。

叶英一声不吭，将一柄轻剑举到胸前，心中只是默默地念着："刚明柔暗，有意无形。"他练得最熟的自是四季剑法，虽然与那路问道剑甚有契合之处，毕竟颇有不同。现在手中只剩单剑，四季剑法已大打折扣，唯一的胜机便是这问道剑了。

那行脚僧见叶英不说话，更是恼怒，心道：你这小子也看不起我么？藏剑山庄可比不得明教。藏剑山庄崛起江湖未久，名声一多半倒是由铸剑而来，叶家四季剑法虽然可圈可点，当真比不得明教武功那般博大精深，可况叶英年纪轻轻，方才对了一招，这行脚僧已知叶英剑术虽精，功力却不足。他抽出短棒，踏上一步，心道你这小子再狂傲，看我一棒把你脑浆打出来。他只上得一步，却见叶英的长剑在身前一竖。他身后一个和尚看得清楚，叫道："三师兄，小心！"可这和尚还不曾反应过来，眼前突然剑光大盛。他大吃一惊，已觉这剑招极不寻常，四季剑法圆美流转，如沐春风，但这一剑却显得凄厉妖异，似乎剑尖都在滴血。此时已躲闪不及，唯有举棒相迎，"当"一声，刚在剑锋上一磕，却觉叶英手腕一提，长剑轻轻巧巧闪过了短棒，又从另一边斩来。

剑不比刀，宜刺不宜斩，但这一招连消带打，几乎在一瞬间连斩两剑。那行脚僧也没想到叶英竟使得出如此高明的剑术，只觉剑光如泰山压顶，有着无坚不摧的气势，剑势更是毫不留情。这一剑斩下，脑袋多半要被从中斩开。他脑海中已是一片空白，心道：死了死了！这小子居然扮猪吃老虎！到了这时候他也唯有死马当活马医，头一缩，左手短棒护住了顶门，人疾往后退，心想且挡一挡，但这小子若是能连斩三剑，那没等自己退开便脑袋一分为二，那就彻底完了。

又是"当"一声响。挡去了第二剑，这行脚僧这时已没有师弟来帮他挡第三剑了。他只觉顶心凉风飒然，正自绝望，但叶英的剑"嗤"一声却从他身边斩落。这一剑剑气极盛，几已有形有质，地上的尘土都被逼得飞腾而起，只是终已落空。就在这一刹那，那行脚僧已退出了两步，脱开了叶英剑势笼罩。只是退了两步后他仍觉不够安全，又退了两步。本来他已经进了大殿，这一来反而退到院中。一到院中便觉头顶心冰凉一片，伸手一摸，却是斗笠已被削去了半边，雨水洒在了他头顶。他看着叶英，眼神已是惊疑不定，心道：这小子怎么有恁高的剑术？好像……好像……那位公子说得不对啊！

这行脚僧在一干师兄弟中排名第三，名叫行念，比同来的两个师弟都要高出一截。他被这一招迫得惊魂未定，另两个更是惊恐，忙闪到他身后，左手那行脚僧小声道："三师兄，怎么办？"他们受命而来，自不能空手而归。哪知先前险些落在明教手中，现在连这么一个叶家大郎都收拾不下，实是信心大失。行念见叶英横剑站在柱子旁，不知在想什么，并不上前追击。他被叶英这一剑夺去心魄，不敢再与他放对，咬了咬牙道："用吧！"

问他的是四师弟，名叫行德。这三人中，行德算是最为精细的。他本来也以为没了明教掣肘，此事实是手到擒来，却不料竟是如此难缠。听三师兄说要用，行德迟疑了一下道："三师兄，再用，今晚可是连用三次梵雷了。"

行念怒道："什么时候了还要缠夹不清！"方才叶英这一剑实是将他的信心击得粉碎，若不是叶英最后一剑失了准头，现在自己准已尸横在地了。行德不敢再说，从怀中摸出了一个铜圈，递给了行念，忖道：这叶家大郎先前已然搪过了一阵无音梵雷，这一次万一再没用，那我们逃都逃不掉了。方才虽然不是行德与叶英相抗，但叶英这连环三剑也让他吓了个半死，心想若是动手的是自己，多半不能和行念一般全身而退。只是侧眼看看叶英，却见他提着长剑，似乎有些恍惚。不过叫他趁机动手，行德亦是不敢。

他们却不知叶英此时实是魂不守舍。叶英在柱后已打定了这主意，只觉单凭四季剑法，尚不足以克敌，唯有靠问道剑来出奇制胜。单凭自己悟得的剑招，犹不能胜过这三个凶僧，唯一可用的也就是拓跋思南使过的这连环三剑。叶英曾在这一招下一败涂地，可动手时每每又靠这一招保命，先前用这招突袭陆浩时他便觉有些异样，甫一出手，更觉得手中长剑隐隐然有脱手飞去之势，竟不似一柄兵器，而是一条快要修成飞去的毒龙。

叶英自不知道，这正是问道剑练到极处时的特征。天下剑术，都是一招一式，循序渐进练成的，就是这问道剑有意无招，全看人的悟性。悟性越高，悟得的剑招威力越大，也就越难控制。所谓入魔入道，只在一念之间，谁都难以预料。当年李十二娘演示出的剑意图顺序错乱，拓跋思南偶然悟得的这连环三剑，虽然威力极大，却也已渐入魔道，连他这等不世出的剑客都觉得难以驾驭，才会说剑意图是引人入魔之物。叶英以往功力尚浅，还体会不到此招的精深之处。现在连番实战，更以此招对敌，已是初窥门径，越发感受到这一招的不同寻常之处。方才最后一剑时失了准头，其实却是叶英逃过了一劫。他正是在入门之际，若是这当口剑锋见血，悟得的剑意便如出柙之兽，一发不可收拾，最终积重难返，终会走上拓跋思南说的剑反制主人之路。叶英虽然不明白其中精微之处，但已经隐隐感到了有什么地方不对。他对拓跋思南不服，其实也是将拓跋思南视若天人，从来没想到拓跋思南也会走错路，因此更是想不通。自己明明对问道剑悟得更深一层，这一招的威力也更大了，可异样之感也越来越明显。

自从那三个和尚出现，苏苏便吓得躲在柱子后一动不敢动，心里只是不住对自己念叨道：“不怕！不怕！大师哥很厉害！”虽然这话也说服不了自己，但大师哥还真的很厉害，那三个和尚一直不能越雷池一步，被叶英挡在了大殿外进不来。苏苏此时惧意渐去，从柱子后探出半个脑袋看出来。她刚伸出头，行德将那铜圈递给了行念，另一个和尚也递了个铜圈过来，行念从自己怀里摸出一个，三个铜圈一拧，拼到了一处，已成了个唢呐之形的东西，而此时大师哥却不知干什么，提剑站在那儿一动不动。她吓得不住发抖，心道：大师哥，他们要吹小喇叭了！有心想叫，可舌头也似僵住了，哪里叫得出声来。

行念手一拧，已将那无音梵雷装好。这无音梵雷拼好后甚大，因此向来分成三段，由三人分别保管。只是方才刚用过一次，这么快就又要用了，行念亦是想不到。在装的时候他心里只在不住地叫着：佛祖保佑，这小子别在这当口动手！叶英这时候却偏生没有出手。待无音梵雷装好了，行念这才放下心来，凑到嘴边对准了叶英奋力一吹。叶英正自想着方才这一招，隐约已想到了什么，但一时间却又捉摸不定。无音梵雷吹动时虽然根本没有声音，叶英却觉一股排山倒海的大力直涌过来，当胸又似被一只无形的巨掌重重一击，五脏六腑都似为之移位，胸口实是说不出的难受，而手中的轻剑亦仿佛顿时重了十多倍，竟然有点握不住。他心知不妙，若不能尽快解决行念，定要不可收拾。正待上前出剑，可脚刚要抬起，又是一股大力涌到，眼前仿佛多了道无形的铜墙铁壁，脚尖尚未离地，脚跟又落回原处，人仍在原地不动。叶英大吃一惊，忖道：原来这些人还有这一手！陆浩多半便是怕他们这一招而逃走的。

这正是无音梵雷的妙用。这些行脚僧的武功虽非泛泛，却也并没到高不可攀的地步，但他们这无音梵雷却是师门的独得之秘。无音梵雷能扰乱对手心神，若是功底浅薄的，更是会神智全失。先前苏苏所说的拐带她而来的一男一女突然自相残杀，正是因为中了这无音梵雷之故。叶晖与李十二娘因为是睡梦里中招，以至于昏迷不醒。叶英功力比叶晖和李十二娘高得许多，加上先前吹奏的是三僧中功力最浅的行德，但也感到了极其难受。此时却是三僧最功力最深的行念在吹起，又是相距极近，虽然相去不过数步之遥，明明上前出剑便可刺中他，可是叶英手中的长剑举起又垂下，人也渐有迷失神智之意。一边行慈见有便宜，挥棒便上前一步。他只道叶英已在半梦半醒之间，这一棒下去定让他脑浆崩裂，谁知他刚踏上一步，短棒没来得及砸去，眼前忽然星星点点，看似已成半死人样的叶英竟然又出剑刺来。这一剑后发先至，行慈骇得疾退回去。饶是退得快，颊边也是一痛，摸了摸已是血，却是被叶英的剑风带到，脸上被割破了一小条。叶英一剑逼退了行慈，却也退了一步，又回到了柱子边。行慈已是魂飞魄散，心道：这小子到底是什么路数？怎么中了无音梵雷，倒似比以前更厉害了？

这三个行脚僧连听都没听过问道剑的名字，自不知这门有意无招的剑术究竟有何奥妙。其实问道剑只是剑意，并无招式，临敌时剑招只由剑意而来。落到拓跋思南这等大高手手中，剑招更是随意生发，源源不断，也就如拓跋思南所言，此剑练到极处时会反客为主，剑反驭其主了。叶英虽然还远未到这境界，但无音梵雷恰恰又是控制对手的神智，等于硬让叶英步入了这境界。叶英的神智毕竟尚不曾完全受控，此时出手的剑招竟然反比他刻意悟得的剑招更为简洁有效，在行慈看来，自是中了无音梵雷后反比以前更厉害了。

无音梵雷虽然厉害，但要吹响梵雷，消耗也是极大，吹过一回，非有数日不能回复，因此那三个行脚僧不敢轻易使用。三人中，除行念外，行慈和行德都已吹过，因此若是真个动手，只有行念尚存全力。叶英自觉难以对付三人，他三人也觉骑虎难下，非靠无音梵雷不能取胜。无音梵雷共有三段，称“雷音三昧”。这三段一段比一段强，行德与另一个行脚僧都只能吹到二层，就算行念，想吹到第三层也甚是勉强。平时只吹得一段便已让对手神智全失，但此时行念吹罢第一段，见叶英似乎已经神智渐失，手中的剑仍然不曾放下，仍是牢牢守住了大殿口。不由得心中焦躁，忖道：这小子真个难缠，难道真要逼得我吹到第三层么？

无音梵雷的第一段已至尾声，行念深吸一口气，正待吹第二段。本来每次两段交替，都是一口气息一吸一吐间完成，但就在一口气将吐未吐的时候，耳畔忽地“啪”一声响，恰恰落在他吐气之时。这一声虽然并不响，但来得极是突然，虽然与无音梵雷强弱不称，但出其不意，行念这口气竟然打了个顿吐不出去。只这一停息，一道剑光已疾射而来，却是叶英趁机出剑。

那声音是苏苏发出的。眼见那光头坏人已吹动小喇叭，大师哥也变得神情恍惚，竟然动不了手，苏苏大为焦急。她虽然不懂其中奥妙，但无音梵雷旁人听不到，偏生她能听得清清楚楚，心知定是这喇叭声弄得十二姐姐跟大师哥变成这等模样。要她制住行念，自没有这本事，但出声搅乱这喇叭声，她也是会的。正听得声音有个停顿，她不由分说，脱下鞋子往地上一拍。苏苏个头本来就极小，又躲在暗处的柱子后，若是行念有所准备，就算拍在点上也没办法扰乱他分毫。只是和叶英斗了这半天，根本没旁人现身，行念只道其他人都已经中了无音梵雷昏迷不醒，哪还想到居然尚有个小女孩醒着，全然不作防备。苏苏鞋子在地上一拍，无音梵雷竟也为之一顿。叶英本来已是极为难受，手中这柄轻剑也仿佛越来越重，重得已然提不起来。一直将剑丢落在地，自是一败涂地，他已是硬撑着一口气不倒。但苏苏将鞋子一拍，叶英神智忽地一清。借这短短一瞬间的清醒，叶英一剑便刺向行念。

这一剑出于无心，但剑势到处，竟是锋芒毕露，直如闪电轰击。行念已吓得目瞪口呆，若是再吹下去，叶英这一剑必要将他的咽喉都刺个透明窟窿。他出手倒也快，无音梵雷交在左手，右手拔出短棒挥出，奋力一拨。虽然及时拨开，叶英的长剑从他颊边掠过，已擦破了行念的耳垂。行念左手还握着无音梵雷，只有右手持棒，哪里还是叶英的对手，勉力挡得三剑，一件僧袍的大袖已被叶英的剑气割得纷纷破裂，他心中暗暗叫苦，心道：糟了糟了！这回糟了！

第十章

叶英只觉掌中剑越来越是得心应手。无音梵雷被苏苏打断，叶英惊醒后突然出手，随后神志渐复，想的便是该如何出招。但他初见剑意图时年才弱寇，剑术造诣甚浅，那时觉得自已所悟得的剑招定然天下无双无对，其实并不如何高。而这时恍若大梦初醒，要使剑招都得想一想。使得两招，反让行念站稳了脚跟。叶英心知不对，那连环三剑现在异样屡出，他不敢再用，索性就不再多想，只是意在剑先，随意出剑。问道剑本来就有意无招，全在悟性。叶英天性不羁，悟性极高，这种性格实难以拘泥牢笼，因此他练复杂绵密的四季剑法时虽然刻苦之极，却总是事倍功半，四季剑法练得还比不上小他好几岁的三弟叶炜。此时任由掌中长剑上下翻飞，一开始还想着这一招是自己参悟所得，那一招却是四季剑法中某一招，实不可混用，但随着剑势大长，出剑越来越顺，哪里还去想这些事，只觉得剑就是剑，已然成了活物，自己只消顺其势而行就行了。他这般一想，正合了问道剑“有意无招”的真谛，人不驭剑，剑亦不驭人。行念却是越斗越是心惊，在他眼里叶英奇招迭出，真个有鬼神莫测之机，心中已是大骇，心道：这小子怎么剑术一下子强了这么多？他本来觉得明教诸人已去，自己师兄弟三人要对付藏剑山庄几个少年子弟易若反掌，何况还抢了先手，但现在竟然已全然落在下风，急得叫道：“行德，行慈，快来帮忙！”只是想想以行德行慈两人的本领，与自己联手，顶多也就是扳成平手，想击败叶英这等神出鬼没的剑术实是力有未逮。

叶英越是出剑，心中越是畅快。他天性就不喜拘泥成法，但自幼练剑，叶孟秋教诲他的就是不越雷池一步，事事都要按剑谱而来。正是先入为主，看到剑意图后，虽然心有所悟，但想到的仍是要创出一路剑法。只是当时他不过一个弱冠少年，见识既浅，剑术也不高，创出的剑术自觉能无敌于天下，可真个与拓跋思南一较量，拓跋思南仅仅即兴草创数剑，就险险将叶英给斩了。这五年叶英总在想这事，却也总想不通，此时心道：既然问道剑有意无招，又何必非要以剑招牢笼？只消有此剑意，何招不是招。

一边的行德见三师兄情势突然急转直下，本来已大占上风的无音梵雷居然被人打断。他见行念与行慈两人合力也斗不过叶英那神出鬼没的剑术，只是叶英剑术虽高，脚下却不出柱前三步。有两招明明只要再上前一步，长剑至少要在行念身上留道伤口，叶英却偏生又退了回去。他看得大奇，心道：这叶大郎到底是什么来路？难道……难道……

他心头忽地闪过了一个念头，也不顾行念和行慈在苦苦支撑，忽地向一边闪过。大殿有四个柱子，两个在外面些，两个靠里。叶英此时站在左手靠外的柱子边，先前那个打断了无音梵雷的人躲在里面的柱子前。他主意已定，趁着叶英与行念行慈两人纠缠不休，他向右边柱子跑去。

右边柱子距叶英不过丈许距离，若是叶英在这时突然一个箭步，一剑侧身刺来，行德也定然躲不过。可是他并没有出手攻向叶英，而叶英竟然也似根本不顾行德。行德一下冲到了右边靠里的柱子边，心中已是一阵狂喜，心道：这小子果然有病。

方才苏苏突然一拍鞋底，让行念的无音梵雷为之中断，行德也只道这儿隐藏着一个大高手。他不敢怠慢，一冲到左边靠里的柱子边，双手已握住了两根短棒，只道那人反弹就一棒打去。只是冲到了近前，却见地上躺着两个不知生死的人，柱子后却是个小小女孩儿。行德虽然也是杀人不眨货的角色，可是若要打死这般小一个小女孩，连他都有点不忍。

苏苏见突然冲出一个和尚来，吓得脸也煞白。只是她尚记得叶英跟自己说的话，伸拳便向行德打去。对付这么小的小女孩，行德也不屑再用兵器，苏苏一拳向他打她，被他一把抓住了手腕。也亏得行德总算尚有点恻隐之心，否则这一抓就能让苏苏的手骨都断裂。他抓住了苏苏，正待将她拖过来，谁知手上一滑，苏苏竟然脱出了他的掌握，行德却从苏苏臂上捋下了一个什么东西。

那正是李十二娘先前哄苏苏时给她的那个发编手环。极少有人用毛发来编手环，行德自然也不曾想过。手环虽然不大，但比苏苏的手腕却要大得许多。行德抓住苏苏的手腕时，还只道那是衣袖，又没敢太过用力，结果被苏苏一下挣脱。苏苏正待逃开，可行德终是比她强得太多，一之已甚，岂可再乎？他手一伸，又将苏苏的手臂捉住，叫道："三师兄，这小娘皮已在我手中，那小子眼睛看不清东西，不要怕他！"

行念和行慈二人被叶英一柄长剑逼得难以招架，只觉叶英剑招越出越奇，正在惊慌，听得行德说叶英眼睛看不清东西，行念一怔，手略略一慢，叶英的剑已在他肩头一点，刺进了二三分深。虽然皮破血流，行念却又惊又喜，心道：这小子果然是看不清东西！叶英剑招如此精奇，本来早就可以将他两人逼得走投无路，但至今仍能招架，行念也有点莫名其妙，只以为叶英是手下留情。被行德一语叫破，他也恍然大悟，心想这小子哪里是手下留情，分明是看不清楚，所以才错失许多良机，也怪不得一直不离开那柱子的范围，只因叶英没了柱子当参照，只怕连方向都辨不明。他本来已对叶英大生惧意，此时却信心大增，退后一步喝道："大郎，原来你看不清，还要动手么？"

叶英的眼睛，确是看不清楚。他自幼就身患奇疾，白天视力毫无异常，但一到晚上，眼前便模糊一片。这正是现代人所说的夜盲症，当时人们不知，称其为"雀目"。这种病极难医治，当叶孟秋发现这个曾寄予厚望的大儿子竟有这等病症，若是寻常人倒也罢了，可叶英不论身为剑客还是铸剑师，都不可能只在白天活动，因此大为失望。这些年来他也请过不少名医替儿子治疗，但一直没什么起色。倒是灵隐寺里有个和尚传了叶英一路吐纳功夫，运气一周天，能够让叶英在晚间片刻恢复视力，但每天最多也只能使用一次。这一次机会，先前叶英与六刀使对抗时便已用掉了，此时他眼前实是茫茫一片，仿佛在浓雾中穿行，离得近了尚能见到一点轮廓，远了便什么都看不到了。行德绕过了他，叶英便根本不曾发觉。他掩饰得甚好，偏生那行德为人甚是精细，最终仍是瞒不过去。听得他一语叫破，叶英只觉心更是沉了下去，心道：终究被他们发觉了！

问道剑本就有意无形，此时叶英心神大乱，剑势立见滞涩，再难流转自如，心口却又觉一闷，人也一踉跄，却是行念腾出手来，被打断了的无音梵雷终于吹出了第二段。无音梵雷这雷音三昧，一层比一层精深。行念在师门名列第三，在一众同门中，也只有他与两个师兄才能将无音梵雷吹到第三层，就算只到第二层，已非寻常人能够抵挡。叶英突然觉得心口一闷，手中长剑又在一点点变重。这剑自不会重起来，他也知道这是因为自己的力量在一点点减弱。照这样下去，用不了多久，定然连这轻剑都要握不住了。叶英心如火焚，只是紧咬牙关，心道：只消没死，定要拼到最后一刻！

行念见叶英的剑招越来越错乱疏漏，可他仍是苦苦坚持，倒也有点佩服。无音梵雷第二层称天鼓雷音，此时正至中段的天鼓三轰。行念的一张脸已涨得通红，连吐了三口气，叶英耳畔仿佛有三个闷雷炸响，却又听不到半点声音。他一个踉跄，终于承受不住，左腿一屈，已然跪倒在地。苏苏见叶英不敌，急得大哭道：“大师哥，快站起来！”

苏苏人虽小，嗓门却是不小。叶英听得她的哭叫，神智又有一线清明。他本已单腿跪倒在地，长剑在地上一拄，却又站了起来。行慈本来觉得便宜到了，正待上前给叶英一棒，忽见叶英重新站起，他已是惊弓之鸟，吓得忙又退回来。行念见行慈退回来，心中大急，暗道：行慈，别怕这小子，快上！可叶英仍然持剑而立，他哪敢停下无音梵雷，这句话也说不出来。正在苦不堪言，却听行德叫道："五师弟，这小子强弩之末，别怕……！"

行德为人甚是精细，已然发觉叶英也快至油枯灯尽之时。只是让他正面对付叶英，却也不敢，一心想让行慈动手。可话还没说完，后心忽地一凉，有个人冷冷道："死到临头，你还不怕么？"

行德只觉背心传来一股彻骨的阴寒，一柄剑尖正顶住了他后心算珠骨下方。此处正是心脏所在，人若是此处受伤，顿成废人。他为人精细，也较常人更为惜命，恍惚中觉得后心那柄利剑已经直刺进去，想到后半生不死也是个残废。他师父驭徒极严，没有用的徒弟，定然要杀之灭口，算起来就算此人不杀自己，师父也要杀了自己。他越想越怕，吓得惨叫一声，竟然晕了过去。

这人出现得实是太过突然，行德又惨叫着晕倒，行念也被惊得一怔，无音梵雷已吹不下去了。他深吸一口气，忙退后一步，喝道："阁下是什么人？为什么来蹚这浑水？"

那人制住了行德，倒也没想到这凶僧居然会吓晕过去。他隐身在黑暗中，旁人也看不清他面目，只是淡淡一笑道："三位大师，别来无恙。"

行念暗暗吃惊，心道：这人到底是谁？正想着，却听得行德又是杀猪也似一声惨叫，却是那人在行德身上肉厚的地方刺了一下。这一剑刺得并不重，行德虽然吓晕过去，却又被痛醒了。他惨叫起来倒是声音洪亮，苏苏在一边捂住了耳朵，心道：这个人喊得真响！

行念本来不知行德出了什么事，听得他又叫了一声，人也爬了起来，才知行德原来没有死。他冷冷道："施主到底是哪一位？恕贫僧眼拙。"

这人一开口，叶英便已听出来了。这人正是陆浩。先前他突然消失了踪影，叶英只道他发觉三僧袭来而遁走，原来并不曾离开。听得陆浩还在和行念一问一答，他心中只是想喊道：快动手！快拿下他们！这三个妖僧出手狠毒，叶英在拓跋思南剑下输得再惨也不觉如何，但输在这三个和尚手下，却是说不出的恼怒。可是他中了无音梵雷后只能支撑着没倒下，胸口内息实已乱成一团，也已说不出一个字。

陆浩笑了笑道："大师侥天之幸，未失左臂，不料如此善忘。"他顿了顿又道："东方未明，大师何妨灼灼其华？"

行念一怔，问道："阁下此言何意？"

陆浩叹道："灼灼其华，逃之夭夭，大师原来不读三百篇。"

《诗经》有云："桃之夭夭，灼灼其华。"陆浩这话就是用其歇后，意思便是让行念他们快点离开。只是他说得文绉绉的，行念哪曾读过《诗经》，自是听不懂。只是见这人说话颇有酸丁之气，心道：孙子才读什么三百篇。这人酸气冲天，果然是沈酱侠手下，定然不会有假。

行念他们先前杀人夺了马车后，却遇到了明教诸人。本想再动手，谁知明教六刀使的刀阵厉害之极，行念左臂险些中刀。后来说话文绉绉的明教少主沈酱侠也前来助阵。沈酱侠只略一出手便更让他们心惊，岂止他们武功不敌，就算行念的师父在此，也不想和势力雄厚的明教起冲突。眼见此人出手拦阻，行念生怕沈酱侠又会出现，心知今晚只能功亏一篑，叹道："好，既然如此，放了我师弟，此事就此揭过。"

天也快要亮了，若再不走，只怕便走不了。行念扶着行德走出寺门时，又回头看了一眼。叶英仍是站在大殿前，无音梵雷之效仍然未去，叶英多半仍不能动，那个突然杀出之人却仍是隐没在黑暗中，也看不清他的面目。行念心中恨恨，忖道：此事终不能如此就算了！只是现在不算也得算，事情也没能办好，师父一顿责罚定然少不了。想到此处，行念背后又觉一阵凉意。

看着这三个和尚走出了寺门，消失在破晓前的黑暗之中，叶英忽然道："陆浩兄，你为何放走他们？"

虽然无音梵雷的后劲仍然未解，不过行念一去，叶英已觉力量正一点一滴地回到自己身上。现在四肢虽然无力，可终于能说出话来了。他实在想不通陆浩为什么明明能制住这三个凶僧，却仍让他们全身而退。只是他话音甫落，只听得"啪"一声响，却是陆浩一跤摔倒在地。苏苏对他倒并不害怕，伸手要去扶他。只是陆浩虽然算不得如何高大，也不是苏苏一个小女孩扶得起的。陆浩挣扎着要起来，终是站立不住，只得坐在地上调匀内息，苦笑道："叶英兄，在下实是外强中干，徒有其表罢了。那妖僧，委实厉害。”

叶英这才知道原来陆浩也是中了无音梵雷，他制住行德，应是用尽了最后一点力气。方才那三个和尚若是不顾一切仍要坚持动手，自己和陆浩都形已同废人，根本无法抵御，想来逃得一劫的反是自己。他叹道："原来陆兄也敌不过这些妖僧的邪术。"

陆浩道："这邪术无影无踪，太过诡异。小姑娘，你不觉得难受么？"他见苏苏想扶自己，虽然扶不起来，但那只是因为苏苏力气本身就小，她似乎并不受那妖僧的邪术影响。苏苏也半懂不懂，这话先前叶英也问过自己，她道："这些人吹的小喇叭听了是很难受。"

陆浩一怔，心想定是这邪术对小儿无效。他笑道："原来如此。行了，小姑娘，去帮你大师哥吧。"

他说着，忽地站了起来。他已将内息运了一周天，多少好了点，已能站立。叶英却直到此时仍不能动弹，听得陆浩能够行动，诧道："陆浩兄，你用的是什么心法，已能行动了？"

陆浩在腿上敲了敲道："这是……明尊琉璃体心法，虽非对诊，但也不无亡羊补牢之效，叶英兄，我传你几句口诀吧。"

叶英摇了摇头道："不必了，我也已经能动了。"他从灵隐寺僧里学来的吐纳功夫，虽然每天只能有一次让自己的雀目症暂时得到恢复，不过也能调匀内息，疏通经络。虽然他中无音梵雷比陆浩深得多，此时也已恢复了大半。他转过身，淡淡道："陆浩兄，大恩不敢言谢。只是你究竟有何用意？"

虽然陆浩救了自己，但对此人，叶英却更生疑窦。陆浩

“嗤”地笑了声道：“尚未得知问道剑底细，因此尚不能让叶兄英年早逝。”

陆浩居然说得如此直接，他倒也没想到。他顿了顿，叹道：“那将来不必有劳陆兄了。这路剑意，我有四图，得于某位师妹。”他说着，从怀里摸出了那块刻有剑意图的竹片，向陆浩那边扔了过去。这剑意图他摸索了足足五年，已是熟而又熟，现在拿出来只不过因为养成这么个习惯罢了。陆浩救了他，虽说大恩不敢言谢，叶英却也觉得非此不可报答。

陆浩一把接过竹片，看了看，不禁一阵狂喜。他得到的剑意图因为有几句前言，入门远比叶英容易，但第四个图便模糊不清，能看清的只有三个。一见叶英给的这竹片上竟有四张图，他心中之喜，实难言说，顾不得力量未复，一边看着一边道：“叶英兄，实不知你究竟是如何得到问道剑前四图的？”

他先前就问过叶英，但叶英一直没说。此时叶英对他已无猜忌之心，说道：“这剑意图是一位师妹不知从何处看来，只记得其形，也不知对还是不对。”

陆浩道：“问道七剑，有意无形。形者为皮相，意者为根骨。皮相有百变，根骨终是一以贯之。但不知叶英兄这位师妹是从哪里看来的这四图？可是在长安么？”

叶英心头一动，说道：“连她自己都不知是从哪里看来的，也不知是不是长安。”

陆浩怔了怔，叹道：“不敢隐瞒叶英兄，我得到的问道剑，实是个残本，谓此剑有“刚、明、柔、暗、虚、慢、空”七路，唯有缘者得之，无缘者对面不识。但我所得，只有三图，第四图便漫漶不清。今日得叶英兄明示得茅塞顿开，诚感激莫名。”他顿了顿，又道，“但仍不成全璧，实是可惜。”

叶英虽然早猜到陆浩所得的问道剑意图其实还没自己的多，但也从他口中得到了这七剑的正确顺序，对自己大有裨益。听得陆浩口气甚是失望，他笑道：“陆兄，这问道剑定是某位前辈高人留下，唯有缘人得之。你我已得一半有余，不可谓之无缘。安知剩下三剑，就定然与我辈无缘？”

陆浩一怔，忽地向叶英深施一礼道：“多谢叶英兄教我。若我能先得后三剑，必定亲手奉与叶兄一观。”他看了看天色，忽然一笑道：“东方既明，叶英兄，后会有期。但愿来日再见，能与叶英兄再切磋问道剑。”

叶英道：“陆兄也请保重，未必永从此诀，还须各自努力。明年此日此时，当再与陆兄论剑，一较甲乙。”

陆浩笑了笑道：“奋翅凌紫氛，叶英兄保重。”他来得突然，去得倒也潇洒，话音甫落，人已消失在黑暗中，竟是连声音都没有。苏苏在一边听得一头雾水，实是不懂大师哥与这人到底在说什么，见陆浩一走，叶英神情有些黯然，她道：“大师哥，十二姐姐还没好，怎么办？”

叶英道：“不用担心，过一会就会醒来的。”

此时叶英的心中颇为颓唐。陆浩不顾危急回来出手相救，叶英对他实是甚为感激。但陆浩最后话中的口气似乎有些言外之意，实是知道了自己有眼疾，惋惜自己未必还能与他有论剑的资格。叶英性情本就极骄傲，不然当年也不会去挑战拓跋思南了，便反唇相讥。“永从此诀，各自努力”两句，出自汉朱穆《与刘伯宗绝交诗》。此诗说鸱枭食腐，却猜疑凤鸟要来夺自己的臭腐。叶英足不出户，除了练剑便是读书。因为陆浩说话总是咬文嚼字，便套用了这诗最后两句，暗指自己与陆浩是一凤一鸱，虽偶有相逢，却永非同路。而陆浩说的“奋翅凌紫氛”一句，出自建安七子中刘桢的《凤皇集南岳》诗，说凤在南岳，终将高飞，话中之意自是说自己乃是凤凰，而叶英只是鸱枭了。他二人方才还在共同对敌，只是一言不合便舌枪唇剑，谁都不肯相让，直至不欢而散。虽然订下了明年之约，但话虽说是“论剑”，却已有争雄之意。苏苏连字都不认得几个，自然不会懂。她道：“对了，大师哥，那个陆浩可真有学问。”

叶英听她不赞自己反赞陆浩，不由得好奇，问道：“为什么说他有学问？”

苏苏道：“以前我们家隔壁有个卖胡饼的石老胡，我问他门前招子上的字，他只认得一个‘饼’，还不如我多呢。”

叶英听她扯到了什么卖胡饼的石老胡，诧道：“这关石老胡什么事？”

苏苏道：“咦，那个陆浩不也是胡人么？他的眼珠子跟石老胡一样，蓝汪汪的，跟我们都不一样。不过他认得的字肯定不知比石老胡多多少了。唉，我也会学识字，将来识得比他还多，比大师哥你还多。”

她正说着，那边叶晖忽然长长地吁了口气，李十二娘也揉了揉眼，伸了个懒腰。苏苏叫道：“十二醒了！”她也不去管叶晖，跑到李十二娘身边，推了推李十二娘道：“十二，十二，快醒醒！

坏人都让大师哥打跑了！”她和李十二娘最为投缘，听李十二娘说师姐都管她叫“十二”，便索性也将“姐姐”两字吞掉了。她见李十二娘果然没事，大为欢喜，正和李十二娘叽叽咕咕地将方才的事说给她听。

叶英心中却是有些茫然。陆浩竟是胡人么？只是他根本看不出陆浩的长相，更别说看清他眼珠的颜色了。纵然不是敌人，终究也不是朋友啊。他想着，心里却有些隐隐的刺痛。他见叶晖已起身，走过去道："二弟，你觉得如何？"

叶晖敲了敲手臂，只觉有些酸痛，说道："没什么啊。方才有人来过了？"他刚睡醒，只觉这一觉睡得特别沉，也不知发生了什么事，只听得苏苏在说着什么有坏人前来的事。叶英道："是啊。"

他将方才的事约略说了，叶晖皱了皱眉，说道："这些人真的是要抢我们的货么？"

叶英道："正是。我也有些奇怪，这些短剑也并不如何值钱……"

他话还没说完，那边苏苏突然“呜呜”地哭了起来，嘴里道："十二，你给我的那手环被那些坏人抢去了！"先前行德抓住她时，将她手腕上那发编手环捋了去。只是苏苏也忘了个干净，此时说到当时情形才想起来。李十二娘听得颠三倒四，却也知道方才定是出了不少事，见苏苏突然又号啕大哭，忙安慰她道："苏苏别哭，没关系，姐姐再给你编一个就是。"叶晖看着她们，低低道："大哥，陆浩这个名字，多半是假的吧。"

叶英道："是啊。只是，他这人可是真的。"

叶英茫然地看向天空。天色已渐渐变白，他的眼前也在渐渐清晰起来，不再是只能看到一些模糊的影子了。只是，他心头的迷雾却仿佛更加浓重，一切都似乎看不清。

第十一章

因为出了这样的事，叶晖再不敢托大，走的尽是大路。这一天也不敢再休息，虽然兜了点远路，但第二天黄昏时，马车已驶进了扬州城。

扬州秦汉时称广陵、江都，隋时更是富庶为天下冠。炀帝因为爱江都繁华，开运河南下，后来宇文化及率骁果卫兵变，隋炀帝也正是死于扬州。当叶晖赶着马车驶进扬州城门时，斜晖正映在城门之上，叶英几乎有些贪婪地看着这景色，嘴里低低念道：“扬州旧处可淹留，台榭高明复好游。”

这是隋炀帝《江都宫乐歌》的前两句。叶英知道再过得片刻，太阳下山，便再看不清周遭的景致了。一旁的叶晖也知大哥在心中感慨，笑道：“大哥，这是你作的诗么？作得好。”

唐时进士科考需作诗赋各一篇，因此写诗实是读书人的必修课。只是叶孟秋不第后绝意仕进，叶晖也没心思应试，他读书虽然也不少，少年时还读了一点诗赋，现在却几乎不碰了，隋炀帝诗更是闻所未闻。叶英道：“这不是我写的，是前朝炀帝所作。其实炀帝聪明绝顶，诗也作得好，却最终身败名裂，天下也分崩离析，诚不可解。”

炀帝时，大隋正如日中天，强盛一时，但仅仅数十年，这个强大的帝国便土崩瓦解，几难令人相信。叶孟秋平时也对儿子们说到，太宗皇帝有云：“以史为鉴，可以知兴替。”大而为国，小而为家，皆是如此。藏剑山庄崛起于江湖，实是一个奇迹，但要让这奇迹千秋万代，便要后代叶家子弟努力。而前朝炀帝之事，因为年代甚近，叶孟秋说得也最多。叶晖听大哥说起炀帝失国之事，叹道：“大哥，其实也并非不可解。炀帝虽然聪明，却好大喜功，只知锐意进取而不知持盈守成。加上性喜猜忌，名臣良将凋零殆尽，最终才不可收拾。”

他兄弟二人正在闲聊，车厢前面的小窗又被拉开了，李十二娘道：“二师哥，你沿着湖走，再走没多久，看到湖上有座挺高的楼，那就是忆盈楼了。”

叶晖将马缰一拎，也没回头，问道：“好嘞。”叶英却道：“李师妹，苏苏醒了么？”

李十二娘道：“她还在睡呢。”她说着，伸手在边上的苏苏头上抚了一把，说道：“她好可怜，回忆盈楼，我就禀明师傅，把她也收下来吧。”

这一路遇到了这许多意料之外的事，这叶晖这么个正在英年的男子也大感疲惫，不要说苏苏只是个稚女。她在一早出发时就睡下了，到现在仍在呼呼大睡。她一个孤苦伶仃的小女孩，若忆盈楼不收留她，真不知会落到怎样的下场。李十二娘自己也还是个少女，一想到苏苏的惨状，眼里已是湿湿的。

叶英道："我本来就想向大娘求情，李师妹，你去说就更好了。"

马车沿着湖畔的小径一路直行。扬州其时富丽为天下之冠，沿着瘦西湖而行，一路垂柳拂人，与西湖边的"间株杨柳间株桃"各擅胜场。叶英和叶晖都是头一回来扬州，见风光旖旎，叶晖不禁赞道："以前听人说扬州景致佳处，不让杭州，果然名不虚传。大哥，你说是不是？"说着，摇头晃脑地吟道："人言扬州乐。扬州信自乐。总角诸少年。歌舞自相逐。"

叶晖少年时颇喜读诗，但后来因为一心协助父亲料理藏剑山庄，读诗的兴致自然也淡了。只是见一路风光如此，不禁又想起昔年读到过的这一首六朝短诗来。他一得意，马车便又有些不稳，叶英道："二弟，小心点，别再把车子弄翻了。"

先前正是因为车轮被别坏了，惹出了这许多事来。叶晖正色坐好，低声道："大哥教训得极是，真不该得意忘形。"

叶英心中却又是一动。陆浩说过问道剑有意无形，而"得意忘形"这四字，似乎又有什么深意在。他心有所动，在车上想得出神，叶晖说了两句，不见大哥答话，抽空扫了一眼，见叶英面色凝重，心道："大哥又在想些什么了？"

他没敢再多说，李十二娘忽却在后面叫道："二师哥，沿这条路进去，别走过了头！"原来不知不觉，马车已到了一个路口。叶晖忙带转马头，问道："李师妹，从这儿进去就是忆盈楼了吧？"

李十二娘道：“是啊。回去后，师傅一定会夸我能干了，嘻嘻。”她平时显得甚为老成，先前与人放对时出手也颇为狠辣，现在回到了忆盈楼，却又露出一个少女的神态来。

马车驶过长堤，前面正有几个少女在练舞。她们动作整齐划一，甚是曼妙，叶晖暗自赞叹，心道：这定然是公孙大娘的剑器舞了。听说陛下都专门请大娘前去传授宫女剑器舞，果然好看。

叶晖只觉好看，叶英的心中却又是一动。他方才一直在想着“得意忘形”四字，此时见那些少女在跳舞，只觉心头灵机一闪，心道：以前听人说公孙大娘以剑化舞，创出了剑器舞。虽则是舞，其中却有剑意，这……这不就是得其意而忘其形么？叶晖只是顺口说了一句，叶英却触动了灵机。他没想到一直苦思冥想仍不得头绪的事竟然在这儿顿开茅塞，而且那些少女所跳之舞，更与问道剑的剑意甚是契合，不禁大喜过望，顾不得一切，直盯着那几个少女在看，倒有点嫌马车行进太快了。那些少女也见到这车驶了过来，一等马车停下，她们便围了上来。不待她们开口询问，李十二娘从车里钻了出来，招招手道：“六师姐，七师姐，八师姐，九师姐，十一师姐，我回来了！”

叶晖听李十二娘招呼，心道：原来李师妹的名字是这么来的，她原先大概名字都没有。一个圆脸少女看了看叶英，对李十二娘道：“十二，是你回来了啊，这两位公子就是藏剑山庄的叶庄主令郎么？”说着话，却又抿嘴一笑。叶晖见问起自己，忙放下缰绳，行了师礼道：“在下藏剑叶晖，这是我家长兄叶英。这位师姐好。”他虽然做事得体，可毕竟只是个少年人，哪见过这么多花枝招展的少女，这话说罢，脸已涨得通红。那圆脸少女看得有趣，说道：“叶师弟免礼，你们赶来辛苦啦，下回在门口说一声就成，我们来帮你。劳您驾那么辛苦赶进来，知道的是叶家两位公子，不知道的还以为是哪里来的鸡鸣狗盗，把叶师弟抓去见官就不好了。”

这少女面盘圆圆的，却伶牙俐齿，脸上虽则含笑，不过这话实是直斥叶晖不该直接把车赶到里面来。叶晖为人精细，哪会听不出来，心道：糟糕，我是听了李师妹的话直接就把车赶了进来，怎么忘了先行通报？虽然这是李十二娘带的路，但终是自己失礼在先，怪不得这少女刻薄。他正色行了一礼道：“师姐指教得甚是，叶晖知错。”

叶晖的年纪其实还比这少女大一点。不过他说话很是诚恳，那圆脸少女倒也不好再挖苦他了，这时正好李十二娘从车里抱着苏苏出来，苏苏刚睡醒，正揉着眼不知身在何处，那圆脸少女嘴巴刁钻刻薄，看见苏苏却大为欢喜，叫道：“哎呀，十二，你哪里拖了个小油瓶回来？姑姑抱抱！”她自己其实也就十七八岁，偏要充大，自称是“姑姑”。苏苏虽然睡眼惺忪，听得有人叫自己“小油瓶”，心想这定不是好话，怒道：“我不是小油瓶！”圆脸少女看她生气的样子更觉有趣，说道：“好，好，你是不是小油瓶，姑姑抱抱才知道。”边上另一个少女道：“十一妹，不要失礼。两位叶公子，家师有事外出，未在楼中，有失远迎，还请海涵。”

这少女是李十二娘的六师姐。她和叶英差不多年纪，却比叶英老成多了。原来公孙大娘在忆盈楼收留的女弟子虽多，但这些弟子学成后大多便离开了扬州，这六师姐已是现在忆盈楼里最年长的弟子了，每每公孙大娘外出，都是她代师与人接洽，待人接物自是得体。这时叶英忽然插嘴问道："那请问公孙大娘何时能够回来？"

六师姐道："师傅说过，事了即归，也不知什么时候能回来。"说罢颊边却是一红，也去逗着苏苏玩。原来她虽然落落大方，可也到底尚在妙龄，看到年轻男子，率先想到的是他长得好看不好看。叶晖方面大耳，虽不难看，但在她眼里自是远远比不过俊秀的叶英。和叶晖对谈尚能有平常心，被叶英一问，便觉羞涩，心里只在想：想不到藏剑山庄叶庄主的大公子生得这般俊俏！只想再看他一眼，可终是不敢。

叶英方才看到那些少女在跳剑器舞，觉得可以与问道剑印证，实是极想向公孙大娘请教，可公孙大娘偏生不在，他心中不禁失望，向叶晖道："二弟，公孙大娘不在，那谁来收货？"

叶晖心想这又不算个事，公孙大娘走前定然交代过有主事之人，只消这人验过了货，签了单，便可回去了。他道："没事，大哥，交给我吧。"又向那六师姐道："这位师姐，不知公孙大娘临走之时，有否交代过让哪位代理主事？"

六师姐转过头道："若是小事，我便能定下。若是要紧事，那就请婆婆拿主意。"这时是叶晖跟她说话，她谈吐又是落落大方。叶晖听得有什么婆婆主事，忙道："那好，请六师姐带我前去禀报那位婆婆，我兄弟交了货也好尽早回去了。"

六师姐道："那请两位公子随我来。"说到这儿，总算又偷空扫了叶英一眼。叶晖倒没注意她的举动，向叶英道："大哥，我们走吧。”心想这么简单的一趟差事居然会出那么多乱子，但好歹终于将东西平安送到，人也没有意外，还是早点把货交出为是，省得夜长梦多。正在这时，李十二娘跑过来道：“六师姐，等等，收留苏苏的事，婆婆能做主么？”

六师姐道：“这个当然。她父母都不在了么？”

公孙大娘开设忆盈楼，便是收留无家可归的孤女。哪知那边苏苏虽然被一伙少女当个玩具一样围着，这个要她唱个歌，那个要她跳个舞，她耳朵却尖，在那边叫道：“我还有爸爸妈妈！我要回家！”

六师姐一怔，说道：“十二，是不是她爹妈不要她了？”

苏苏这句也听得清楚，更是恼怒，跑了过来叫道：“你爹爹妈妈才不要你了！我要回家，我家在长安！”忆盈楼景致秀丽，苏苏来了便如在山阴道上，目不暇接，而李十二娘的诸位师姐看她长得有趣，也甚是喜欢她。只是喜欢归喜欢，她仍然一心想着要回家，刚喊了一句，眼泪已淌成了两行。李十二娘见她神情委屈，忙安慰她道：“苏苏，你不喜欢这儿么？”苏苏看了看周围，抽抽搭搭地道：“好。可是……可是我不回家，我妈会想我的。”

在她小小的心目中，扬州纵然繁华如天上，终不如自己的家好。李十二娘自己也是个身世不明的孤女，听她这话，心里一酸，眼里也有些湿，劝她留这儿的话也说不出来了，背转身抹了抹眼泪。六师姐摸摸苏苏的头道：“苏苏，这儿可好呢。我们现在有十二个姐妹，你来了，你就是十三。苏十三娘，这名字倒挺好听呢。对了，晚上厨房里蒸甜糕，又香又甜，我带你去拿一块好么？”

听得什么甜糕，苏苏霎时就收住了泪，伸舌头舔了舔嘴唇道：“甜糕么？有没有大师哥给我吃的糖球甜？”五年前叶晖给李十二娘带着路上吃的糖球，回扬州的路没走一半李十二娘就已吃了个精光，六师姐也不知糖球是什么，见她总算不哭了，忙道：“甜，当然更甜。”心想这小姑娘不哭闹就好。哪知苏苏嘴一扁，又哭道：“你骗我！肯定没有糖球甜！我要回家！”

这时李十二娘的另几个师姐也走了过来解劝，只是苏苏也有点人来疯，旁人越劝，她哭得越响。六师姐微微一叹，说道：“十二，你来对付她吧，我带两位师兄过去见婆婆。”她心想小女孩哭闹起来，自是怎么劝都劝不拢，过一阵哭累了也就不哭了。她带着叶英与叶晖两人向忆盈楼走去。

忆盈楼建在瘦西湖的一座小小岛上。沿堤而行，前面是一座长桥。这长桥雕栏玉砌，桥上还修着一座廊房，看去极是美观。步入廊中，两边清风徐来，窗中映出瘦西湖上波光粼粼，便如一幅幅秀丽之极的湖山小景，更是令人如饮春醪，陶然有醉意。叶晖左右看着，不由得赞道：“这桥造得真是好。”

六师姐听得称赞，回头嫣然一笑道：“二公子，这桥名叫‘二十四’。”

叶晖一怔，心道：怎么取了如此刁钻一个桥名？倒也好听。他却不知这桥原先甚是破旧，前两年公孙大娘请人重修后，十二个女弟子难得聚齐了一次。忆盈楼的女弟子个个如花似玉，有人见桥上十二人，桥下湖水中有十二个倒影，脱口说这是“二十四美人桥”。这名字长了点，也有点俗，便缩成了“二十四桥”。这名字乍一听平淡无奇，细想来却是万分旖旎，倒是不俗，顿时不胫而走，满城皆知，说起忆盈楼下二十四桥，扬州几乎无人不知，直到后来晚唐时杜牧在扬州为官，还留下了“二十四桥明月夜”之句。

进了忆盈楼，六师姐领着他们走到后院前停下了，敲了敲门，听得里面传来一声回音，她道：“大公子，二公子，请两位在此稍候，我去向婆婆禀明。”她推门进去，过了一会出来，手中却拿了张收条。六师姐道：“大公子，二公子，婆婆说不必麻烦两位公子了，收条已在此，两位公子若有兴致，可在扬州盘桓数日。”

叶晖接过收条，心想公孙师伯平易近人，这婆婆却架子好大。不过拿到了收条，这趟差事也就彻底完成，盘桓数日那是不必了，便道：“多谢六师姐，那我兄弟二人就先走了。”

六师姐见他神情多少有点不悦，心道：婆婆确是有些不近人情，也太失礼。只是公孙大娘走时交代过，她若不在，一切都由这婆婆做主。而婆婆向来深居简出，六师姐虽然在眼下忆盈楼一众师姐妹里居长，却连婆婆的面都不曾见过。她道：“二公子，今天天色也已晚了，还请两位公子在客房安歇，我即刻去让厨房准备酒饭。”

天色已经渐渐暗了。现在纵然马上就走，也得找店住下。叶晖道：“那多谢六师姐了。”

他们沿堤往回走，刚过二十四桥，却见前面仍是围了一堆人，当中还时不时传来苏苏的哭声。六师姐一怔，心道：这小姑娘还没哭累么？正想着，却见苏苏猛地冲过来，一把抱住叶英的腿号啕大哭道："大师哥，她们欺负我！"

除了李十二娘，苏苏就和给过她糖球吃的叶英最为亲近。只是现在李十二娘也要她留在忆盈楼，在苏苏心里，已觉得只有大师哥一个好人了。叶英一怔，说道："谁欺负你了？"

苏苏抽泣着道："她们……她们不让我回家！大师哥，你答应过我的，会带我回家，我跟你走吧！"

叶晖在一边道："苏苏，别闹……"哪知话未说完，叶英却弯下腰，说道："苏苏，不哭了，大师哥带你回家。"

一听叶英答应要带她回家，苏苏顿时破涕为笑，说道："真的？"叶晖大为着急，说道："大哥，这怎么成！你……"苏苏小归小，终是个小姑娘，叶英带着她去长安，这一路可不比杭州到扬州，少说也要走十天半月，何况叶英有雀目症，一到晚上就看不清。他带着苏苏上路，比常人更是艰难。叶英却淡淡一笑道："二弟，我答应过苏苏会送她回家，自不可食言。"

叶晖也不知他是什么时候答应的，低低道："大哥，随便答应小孩子一句闲话，又何必当真——"他话未说完，叶英打断他道："二弟，你一向比我要能干得多。只是人而无信，不知其可也，你终要记住这句话。"

"人而无信，不知其可也"，是《论语》中的话，叶晖自是读过。他比叶英精干得多，平时叶英也总是让他拿主意，回想起来，叶英摆出大哥的架子教训自己，这还是第一次。叶晖一怔，看了看叶英，心道：大哥……他这话很有道理啊。只是想想叶英一个人带着苏苏去长安，他实在不放心。有心说自己也一块儿去，可是家里也不传个信回去，老父不知出了什么事，定然会担心得要死，到时弄出别的事来。他正在犹豫，忽听李十二娘道："苏苏，我也陪你去！"

她这话一出口，一干师姐全都吃了一惊，那圆脸的十一师姐惊道："十二，你想什么呢？被师傅知道了，非罚你不可。"六师姐也道："是啊，十二，你若自行其是，师傅知道了，定会赶你出忆盈楼！"她知道李十二娘年纪在一众师姐妹里最小，胆子却是最大，不然先前也不要硬要一个人去藏剑山庄提货了。她说得出，就真的做得出，马上拿这话去吓她。

李十二娘一时口快说出来，听得两个师姐的话甚是有理，却也不想收回，说道："师傅眼下不在，婆婆让我去的话也就没事了。"那圆脸少女道："十二，你少做梦了，婆婆怎会答应你这种事。"李十二娘道："没问过，怎知婆婆不答应？大师哥，你等等我，我问了就回来。"

其实就算要走，今天天已然快黑了，也定然走不成。只是李十二娘性子急，想到什么就要做什么，转身向忆盈楼跑去。她跑得风风火火，去得快，回来也快。六师姐见她回来时脸上尽是喜色，问道："十二，婆婆没答应你吧？"李十二娘却喜滋滋道："婆婆说，我想去就去好了。大师哥，我们明天一早走吧？"

圆脸少女一怔，急道："十二，你不能说假话，婆婆怎会答应你这事？"李十二娘道："我又没瞎说，婆婆是答应了。"

六师姐知道李十二娘性子虽有点急，却从来不会说假话。何况若真说了假话，那也在忆盈楼待不下去了。婆婆既然同意李十二娘陪着叶英去长安，自是有其道理。她叹了口气道："十二，那你刚回来就又要走了。"

李十二娘道："六师姐，我不要紧。长安我还没去过，六师姐你去过么？听说长安还有位大师姐在，是不是啊？"

六师姐摇了摇头道："我也没有。长安的大师姐，人家可是货真价实的公主，你哪能见得到她。"她又偷偷瞟了叶英一眼，心里却有些怅惘，心道：怎么不是我陪叶公子去长安，而是这小师妹？

此时在忆盈楼的楼上，有个人正在窗前，挑起了一角窗帘看着这边。若是忆盈楼女弟子看到，定然会大吃一惊，因为此人的相貌，正与已经离开忆盈楼外出的公孙大娘一模一样。只是细细看去，便可看出她的神情与公孙大娘有些许的不同。公孙大娘娴雅端庄，这个中年女子却多了几分跳脱。

中年女子放下窗帘，忽然低声道："裹儿，你真要让她去么？"

她问的，是一个侍立在她身后的女子。这女子脸上蒙着面纱，也看不清相貌，看年纪却也并不是太大。这蒙面女子点了点头，低声道："是，师父。"

中年女子叹了一口气，低低道："你呀，总是放不下，不会是想找棠秋报仇吧？"

蒙面女子身体微微一晃，说道："师父，弟子不敢。"

中年女子没有再说什么。这叫"裹儿"的女子，是她的得意弟子。只是因为遭到极大的变故，只能遁入忆盈楼避祸，迄今已有十多年。十多年来她从未有过什么要求，日日都用这层黑纱蒙着面，也几乎不在外间出头露面，却不知为何这一次会央求自己答应李十二娘的事。她道："裹儿，你要随他们前去，有一件事务必要答应我。"

蒙面女子道："请师父明示。"

中年女子犹豫了一下，低低道："就算你发现十二娘真是那人之女，也不可对她有任何不利，定要将她太太平平地带回来，明白么？"她知道这个弟子心中有极大的愤怒，万一李十二娘真是那个仇人之女，只怕会杀了她，因此才再三吩咐。蒙面女子听师父说了"太太平平"四字，又是一颤，低声道："是。"

中年女子嘴角终于浮上了一丝笑意。这个弟子纵然心中万分不愿，但她既然答应了就定会做到。她想了想又道："对了，我听姐姐说过，叶家的大公子身有隐疾，你必要暗中多关照他些。"

第十二章

马车在一家客栈前停了下来，赶车的汉子拉开门道："公子，在这儿歇息吧。夫人跟女公子下车时小心点。"

这辆车是叶英雇的。要雇从扬州直接到长安的车子大为不易，只能走一程看一程。这辆车也只到此间，住了客栈后再接着雇一辆。以前这些事都有叶晖打理，现在却只有叶英在办，他才算明白自己这二弟到底有多能干，特别是刚去雇，他因为跟陆浩咬文嚼字惯了，说话也拽了几句文，那些车夫全都翻着白眼，不知这少年公子说些什么，叶英这才回过味来不能说得如此文绉绉的。只是他拽了几句文，这车夫未免也沾染了点。听车夫说"夫人跟女公子"，叶英忙道："这是两个舍妹。"

那车夫一怔，马上掌了自己一嘴道："对，对，是公子的两位令妹。"心道：我也真会胡扯，这两个女子大的不过十五六，小的了也有三四岁了，总不能十二三就生产吧？我没想清楚就胡说八道，人家没打我耳刮子算好的了。

叶英扶着李十二娘跟苏苏下了车，李十二娘见那客栈里挤了不少人，问道：“大师哥，今晚便在此歇息么？”

叶英道：“是啊，今天天晚了，还是吃顿饭，歇一天再走。”

他们一进客栈，小二便上前招呼。虽是乡野小店，倒也甚是干净。叫了三碗馎饦，等着上来的时候，李十二娘正与苏苏说着闲话，偶一扭头，却见叶英神情肃然地望向门外。她也不知出了什么事，往门外看去，却只看到一个挑着菜的乡人走过。她诧道：“大师哥，你看什么呢？”

叶英听得她问起，这才回过神来，淡淡道：“没什么，我以为看到熟人了。”

他嘴上轻描淡写，心中却有点不安。还在下车时，他偶然一瞥，看到了远处有个头戴头笠的行脚僧。行脚僧到处都有，自不奇怪，叶英本来根本不曾放在心上，但那行脚僧见叶英看到了他了，却马上躲藏在路侧。

只怕，那些妖僧仍是阴魂不散。叶英不禁想起带着苏苏出发时叶晖对自己说的话。那三个妖僧出现时叶晖中了他们的秘术昏迷不醒，等他醒来时事情也已过去，因此全然不曾经历，只是听叶英简述。有人竟在暗中对付藏剑山庄，这不是一件小事，只是叶晖对叶英说，这话说不定只是为了掩人耳目，他们只怕另有目的。叶晖说现在货已送到，如果那些妖僧真的只是针对藏剑山庄，那现在自然已经无事。可万一仍然发现他们的踪迹，那就大为麻烦，他们定是另有目的。叶英问他们真正的目的是什么，叶晖有些犹豫，好一阵才道：“我怀疑是苏苏。”

如果真是这个小女孩的话，那么她的身世多半不同寻常。叶晖说，他怀疑苏苏有可能是哪位失势王侯的后裔，仍遭仇家追杀。若真是如此，叶英与李十二娘送她去长安的途中会更加艰险。当时叶英听了却付之一笑，说二弟想得太多，因为行念诸僧出现时，正是想将装短剑的箱子搬走，并不伤人，而且他们分明并不曾去寻找苏苏。因为他先前对叶晖说事情经过时只是说了个大概，叶晖听得他说了这些细节，便也释然，说自己确是想得多了。可是看到了那个行脚僧奇怪的举动，叶英却又有些犹豫。

难道，真被二弟说中了么？

他正想着，小二端着三碗馎饦上来了。那小二手艺也甚是高明，两碗馎饦放在了臂上，还有一碗两手捧着，穿过众多食客走来仍是走得稳稳当当。三碗馎饦一端到桌上，便传来一股浓香。馎饦就是阔面，因为有汤有肉有面，一碗下去就能饱肚，因此是当时南北皆有的常见吃食。北方馎饦大多以羊肉汤煮就，此处还未出淮南道，正在光州地界，八九月间气候尚热，因此并不吃羊肉，这家店的馎饦是用鸡肉来做，只见汤清似水，面片上搁着几块皮黄肉嫩的鸡块，上面还撒了把葱花，更觉鲜甜诱人。苏苏本来就有点饿了，端起来喝了口汤，眉开眼笑地道："十二，这个汤好喝！"那小二听得她夸赞，大为得意，伸出大拇指道："你小姑娘真有眼光！小店的鸡肉馎饦，十里八乡大大有名。"他明着是夸苏苏有眼光，其实自是在夸耀自己这家店。

叶英看了一眼苏苏。他也曾向苏苏询问过，但苏苏只记得自己家在长安，再问下去，她倒记得那是个叫“平康坊”的地方。长安一百零九坊，平康坊是其中极繁华的一坊，其中有不少王公大臣的宅第。如果真如二弟所言，苏苏会是什么失势王侯之女，那么想除掉她的人定有不少，也许，会有自己不能相抗的强者出现。

纵是强者，又有何惧？只消自己成为更强的强者就行了。一想到此处，叶英发现自己竟然已毫无惧意。他向来沉默寡言，看似木讷，其实心底却如有一团永不熄灭的烈火。他拿过碗来慢慢吃着碗中的馎饦，心中不住默想着那四式剑意图。

他只道这一晚必有敌人来犯，但枕戈待旦，一夜却平安无事。早晨起来，叶英又雇了辆车，早早便上了路。和前一个车夫不同，这个车夫是个锯嘴葫芦，一直闷头赶路。苏苏在车里觉得无聊，闹着要跟李十二娘玩拍掌的游戏。

叶英坐在车中看着对面的苏苏和李十二娘正相对拍着掌，忽然觉得一震，车子一下颠簸起来。这条路本是大路，原本十分平整，也不知这一段为什么会如此崎岖。叶英心道：这路没人修么？得兴高采烈，叶英突然开窗，她不知出了什么事，正待问，一眼看到外面，惊道：“咦，大师哥，怎么到这里来了？”

外面并不是大路，而是一片树林。他们在车中时因为关着窗子，也根本没想过会离开大路。叶英心中一凛，拉开了车厢的前窗，叫道：“赶车大哥，怎么往这条路走了？”车夫道：“公子，是这条路没错。”

从车厢前窗看出去，周围尽是大树，实在不似有路的样子。

若是那赶车的说这条小路近许多，叶英还不会有多少怀疑，但听那人说什么没错，叶英心中生疑，喝道："停车！"

他叫得急，那车夫却仍是置之不理，反而加了一鞭，马车跑得更快了。叶英已知不对，猛地一推车门，人冲出了车厢，左手扳住车顶，一用力，人飞身跃上了前座，喝道："停车！"

他动作极速，那车夫也没想到他这么快就冲上来，缰绳交到左手，右手忽地一掌拍来，掌势飘忽，显得后势极足。叶英的左手仍然扳住了车门，右手一掌斫去。那车夫心头一惊，忖道：叶家以剑术驰名，掌法并不擅长，这小子的掌法怎的也恁般厉害？

藏剑山庄的四季剑法堪称江湖中有数的剑法，但拳掌却平淡无奇。叶英也已觉察这车夫掌法不凡，若只是掌法对抗，恐怕不是他对手。因此这一掌其实并非掌法，而是四季剑法中金天剑的半招"秋雨连绵"，只不过化剑为掌。若直接以掌使剑招，自然不能实用，但叶英这一掌实是已化入了问道剑的"柔"字剑意。问道剑原本有意无招，而这一招"秋雨连绵"细致绵密，将柔字诀化入，更是相得益彰。只不过一瞬间，两人已经对了五六掌，大车却是一晃。那车夫只有一手拉着缰绳，人一个趔趄，叶英一掌却已穿过他的掌势，正斫在了这车夫肩头。车夫只觉肩上一痛，半边身子也有点发麻，不敢恋战，将缰绳一扔，人已向车下扑去。其实叶英以掌化剑终是权宜之计，这一掌出其不意得手，但并不能让这车夫受伤。而这车夫掌法不弱，再斗得几招定能占得上风。可是叶英出手不凡，那车夫本来听得师兄们说起他的本领，先入为主便有了惧意，一旦中了一招，更是害怕，马上弃车逃走。叶英见那车夫一个起落，便已闪入树林中，心中也暗暗赞叹。他的轻身功夫不错，但就算马上全力去追，也未必能够追上。何况这假冒的车夫竟有此本领，实令人担忧。他急着离开此处，一把拾起缰绳抖了抖，带住了马匹。叶英虽不似叶晖那样精于驭术，倒也不是门外汉，何况现在天色还亮，视力也是无碍，趁着这时回到大路上。这些人纵心怀恶意，谅来也不敢在光天化日之下动手。

叶英刚拎起缰绳，前额忽然"嗡"的一下，仿佛被当头狠狠打了一棒。他吃了一惊，只道又遭偷袭，但抬头一看，眼前根本没有旁人。他正在诧异，眼前又是一黑，仿佛又以被一根隐形的大棒当头击中。

是那种邪术！叶英的心一下沉了下来。虽然他已料到下手的多半是那一伙妖僧，但这一次所中邪术显然比那天要强得多。他张了张嘴，只道让李十二娘带着苏苏快走，哪知嘴刚张开，竟是发不出声音来，后面苏苏却忽然叫道："大师哥！大师哥！那些坏人又来了！"

苏苏能听到无音梵雷，却也是方才才听到。叶英又痛又悔，他先前并不把叶晖的劝告放在心中，后来又托大，只道那伙妖僧定会先以那门无色无相的邪术进攻，而苏苏能听到声音，到时能提醒自己，哪想到他们竟然先让同伙冒充车夫。而自己也居然毫不怀疑，一头扎进了他们这圈套。当这些人真正用邪术进攻时，苏苏纵然听到也已来不及了。叶英只觉浑身的力量都已荡然无存，马缰虽然拿在手中，却如捧着千钧巨石，随时都会掉下来，而身体又已僵硬之极，连手指都休想动得分毫。

苏苏听得那喇叭响时，便觉心头一震。只是上回叶英终将那些行脚僧击退，她倒并不如何害怕。只是喊了两声，叶英竟然并不回答，那喇叭声却一声响过一声，已连成了一片，她这才害怕起来，伸手拉了拉李十二娘道：“十二，我……我害怕！”若是平时，李十二娘定会将她搂在怀中安慰，但这回她却毫无反应。苏苏抬头一看，只见李十二娘脸上尽是冷汗，人也似醒非醒。她更是害怕，叫道：“十二，十二，你别吓我，快说话呀！”

上一回李十二娘是在睡梦里中了无音梵雷，随即全无神智。但此时她却是清醒时中了此术，而她功力远不及叶英，更觉心口难受无比，简直有连串闷雷在胸腹间炸开，能站着都很是勉强。她吸了口气，强自支撑着叫道：“大师哥，这便是那些妖人么？”

叶英听得她居然还能说话，心中诧道：她怎么还能说话？李十二娘的功力不如自己，叶英自是清楚，但她似乎对这邪术的抵御力更强。其实叶英不知，这无音梵雷的厉害，并不是功力越强就越能抵御。一个人才智越多，往往想得也就越多，而无音梵音能扰乱人的心智，想得多的人对此术也就越难抵御。苏苏只是个天真未凿的稚女，无音梵雷对她来说只是一连串难听的声音，几乎毫无效用。叶英功力自是比李十二娘高得多，但他为人深沉，多思多想，正被无音梵雷克制，反而不如李十二娘能在无音梵雷中支撑。那一夜施术的只是行念，叶英便已觉难受之极，此时在林中施术的除了行念之外，还有大师兄行毅和二师兄行佐。这三人同时施术，更是如天罗地网，叶英哪里还抵挡得住？无音梵雷是用气息吹动铜角使出，因此当中总会有断续之处，中术之人也总有一丝喘息之机，但此时有三人共同施术，三重无音梵雷已是天衣无缝，叶英只觉人仿佛陷在一片流沙之中行将没顶，连一丝一毫的生机都找不到，也根本说不出一句话。

李十二娘听不到叶英回答，也不知他出了什么事。她看了看苏苏，小声道："苏苏，你快跑！"

苏苏也不知她说的什么意思，问道："往哪儿跑？"可李十二娘说出这句话已是竭尽全力，再说不出第二句来。苏苏见她没说话，有点着急，叫道："十二，你叫我往哪里跑？"

苏苏不解人事，只知害怕，也没有丢下旁人自己逃跑的念头，心想十二让我跑，却不说怎么跑。李十二娘这里已说不出话来，车外却有个人笑道："小妹妹，你可没地方跑了。"

车门一下被拉开了，站在车外的正是行德。苏苏还记得这个曾抓住了她的和尚，她吓得一缩脖，下意识便要躲到李十二娘身后，马上省得李十二娘此时已不知生死。她虽然万分害怕，这时胆子却异样的大，挡在了车门前叫道："你这坏秃子，想做什么！"

行德上一回死里逃生，心想这回有三位师兄一共主持，定不会有人再斜刺里杀出。见苏苏居然还敢挡路，不禁又好气又好笑，说道："小妹妹，我想做什么可轮不到你来管。"

他伸手便向苏苏抓去。苏苏见他抓来，尖声叫道："大师哥，快来呀，这坏蛋好坏，来抓十二了！"她也不知叶英也和李十二娘一般已是动弹不得，只知这位大师哥神通广大，先前就能将这些坏蛋打跑，这回定然也能。行德听她一个小小的女孩儿，尖声大叫起来却甚是洪亮，更是好笑，说道："我这坏蛋可是坏得……"

行德只觉胜券在握，也不急在一时，倒想和这小姑娘打趣两句，只是话未说话，耳畔忽然"铮"一声响，不知从何处传来了一声琴音。他们六个师兄弟这回倾巢而出，将叶英几人引到了这片无人林中下手，本是势在必得。这地方极是僻静，根本不会有人，突然听到了这一声琴，虽然琴声圆润动听，听在行德耳中却仿佛惊雷一般。他不同一怔，忖道：这是什么人？念头刚闪过，眼前忽地一亮，一道寒光直刺向他双眉之间。行德大吃一惊，头一低，正待从腰间取下短棒，颈后却是一凉，一股极寒之气压在他后颈上，直欲透骨而入，迫得他将头直垂下来。却听得身前有个少女嗔道："你这贼和尚，头皮也不剃干净点，尽是短毛，真难看！"

在车中出手的，正是李十二娘。她一剑将行德迫出车去，行德又被身后之人迫得低头，头皮正对准了李十二娘。行德的头剃了有几天了，顶上长了一层短短的头发茬子，在李十二娘眼里甚是难看，不禁抱怨。车外传来一个少年的声音道："李师妹，你也没事了？"

出手制住行德。李十二娘点了点头道："嗯。"刚说了一个字，行德忽然惨叫一声，"砰"一声趴在了地上。李十二娘吃了一惊，心道：大师哥杀了他？这和尚又凶又诈，李十二娘恨他入骨，不过真要杀了他，李十二娘却也不敢。定睛看去，却见行德身上并无伤痕，人却在微微抽搐。她叫道："大师哥，这贼和尚装死！”

行德突然惨叫一声倒地，叶英也吓了一大跳，只道自己的剑拿捏不准，伤了行德后颈要穴。他伸左手搭了搭行德的颈脉，右手剑仍是压在他后颈上，生怕行德装模作样，暴起伤人。但一试之下，觉得行德的脉搏无殊，这才恍然大悟，说道：“不是装死，是真的晕过去了。快坐好，我们走！”原来行德的真实武功虽然不及叶英，但也不至于一招受制，只是他一心以为叶英中了无音梵雷后不能出手，根本没半点防备，又被李十二娘和叶英电闪雷鸣般前后夹击，结果毫无还手之力便受制。叶英又因为听琴听得出神，手中剑不觉压得低了些，行德只觉剑锋入肉，他平时杀人不眨眼，推己及人，只道这面相俊秀的少年行事阴毒至极，要慢慢将自己的脑袋切下来。行德为人精细，心也狠辣，偏生胆子不大，那天就曾被陆浩吓晕过去，这回已是重为妈妇，又吓得晕倒，倒不是装的。叶英将他拖到一边，跳上了前座，一把抓起缰绳，心道：真是两世为人，这个救了我们的是谁？

就在方才，他和李十二娘都已是俎上鱼肉，只能任人宰割，但突然出现的强援顿时扭转了局面。李十二娘在车厢前窗里见叶英行动自如，心中也是一宽，说道：“大师哥，又是你那蓝眼睛朋友在帮你吧？”

她曾听苏苏说过那晚叶英有个蓝眼睛朋友来帮他打败了那伙坏人，却不知最后那人与叶英不欢而散。叶英只听得铮铮琮琮的琴声仍在空中流转不断，先前胸口恶心欲呕之感在琴声中已消失无迹，他抖了抖缰绳，看向琴声传来的西北方道：“多谢前辈援手之恩。”

叶英知道陆浩对这些妖僧的邪术极是忌惮，此人定不会是他，只怕是哪一位前辈高人，路见不平才助自己一臂之力，因此说得格外恭敬。话音甫落，却听得西北侧林中传来了一个声音道："吾兄过谦，在下偶过此间，抚得一曲，有辱清听，何恩之有。”

这声音听来极是清朗，此人应该很年轻，比叶英也大不了几岁。听得这人谈吐高雅，叶英不由得大为心折，忖道：天下之大，真是英雄辈出，我被他救了，却连他是何人都不知道。他一抖缰绳，正待将马车转个方向，树林中忽地冲出了两人，一个正是方才那假车夫，另一个居然是那晚曾攻入废寺的行慈。

此番行念会齐了师兄弟六人一起下手，六人中只有他与大师兄行毅、二师兄行佐能施展无音梵雷的第三层，这样只有另一个师弟行胜没和叶英照过面，这行胜正是将叶英他们引到此间的假车夫。其实行胜远不及行德精明，只是叶英和李十二娘的江湖经验都很弱，居然一直不曾看出破绽。等到叶英省悟过来，却也已经身陷重围，行念已与行毅行佐两人一同布下了三重无音梵雷。无音梵雷本就神奇莫测，三人合使，可谓天衣无缝，叶英与李十二娘果然全无还手之力。谁知正当行德要下手时，竟然又杀出这么个人物来，更让他们想不到的是这人竟能用琴音破去无音梵雷。此时行念与行毅行佐三僧正竭尽全力与那人的琴音周旋，只是琴曲虽然飘逸潇洒，毫无霸气，但三重无音梵音击却如抽刀断水，总是劳而无功。眼见要功亏一篑，猎物马上要脱网而去，行胜行慈两人终于忍不住冲了出来。这两人都与叶英交过手，知道单打独斗不是叶英对手，因此一左一右，几乎同时迫上，心想叶英剑术再高，终躲不过这左右夹击。

叶英正在将马车掉过头来，他驭车之术比叶晖差得远，马车要掉头不是那么容易，才转得三分之一，左边的行胜已然攻到。行胜的武功不算很强，但轻身功夫在六个师兄弟却堪称翘楚。他与行慈同时冲出，离叶英也稍近一些，这几步路对他来说实是一蹴而就。行胜先前和叶英对了一掌，吃了点小亏，他也不知叶英是将剑法化入掌法，只道这少年掌法极佳，现在自己手中有兵器，再不必怕他，一个箭步冲天而上，双手短棒直直敲下。这一招“天鼓双捶”配合无音梵雷用来，威力更大。短棒一砸下，行胜心头却是一凛，忖道：不好！三师兄说不能取他性命，这两棒下去，不将他砸个脑浆崩裂么？只是这一招已然使发了，想收手也收不住，正在后悔，眼前剑光一闪，却是叶英左手拔剑，一剑点向行胜的肩头。

寻常人左手自远不如右手灵便，叶英也是一般，因此他的右手正挽着缰绳。行胜没想到叶英出剑竟能如此之快，剑长棒短，自己双棒未必砸到叶英，叶英的长剑却要先将自己刺个透明窟窿了。他变招却也极快，左手一压，左手棒便拨向剑尖，右手棒仍是砸上。短棒虽然没有剑长，却比剑要沉重，只消拨开剑尖，自不会有威胁。只是行胜想得甚好，左手棒也刚拨到剑尖上，长剑却忽地一缩一伸，“嗤”一声在行胜肩头刺了一剑。这一招也并不如何高明，可拿捏得恰到好处，就在行胜力道将吐未吐之际刺出，行胜痛得惨呼一声，重重摔了出去，连右手棒也丢了。

行胜落败，只在转瞬之间。行慈比行胜只慢了片刻，虽然那一晚行慈脸上曾被叶英剑风割出一条口子，但见叶英的右手正挽住缰绳，剑还握在左手，心想这便宜不可不占，一个箭步踩上了马车前座踏板，手中短棒便向叶英后脑打去。他只道这一棒纵打不死叶英，至少也能打他个七荤八素，只是短棒尚未挥出，腕上忽的一疼，叶英的长剑不知怎的一转，剑尖竟然正对着他的手腕。行慈冲上马车，几乎就是行胜中剑之时，在这么短一瞬间要将长剑收回刺向右边，只怕天下无人做得到。但叶英并不曾刺出，只是将长剑反手搁在了后背，行慈其实是自己将手腕凑到他剑尖上去的。这一棒行慈挥得极狠，只是挥得越狠，剑尖刺得也越深，入肉已有两分许，行慈痛得惨呼一声，一个趔趄，已站不住马车，也倒摔下来。他冲上来时与行胜前脚后脚，摔下来也是前脚后脚，心里还在转着念道：这小子……这两天他的剑术又强了这许多！那一晚叶英的剑术虽然也让行慈大吃一惊，但在他看来也能对付，此时却几乎神而化之，一柄剑简直已随心所欲，明明眼睛也不曾看，出剑却仍能如此险狠准确，若不是自己中剑，只怕打死也不信。

他和行胜两人冲得快，败得却更快，两人都重重摔在地上，而此时叶英也已将马车转了个方向，只消再加一鞭，马匹就会绝尘而去，脱出六僧的包围了。他正待一抖马缰，东北角上忽地传来了一声号角不似号角，唢呐不似唢呐的怪响，也没有抑扬顿挫，直如裂帛，极是难听，虽是吹出来的，却真如擂鼓的声音。叶英也没想到居然会真个有声音，耳中听到这一声响，心口却是“砰”地一跳，心脏都仿佛要跳出来，一霎时浑身竟然又失去了力量。叶英大吃一惊，心道：这些妖僧竟然还有这本事!

其实叶英有所不知，无音梵雷的妙用正在于“无音”二字。也正因为听不到声音，无音梵雷才能如羚羊挂角，无迹可寻。此时出声，其实是行念一口气接不上来的缘故。与两个师兄相比，行念虽然也能吹出无音梵雷第三层，但功力实比行毅和行佐低一筹。合三人之力与那人的琴声相抗，虽然行毅和行佐尚可支撑，行念却已到了极限。这一口气一岔，铜角中“嗡”的一声响了起来，琴声却随之铮铮连响了两下。琴曲原本清雅，这两声却如刀凿斧劈，隐隐然有刀兵森严之相，行念心念已乱，耳中听得琴声，心口便是一跳，不由自主地就从隐身的大树后踉跄着冲了出去。一冲出去，行念便知不好。三人用三重无音梵雷，堪堪能与那个神秘之人相抗，若是只剩了行毅和行佐，定然会一败涂地。

若是大师姐在此，要击退这个神秘人就不在话下了。行念暗暗懊悔。在师尊面前夸下海口，说这只是一件小事，大师姐也不曾前来。他深吸了一口气，一张脸煮熟了的虾子般涨得通红，猛地吹出去，那铜角又是“嗡”一声响。虽然叶英已赶着马车出去了好几步，仍是为之一震，险些摔下车来。原来无音梵雷发出声响后虽然威力大增，但也大失灵动。若是用无音梵雷攻击，纵然不胜，仍可全身而退，可现在便成了实打实的比拼内力，非拼个鱼死网破才能见个真章。行毅和行佐两人委实不愿走到这一步，只是骑虎难下，终不能看着行念被震得浑身血管尽皆爆裂。他师兄弟六人虽然谈不上好人，却颇有同门之谊，进则同进，退则同退，此时除了他三人，另三个师兄弟都已被叶英击昏的击昏，刺伤的刺伤，他们倒没了后顾之忧，听得琴声寸步不让，已从商声转到了角声，声音越拔越高，再不反击，行念就要深陷其中脱不了身，两人心一横，两支铜角同时发声，心想这回败是败定了，可也不能败得太惨。

三支铜角齐响，声若雷震，极是难听。叶英只觉心口又是一闷，车厢中苏苏和李十二娘更是将手捂住了耳朵。只是铜角虽响，却仍然掩不去琴声。这两种声音交缠在一处，几成有形有质，正在相抗。叶英心知现在正是逃走的良机，但灰溜溜地逃命又觉对不起救自己之人，只是自己只长于剑术，留在这儿也帮不上忙，有心想问一下那人姓名，但听那人正与三僧斗得紧，生怕一问他倒害他分心。正在犹豫，却听那人朗声道："我醉欲眠卿且去，哈哈哈。"

叶英听他话中竟然大有醉意，甚至有一阵酒香飘来，大为惊诧，心想这人竟然这时候还在喝酒么？只是他说话虽是醉意陶然，琴声却是狂而不乱，在三僧的梵雷声中仍是丝毫不落下风，显是行有余力。叶英心中更是钦佩，高声道："在下藏剑叶英，来日有缘，再来谢过兄台。"他心知自己不懂音律，在这儿根本帮不上忙，丝缰一抖，驾着马车离去，心里只在想着：此公文武全才，英雄侠义，真想不到世上竟会有这等人物。

行念见叶英赶着马车扬长而去，更是气得险些要吐血。此番聚师兄弟六人之力，计划也极为周详，眼看着就能将对手生擒，哪知最后竟会捉篮打水，叶英诸人已全身而退，而己方三个师弟全都受伤倒地，自己和两个师兄也被缠在这儿动弹不得。虽然无音梵雷自无相转为有相，威力自是大了，已然稳占上风，但也作茧自缚，已无法脱身出来，只能眼睁睁看着叶英遁走。他心中恼怒，铜角吹得更是有若牛吼，已是双目噀血，胸口几乎都要炸开来。只是不管他三人如何以金刚大力猛扑，琴声总是绵绵不绝。正在骑虎难下，琴声忽然铿然一声，却是戛然而止。三僧本来已竭尽全力，便如以浑身之力挥出一拳，结果却打了个空，大是难受，行念功力最弱一点，更是险些吐血，连吸了好几口气才省得原来那人竟然也已飘然而去。这人说走就走，虽然三僧的梵雷占尽了上风，却是白费心机，行念和两个师兄面面相觑，不禁苦笑。待救转了三个师弟，行念道："两位师兄，接下来如何是好？"他们全力出击，却是劳而无功。在路上伏击藏剑山庄的货物已是失败了，本来觉得绝处逢生，尚有可为，谁知这一次仍归于失败，真不知该如何向师父交代。行毅想了想，叹道："好在师尊和大师姐都在长安。"

只有师傅才能对付他么？行念不禁默然。这一次失败，他师兄弟六个全都元气大伤，在路上是无法第二次下手了。行念没敢去想师傅得知自己失败后会如何责罚，只是喃喃道："是啊，幸好师尊也在长安。"他顿了顿，又低声道："也不知那家伙到底是什么来历。"

那个以琴音与他们在此处缠斗了半天，最后也飘然而去，他们想破了脑袋也想不出会是个什么人的少年，正在远处的路上向路边一个老妇人拱手施礼。寒暄了两句，少年飞身上马，绝尘而去。那老妇人一直佝偻着身子，看去甚是老朽，此时眼中忽然闪出一缕逼人的神光。

杀禅僧居然又出现了那么，慧范只怕也不曾死吧。她想着，心中也不知是什么滋味。

慧范的这些弟子武功倒也罢了，但他们的邪术实非易与。如果不是恰好遇见了这个很多年前认得的少年，这件事也不能如此轻易应付过去。她看着远处那个背着琴剑，跃马而行的少年，心中也有几分感慨。

那是十多年前的事了。那时自己当逃出一劫，正惶惶不可终日，不知该去何处，偶尔遇上了这个从书塾里逃学出来的少年。那时他还是个不愿用功的淘气小儿，谁也想不到因为自己一句玩笑话，今日真个已成长为一个如此爽朗英锐的年轻人。

那是初展翅的鹏鸟，将来必定名满天下。老妇抬起头，看着天空。天空中，有浮云正飞过天边。

有志者，事竟成，纵然已是桑榆晚景，隆基，这一笔账必要向你讨还。

在她心底，许久以前那团烈火仿佛已死灰复燃，重又燃起。脸上虽因易容而皱纹堆垒，但眼中仍透出昔年那个手握权柄的少女的威仪。

第十三章

马车缓缓驶进长安城东的春明门时，叶英不禁长舒了一口气，极快地向后看了一眼。

自从在光州遭到伏击后，叶英再不敢相信别个车夫，因此一路都是自己驾车。他也知道在光州时有那抚琴之人相救，但若有第二次，定然不会再有这等好运气，更因为自己有雀目症，天一黑就看不清路，因此每天都要天亮才出发，天黑之前则必须赶到下一个客栈住下。如此一来，一路便甚是辛苦，有时非要拼命赶路不可。好在路上虽然辛苦，却再没有遇到什么意外，平安得连他自己都不太敢相信。只是，一路上总感到有人在跟踪自己，但不管如何查看，总是发现不了。

大概是多想了。叶英摇了摇头。那些妖僧在那青莲居士手上吃了个大亏，应该追不上自己了。他赶着马车上了春明门街，拐弯时，车厢里传来一阵细碎的“叮当”乱响。这是路上有次住店，苏苏见店中后院堆了不少河蚌壳，便找了一些大小一般的串起来的。河蚌壳比不得海蚌壳色彩鲜艳，不过苏苏长在长安，自幼都不曾见过河蚌，看着好玩，串成一串挂在车厢里，听着一路蚌壳撞击时的声音，倒不无聊。

长安城东，共有三门，自北而南，分别为通化、春明、延兴三门，春明门是长安城东的正门。一进春明门，以东西向的春明街为界，南面是道政坊，北面便是当今天子为藩王时所居的兴庆宫。兴庆宫本来称隆庆坊，天子即位之后，因为避讳，改称兴庆，而将全坊改为兴庆宫。叶英还是第一次来长安，沿着春明门街进来，见路北尽是巍峨高墙，绵延数里。他不知这便是兴庆宫，不由得暗暗吃惊，心想俗话说“富贵不过帝王家”，真个不假。他藏剑山庄已不算小了，只是与兴庆宫一比，便有天壤之别。正想着，忽听后面车厢里苏苏叫道：“十二，你说你来过这儿？”

长安一百零九坊，苏苏其实根本没去过几处，不过先前她被带出长安时走的也是春明门，这儿倒是记得的，一进门便嘀嘀咕咕地跟李十二娘说个不停。听李十二娘说来过这儿，苏苏大为吃惊。李十二娘撩起车帘看了看，皱起眉头道：“是来过。这堵墙很长，我一直记得。”

兴庆宫占去了城东一坊之地，这堵墙也长达数里，任谁见了都不会轻易忘掉。苏苏道：“咦，你是什么时候来的？”

李十二娘皱了皱眉，叹道：“我记不起来啦。苏苏，你家在哪里？”

苏苏道：“不是跟你说过么，是平康坊。十二，你年纪不大，忘性倒是不小，大师兄你记得的，是吧？”

李十二娘听她说得老气横秋，忍不住想笑，轻轻拍了她脑袋瓜子一下道：“平康坊有好几里地方圆，住户也有好几万，你要不记得哪个位置，怎么找得到？”

长安一百零九坊，诸坊有大有小，有繁华也有冷清的。平康坊就在春明门街南侧，过了东市便到，虽然不算大坊，却算得是长安第一等繁华之地。苏苏听得平康坊居然有这么大，不由得一怔，半晌才嘟囔道：“这个我怎么知道，我只记得隔壁是石老胡家开的胡饼店，对面还有一家卖羊肉汤的。”

李十二娘叹了口气道：“这可没办法找。周围有什么大房子么？”

苏苏想了想，忽然道：“对了，那边有家卖酒的，很大，比我家还大！”

叶英皱了皱眉。那些行脚僧一直阴魂不散地跟着他们，他怀疑过这些人的目标可能是苏苏，因为平康坊颇有些王公大臣的宅第。可是听苏苏说来，她家周遭尽是些卖吃食的商贩，那她父母就算是什么官员，多半也不会太大，这样的身份至于让那些妖僧下如此毒手么？只是想来想去，总也理不清头绪，他叹了口气道：“没关系，苏苏，平康坊顶多也就百十来条街，我们每天走一圈，用不了多少天就能跑遍的。”

李十二娘道：“万一……”说了两个字却闭上了嘴。她生怕苏苏年纪太小，万一记错了怎么办？单是一个平康坊，花个三四天工夫能跑遍，可万一不是平康坊，长安一百零九坊想要跑遍，花上一年都未必能够。只是苏苏小归小，这张嘴却大不肯饶人，若是说她记错了，只怕苏苏会又哭又闹，因此没敢说下去。苏苏却不知她要说什么，逼问道："十二，你说万一怎么？对了，到了我家，我让我妈请你吃石老胡家的胡饼。他家的饼子里面好多肉，还有胡葱，香得很咧！"

苏苏在后面喋喋不休地说着，叶英却是越来越诧异。他忖道："若是二弟在此，多半能猜得出来。"叶晖为人精细，因为常年与人打交道，见识也广，叶英自知与叶晖相比，这些地方自己实是差得极远。他正想着，耳畔忽然传来了一声鼓响。他抬起头看了看天，说道："糟糕，今天去不成平康坊了。"苏苏诧道："大师哥，为什么去不成了？"叶英扬起马鞭指了指天色道："禁鼓响了，金吾卫马上就要出来禁夜。"苏苏叫道："对了，大师哥，等禁鼓停了就不能在街上了是吧？我听妈说过的。"

唐时长安，每天一至黄昏，便会敲响禁鼓。鼓声敲罢，天色已暗，各坊武候铺的执金吾便会出来巡夜，禁人夜行。一年到头，也只有正月十五上元节前后三天里才不禁夜，因此苏味道《正月十五夜》诗中才有"金吾不禁夜，玉漏莫相催"之句。叶英他们进春明门时便已近黄昏，在春明门街上向平康坊走了一程，从春明门到平康坊要经过两坊的距离。每个坊都有二里许长，因此至少得走四五里，城里马车不能疾驰，他们刚走过道政坊，才刚进入东市这一段，禁鼓便已响了，待赶到平康坊，定然坊门已关，进也进不去了。叶英道："先找个地方住下吧，明天再去。"说罢一打马，向南边拐去，马车驶进了东市。

长安城一百零九坊，东西二市并不计入其中。因为唐时大商铺只许设于东西二市，各坊中只不过有一些零星小铺卖些吃食和日用品，因此这两市也就越发热闹。因为长安号称东贵西富，住在东面的达官贵人多，因此东市不如西市繁华，但也正是因为贵人多，因此东市卖珍奇贵重之物的店铺甚多，当时所谓“四面立邸，四方珍奇，皆所积集”。东市东西南北各开两门，两纵两横，东西南北四条大街将东市分成了九块。叶英进的是东市东街，刚将马车赶进市门，便见东街上正有一家客栈，挑出一个招子，是“王家老店”。寻常招子都是用布做的，这招子竟然用的是上好的缎子。缎子远较布匹轻柔坚韧，被风一吹，迎风招展，虽然天色有点暗了，但就连叶英也看得清楚。他道：“李师妹，今天就住那儿吧。”

这王家老店原来是大唐首富王元宝所开。王元宝富甲天下，当时天子曾问王元宝家中到底有多少财富，王元宝答道：“臣请以一缣系陛下南山一树。南山树尽，臣缣未穷。”有如此财力，拿缎子来做店招自然不在话下。王元宝在东市西市都开有客栈，陈设甚精，很得过往富商青睐。到了店里，叶英要了两间房住下，又叫了几个饭菜。这王家老店的几道菜做得都甚是精致，其中有一道金钱发菜更是少见。发菜是王元宝当初未发迹时去西域行商带回来的食材，别处少有，叶英家也算是豪富，连他也没见过，苏苏自然更是闻所未闻。只见一根根和头发相仿，做得又似钱币一般，一尝之下却极是鲜美，她吃得开心，一时连伤心都忘了。只是吃罢了饭，她又变得神情沮丧，李十二娘将她带回房去哄她睡觉。此时禁鼓正好在敲最后一段了，东市八门也正在关闭。其余诸坊自是渐归沉寂，但东市里面却依然很是热闹。这王家老店在东北角狗脊岭下，离东市的东北门很近。叶英推开后窗，正背着手站在窗前，忽听得边上的窗子一下开了，李十二娘探出头道：“大师哥，你睡了么？”叶英道：“没呢，苏苏睡下了？”李十二娘道：“她吃饱了就睡着了。大师哥，你也早点睡吧，这些日子辛苦你了。”

这些天来，叶英每天驱车赶路，确是十分辛苦。但他只是微微一笑道：“没什么，能把苏苏送回家就好。李师妹，你也早点休息吧。”

李十二娘“嗯”了一声，却又道：“大师哥，你说人会不会有前世啊？”

叶英诧道：“怎么？”时人虽然多迷信，不过叶英读书甚多，也是信奉对怪力乱神敬而远之、存而不论，自然也不信什么前世后世。李十二娘犹豫了一下道：“大师哥，方才进春明门时，不知怎的，我总觉得自己好像来过这儿。”

叶英叹道：“那也不一定是前世吧。说不定，你以前就来过长安，只不过自己已经忘了。”

李十二娘一怔，点点头道：“大师哥你说得有道理。”她抿嘴一笑，又道：“大师哥，你也早点歇息吧，我睡啦。”说罢掩上了窗，心道：刚认得大师哥时还有点怕他，没想到他其实那么体贴人。想到这里，不知为何突然又有点羞涩，在苏苏边上躺下后脸颊仍有些发烧。

叶英自然不知李十二娘的心思。听着窗外的鼓声一声声消散，他闭上了眼。

天已黑下来了，他眼前的一切也越来越模糊。再过一阵，睁开眼与闭上眼已没什么区别，因此他在屋里连灯都不曾点，任由屋中慢慢地暗下来。自从发现自己有雀目症之后，叶英曾经痛苦万状，也曾发誓定要求得良医治好这病，只是十多年过去，病情仍无丝毫起色。白天他的眼睛毫无异样，目力甚至比常人更强，但一到晚上就怎么都看不清。虽然灵隐寺的师傅传给他那一路心法，可是每晚也只能让眼前有片刻光明，其余时候尽是如在一片迷雾之中。

他还记得自己很小的时候，父亲问自己有何志向，自己回答说是一生以剑守护山庄。至今叶英还记得父亲听得小小的自己这样回答时那种激动的神情，而自己也自幼就痴迷剑术，从无懈怠。只是这些年剑术是越练越强，但四季剑法变化精微，他却因为雀目症总无法将其练到极处。这几年父亲对自己斥责少了许多，只是这让叶英更加痛苦，因为他知道，那是因为父亲对自己的期望渐渐淡了。

未能守护母亲，守护藏剑山庄的诺言，只怕也是一句空话吧？叶英突然有点站立不定，将手扶住了窗棂。这时，风里忽然传来了几声鼓响。叶英因为有雀目病，晚上目力极弱，听力却变得更强。刚听得鼓声，他只道是禁鼓尚未敲完，但鼓声又传来数声，他已明白并不是禁鼓。禁鼓敲来，每一声都是一般长短，声调也是一般无二，但这鼓声有高有低，有缓有急，叶英心头忽地一动，忖道：难道又是那伙妖僧在捣鬼么？只是鼓声入耳，却并不觉得难受，反而甚是动听。按理鼓声最为单调，不似别般乐器有声调变化，但击鼓之人手法显然极高，远远听来，竟然听得出曲调来。叶英从没想过敲鼓也有这许多手法变化，听得有些入迷，一时间将心头伤悲也忘了。

鼓声是从东北向传来。东市的东北角上，有个约莫有三十余亩的池塘，平时善男信女总在此放生鱼鳖。在东市这个繁华的地方，这儿实是个闹中取静的清闲所在，因此环池有不少宅院，都是些雄于财势之人的别邸。放生池的西南角却被阑入了一处大宅院中，这宅院背山对水，布置得也极为清幽。就在池边，一个年约四旬，只著了短衣的中年人正在击着羯鼓。

平常击鼓之人都是些乐人伶工，但这中年人相貌俊朗，举手投足间却有一种高贵不凡之气。两根鼓槌在他指掌间几如活物，直在鼓面上翻飞。鼓声清越，从水面上飘过，每敲一下，水波都似乎为之一颤，更显得清气逼人。

中年人身后，站着五六个人，这些人虽然身后都有胡床，却没一个人敢坐，全都侍立于后。中年人也旁若无人，顾自敲着鼓。最后的斜晖正映在水面上，随着鼓声，水面上波光粼粼，奇彩变幻，仿佛有万道霞光被鼓声搅起。此时一曲已至将了，中年人的鼓槌在手中翻了个花，双捶“咚”一声在鼓面上敲过，最后一缕夕霏也恰好消散。

夜已至。中年人放下鼓槌，忽然朗声笑道：“元宝，这一曲《秋风高》如何？”他舒了舒腰，边上一个面白无须的汉子捧着一件外袍过来给他披上。这汉子身材高大，比中年人还高半个头，但在这中年人面前却显得恭顺无比。

身后一个矮矮胖胖的老者道：“八音领袖，自然绝妙。”这老者面团团富家翁状的，说的话也不无阿谀，说出来却不令人生厌。中年人听得“八音领袖”四字，又是一笑。他平生极好音律，而诸多乐器中，最不喜号称乐中王者的琴，倒酷爱这来自西域的羯鼓。老者的话倒是搔到了他的痒处，他叹道：“元宝啊元宝，你一个腹便便的商贾，有时说话俗不可耐，有时谈吐却何其大雅，诚是异事。”顿了顿，他忽然正色道：“元宝，今夜柴先生真会来么？”

老者道：“柴先生向来守诺，定不会食言。”

他话音刚落，墙头上忽然传来了一个声音道：“王元宝啊王元宝，想不到你居然还会在背后说我的好话，真是转了性子么？”

这声音极是突然，中年人身后几人忽地围拢了，一个个如临大敌。抬头望去，只见一个黑衣蒙面汉子正蹲在墙头上。墙头极是高大，也不知这汉子是怎么上去的。这汉子却将身一耸，迈步走了下来。墙上也没有凹下凸起之处，平整如砥，可这汉子在直直的墙上仍是如履平地，竟然几步直接走到了地上，一拱手道：“阁下便是能吃得住这货的龙先生么？”

中年人淡淡一笑道：“柴先生有壁龙之号，果然名不虚传。”那姓柴的一笑道：“龙先生谬赞，幸未辱没了先人姓字。”

原来唐初长安曾有两个异士，一个是有“壁龙”之号的谯国公柴绍之弟柴经，另一个则是大盗段师子。两人都有绝世武功，能飞檐走壁，因为段师子曾盗去太宗皇帝御赐给长孙无忌的七宝带，长安执金吾无人是段师子对手，有人便想起请柴经出面。柴经此时正官拜南衙左武卫录事参军，按理这些缉拿盗贼之事不该他管，但因为好胜心切，久闻段师子大名，便下书约战。段师子不甘示弱，两人相约大兴宫决一死战。大兴宫即是后来唐室三大内的太极宫，据当时看到的黄门说，那一夜只能见两个人影在大兴宫顶追逐，却毫无声响，到了天明，大兴宫的琉璃瓦上忽然有鲜血淌下，旁人正不知发生了何事，柴绍一手提着段师子头颅从屋顶跃下，只向黄门说了句："有劳扫却血痕。"便扬长而去。此事让太宗皇帝十分震怒，只是柴经之兄柴绍是太宗皇帝妹夫，因此不能杀他，太宗便以"此人不可处京邑"为由将其流放。柴经无罪被流放，心中亦是愤愤不平，发誓后代再不为官，定要世世为盗。每一代都以"壁龙"为号，此时已是第五代了。这第五代壁龙名叫柴子琦，据说轻身功夫已不亚于首代壁龙柴经，在长安屡犯大案，也无人能够奈何他。他从怀中摸出了一个黑漆小盒，打了开来。这小盒漆成纯黑一片，一打开，里面是一颗鸡卵大小的白色珠子。此时天色已暗，那珠子正发出淡淡微光，映得柴子琦的手都是一片白。中年人眉头一扬，说道："果然是火齐！柴先生，阁下真是好手段。"

柴子琦合上了盒子道："龙先生也是好眼力，这正是大内秘藏的林邑国火齐。二十万贯之数，谅也备齐了吧？"

龙先生道："既是大内之物，柴先生也敢去取，这份胆色实令在下佩服。只是柴先生真不怕受斩刑么？"

柴子琦只露在外面的一双眼睛里闪过了一丝嘲弄之意，淡淡道："此世尚无斩柴某之刀。"

中年人忽然淡淡一笑，沉声道："斩了！"

他这话极是突兀，柴子琦一时都不曾听清，正待问一句是什么意思，中年人已退后一步，他身后两个人却已踏上前来。这两人都是又高又瘦，相貌也极为类似，自是一双兄弟，闪上前来却是快得异乎寻常，柴子琦是轻身功夫的大高手，也觉眼前一花，那两人便到了眼前。他吃了一惊，心道：这两人功夫好强！

这两个人，分明已是一流高手。柴子琦在长安做惯了没本钱买卖，和王元宝的交易也不止一次，每一回都各取所需，皆大欢喜，因此他从来不对王元宝生疑。这一次正是王元宝告诉他，有个豪客看中了大内的火齐珠，问他能不能弄出来。从大内去盗宝，便是柴子琦也有点犹豫，但他仍是做了下来。可是来交货了，这龙先生却竟然下了这一手。看着那两个瘦高个已自左右向他一掌击来，柴子琦将黑漆盒往怀中一放，将身一矮，闪过了这一掌，喝道："做什么，想黑吃黑么？"

柴子琦的轻身功夫极佳，号称"换影留光术"，不比轻功天下第一家的卫氏逊色。闪过这一掌，人已退了一步。只听"啪"一声，那两人的手掌正击在了一处，却如旋风一般同时凌空打了个转，又左右一分，仍将柴子琦夹在当中。这一招变得如行云流水，毫无滞涩，柴子琦退得快，他们进得更快。柴子琦也是头一回碰到如此强敌，他身形一晃，连晃了数个方位。换影留光术使到了极处，一时间仿佛身外化身，多出了好几个人来，只是柴子琦动作再快，那两人却如影随形，一直追着他。其实这两人任谁的轻功都较柴子琦有所不及，只是他们配合极为巧妙，站位恰好堵死了柴子琦逃走之处，而两人每一击掌，都是借着对手的力量来加快自己身形，如此一来便能追得上柴子琦那鬼魅一般的身法了。柴子琦冲了四次仍是冲不出这两人的堵截，眼见对方的身法越来越快，开始时比自己还颇有相差，但现在已相去无几，心中有些焦躁，喝道："你们到底是什么人？"

中年人此时已好整以暇地坐在胡床上，那面白无须的高大汉子侍立在他身后，另外还有两个则站在他身前，长安第一富商王元宝则失魂落魄地恭立于一边，一张脸已皱得苦瓜样。中年人忽道："元宝，这柴先生倒是挺棘手啊，能逃得掉么？"

对王元宝来说，这中年人他自是根本无法抵抗，可得罪了柴子琦，同样不会好受。这一次迫于无奈将柴子琦卖了，他心中实是万分担忧。听得中年人问他，忙躬身道："是，是。"也不知是说柴子琦能被抓住还是逃得掉。中年人边上那高大的无须汉子垂身道："回主人，裘家兄弟这一手八风九回掌越到后来威力越大，现在他们还只是互击了五次而已。"

"八风九回掌"这五个字，在王元宝听来自是无动于衷，但柴子琦心头都如被重重一击，忖道：这两人竟是八风九回掌传人？这一门怎么还会给人做保镖？原来河道道汾州的裘氏一门，世代精擅一门"八风九回掌"，不过在隋朝末年时便很少在江湖上出现，传说这一门已然绝嗣，八风九回掌也已失传，不过也有人说国朝时曾见过有人使这路掌法。传说这路掌使时会自拍其掌，每拍一下，威力便大一倍，因此不论与谁相斗，拍掌都不会越过九下，因为九下之前定已取胜，因此称为"九回"。这传说实是神乎其神，现在听来也只能当笑话说说。柴子琦当初听人说起时只是嗤之以鼻，心想拍掌谁都会，哪路掌法会有自己拍一下就威力大一倍的道理？现在才知道原来这掌法并不是一人所使，而要两人合使。他们每次互击一掌，就借用了对方之力，身法更快许多。柴子琦最强的就是轻功身法，凭此纵不能胜也能逃走，而这两人掌力沉雄本就在他之上，又不断以击掌来使自己加速，身法也马上就要追上他了，这样下去，柴子琦的轻功再强，终有极限，最后也会输在他们手中。

“啪”一声，却是那两人又击了一掌。这一次已是第六次，三个人的身形已是快得让人眼花缭乱。此时裘氏兄弟已经赶得上柴子琦的身法了，两人一左一右，又堵死了柴子琦的路。现在他们已快得寻常人都看不清动作，那中年人自也看不到，只能见到三个人影搅作一团。他道：“力士，裘家兄弟要赢了么？”

那高大的无须汉子正待点头，忽然面前人影中有人低呼一声，鲜血已飞溅出来。中年人一怔，那无须汉子却一长身，惊道：“意剑！”

第十四章

受伤的，竟是裘家兄弟。这兄弟俩的八风九回掌已到了第六层，这已是他们这些年来极少有之事，不过想来到第七层时柴子琦便已挡不住了。此时两人又是一个左右夹击迫得柴子琦闪开数尺，裘氏兄弟正待再一掌互击，两掌将碰未碰之时，两人的掌间突然多了个剑尖。

那是柴子琦突然从腰间拔出的软剑。这软剑他平时收在腰带之中，极少会用，但裘氏兄弟的掌法逼得他走投无路，这才拔剑出招。柴子琦向不以剑术闻名，旁人甚至说他根本不会有兵器，裘氏兄弟亦没想到他竟然突然出剑，而且剑术竟是如此之高。他两人这一掌正待相击，左边的裘大总算悬崖勒马，硬生生将手掌收住，右边的裘二却已收手不及，手掌一下拍在剑刃上。

剑锋入掌，鲜血飞溅，裘二痛得惊呼一声，人疾退了数步。

其实在这么快的一瞬间，柴子琦也根本无法用力，他只能将软剑插在裘氏兄弟双掌之间，裘二实是自己把手掌硬切到他剑刃上去的，受伤也并不重。只是八风九回掌正早凭借他兄弟两人的配合方能一展所长，裘二掌中护痛，人再疾退，两人的身法立时失了犄角相应之势，哪里还能控制得住，裘大一个趔趄冲出了四五步，直冲到了围墙手一抵才算停住，裘二却是直向放生池冲去。他面前没有围墙能够借力，眼看就要向放生池里冲去，一个人影忽然一闪，却是那面白无须的高大汉子冲到了他面前，伸掌在他肩头一拍。这一掌并不为伤人，掌力极是柔和，化去了裘二前冲之力。裘二站住了，这才一把捂住正在滴血的手掌，鲜血已然滴出了一条足有五六步长的血线。

柴子琦一剑伤了裘二，剑都不曾收回，却觉眼前一花，剑尖上便是一沉，仿佛被一下挽上了什么重物。他手腕一颤，剑尖忽地星星点点幻出七八道剑影，直攻过去，人却如大鸟般一跃而起，冲向边上的围墙。柴子琦也知道自己的剑术只能出奇制胜，而这些敌人哪一个都不是省油的灯，论真实本领，实都在自己之上，刺伤裘二后，这回上来的这人显然比裘二武功更强，因此不敢恋战，这一招以攻为守，其实却打好了逃之夭夭的主意。柴子琦别个本领倒也如此，但轻身功夫实不作第二人想，脚在墙上一点，人又高高飞起，越墙而出。他刚翻出围墙，有个人影已直追上去，正是先前侍立在中年人身前的两个汉子中的一个。这人出剑挡住了柴子琦一剑，见柴子琦这一招攻势极凌厉，也打起精神正待反击，不料柴子琦居然马上便逃。他刚一起步，身后却又有一个人先行冲了上去。这人正是侍立在中年人身边的另一个。此人别样本领也不知如何，这手轻身功夫大是惊人，跃起时又高又速，大非寻常。只是他冲得快，柴子琦却是更快，他还没碰到墙头时，柴子琦已经翻过了墙头。

裘二一中剑，那中年汉子便站立起来，但到了后来两人追击出去，他才算站直。一站直，还不曾说话，那无须高大汉子已然单膝跪倒在他面前道："力士知罪。"

中年汉子沉声道："力士，壁龙竟然还有这么高明的剑术，你可不曾想到吧？"

无须汉子头也不敢抬，只是道："是。此人所用，竟是昔年卫公夫人的意剑，力士实是始料未及。罪在奴婢，无涉裘氏兄弟事，还请主人开恩。"

裘氏兄弟自恃八风九回掌所向无敌，也不无轻敌，结果被柴子琦一剑扭转局面，正在惶惑。听无须汉子一口便将责任揽在了自己身上，一边的裘大裘二实是感激万分，也跪下来道："请主人开恩。"

中年人扫了他们一眼，说道："那金鹏与伍青雕两人追上去，能擒住壁龙么？"

无须汉子道："壁龙身怀意剑，实出人意料之外。不过意剑无招，依小臣看来，壁龙不过略通皮毛而已，金、伍两人胜他不难，应该擒不住他……"说到这儿，他沉吟了一下，叹道："此事皆是奴婢失策，还请主人开恩。"

借王元宝这座位于东市的私邸，为的正是对付这个胆大包天的柴子琦。事先无须汉子也已经算计停当，武功要胜过柴子琦不难，但要克制柴子琦那神乎其神的轻身功夫，却非裘氏兄弟的八风九回掌不能。而在行动的前半段，也正如这无须汉子所料，八风九回掌已将柴子琦克制得缚手缚脚，只是柴子琦突然使出的意剑打乱了全盘计划。追上去的金、伍两人武功实比柴子琦高出不少，柴子琦纵然身怀意剑也定不是他两人的对手，金、伍两人虽没有八风九回掌这样配合得妙到毫巅的功夫，但他们号称“雕鹏双剑”，剑术要胜过柴子琦轻而易举，要擒住他却甚是难说。

中年人怔了怔，忽然笑道：“壁龙阳寿未尽，力士你也不必自责。”他看了看柴子琦逃走的方向，又微微地叹了口气，手却抓起了鼓槌，走到羯鼓前敲了起来。这一回，他敲的却是一曲《渔阳三挝》。《渔阳三挝》本是汉末祢衡所奏，这一曲音节悲壮，本不适于羯鼓。但这中年人手法高妙之极，一面小小的羯鼓竟也发出了大鼓之声。王元宝在一边听得已是冷汗涔涔，心道：他……他到底在想什么？他虽是天下首富，但在这中年人面前，却总有一种自认蝼蚁之感。

《渔阳三挝》极是疏朗简洁，曲调亦悲壮动人。中年人一边敲奏，忽道：“力士，意剑真个如此厉害？”

无须汉子道：“禀主人，天下剑术，都是一招一式练成，但这路意剑却有意无招。相传此剑本是战国时猿公所创，传于越女……”

他还不曾说完，那中年人忽然朗声道：“其道甚微而易，其意甚幽而深。道有门户，亦有阴阳。开门闭户，阴衰阳兴。便是这个吧？”

中年人念的这一段文字，正是《吴越春秋》勾践十三年章中越女与勾践论剑之言。中年人虽然不曾习剑，但读书甚多，听得无须汉子说起越女教剑之事，便背了出来。他口中背诵，羯鼓声却毫不停顿。无须汉子一躬身道："主人，正是。"说着，眉头忽然一扬，似乎想到了什么。中年人见状，手中鼓槌仍是不停，问道："力士，又有何事？"那无须汉子躬身道："主人，奴婢适才听得，有人正以意剑与金鹏与伍青雕交手。"

一听有人正用意剑动手，中年人捶鼓之兴顿已阑珊，将两支鼓槌往鼓架上一插，说道："过去看看。"他说罢便大踏步向着西南边而去，无须汉子和裘氏兄弟三人跟在他身后不敢稍离，王元宝走到最后，却是冷汗直冒，心道：这回真是糟了，这些人都是舞刀弄枪的武人，我可怎生是好？这时中年人却似能看到他的想法般，沉声道："元宝，时节已近秋凉，戍边将士亟待冬衣御寒，如之奈何？"王元宝福至心灵，一躬身道："小人愿以十万贯为戍边将士添衣！"

唐时有俗语："腰缠十万贯，骑鹤下扬州"，称人生至乐。后来名臣张延赏某次限期十日追查一件冤案，次日案头便出现一张纸条，上写："钱三万贯，乞不问此狱"，张延赏置之不理。第三天又出现一张纸条，上写"钱五万贯"。张延赏大怒，责令两日后结案，结果第四天出现的纸条上写着"钱十万贯"。此时张延赏长叹一声，下令结案不再追查。有人问他为何最终半途而废，张延赏说："钱至十万贯，可通神矣，无不可回之事。吾惧及祸，不得不受也。"此事发生在安史之乱后的贞元年间，当时正值开元十二年，天下承平，十万贯更是一笔惊人的巨款。中年人听王元宝出此巨资，淡淡一笑道："元宝，那还不速去准备。"王元宝如蒙大赦，躬身一礼道："谢陛……大人。"只觉额头上冷汗仍是不住淌下，身上也霎时变得无力。

这处宅院与王元宝开的王家老店后院相通。一推开月洞门，便可看到王家老店的后窗。壁龙翻墙逃去，定是从王家老店里逃走。他们一走出月洞门，便听得"叮叮"两声轻响。中年人诧道："力士，你猜得不对，壁龙和鹏雕两人斗得不相上下啊。"

不可能！无须汉子差点叫出来。对意剑，他虽然连皮毛都未能练成，但其中关窍却知道得很清楚。柴子琦一出手，他就看出这人的剑术华而不实，只不过是些支离破碎的残招。意剑无招，柴子琦只练成了几个招式，实是买椟还珠，空具面目，与真才实学惊人的雕鹏双剑相比，不啻天壤。论轻功，柴子琦比金、伍两人高得太多了，但说到剑术，只怕壁龙不能在他们随便一个人跟前走过三招。只是听声音，何止三招，大概三十招都有了。他定眼看着那一扇唯一开的窗子，却见金鹏的影子一闪，又是伍青雕的影子闪过，显然两人在围攻对手。他更是吃惊，忖道：这怎么可能！正在这时，只见一个少年闪过了窗口，他吃了一惊，顾不得中年人在侧，喝道："住手！"

"啪"一声，金鹏与伍青雕两人从楼上跃了下来，向那中年行了一礼。那无须汉子喝道："你们为何要与藏剑的叶大郎动手？壁龙追丢了？"

金鹏看了看伍青雕，躬身道："将军，我兄弟两人追到此处，眼见壁龙从此窗中逃走，正待追去，那少年却拦住了我俩。"

无须汉子冷冷看了他们一眼，心知这两人必定自恃身份，也不愿多费口舌，原本只想硬闯，不料被叶英拦了下来。这两人武功虽高，脑筋却着实不灵光，只是在中年人跟前他也不好多说什么，只是向窗中一拱手道："原来是藏剑叶家大郎，恕我等失礼。"

叶英本已被那两人迫得连气都透不过来了。这两人虽然冒失，剑术之高却是平生仅见，直到现在他也不敢相信自己居然与这两人周旋了数十招之多，虽然这数十招都只是在疲于奔命。这时听得楼下传来一个尖细的声音一口叫出自己，声音也似乎听到过，他心中大奇，不知这是什么人，走到窗前道："阁下是哪一位？为何认得在下？"只是半晌都不见回答，他还待再问，身后却有个人道："小兄弟，不用再叫，他们已走了。"

叶英猛然转过身，低声道："你没走？"

那人笑了笑道："大恩未尝谢过，岂敢一走了之。"他顿了顿，又道："小兄弟，你救我，便是因为这问道剑吧？"

这人正是柴子琦。先前柴子琦翻过墙头，金鹏与伍青雕两人赶得极紧，他一眼看到了叶英这窗子开着，里面也没点灯，只道这房间没人，但冲进来时才发现叶英就在窗前，便顺手刺出一剑，倒没想伤叶英，只想将他迫退，自己好趁势遁走，哪知叶英并不退开，反而拔剑相迎。柴子琦暗暗叫苦，身后金、伍两人即刻便要追到，不要说这少年身怀武功，就是常人挡他一挡，自己就要被那两人追上了。只是两剑一交，却声音全无。柴子琦大觉奇怪，叶英却差点失声叫出来。与柴子琦对了一剑，正与初见陆浩时斗剑相仿。对过这一剑后，叶英让过了柴子琦，却挡住了追来的金、伍二人，柴子琦才得以逃脱。叶英听他说出“问道剑”三字，心头雪亮，淡淡道：“就是阁下将问道剑传给陆浩的吧？”

柴子琦一怔，反问道：“这陆浩是个胡人？”见叶英一点头，他突然笑道：“怪不得，我说令狐乃是汉姓，他一个胡人怎会姓令狐。”

叶英道：“令狐？”

柴子琦道：“这是几年前我遇见的一个明教少年。我这三招问道剑便是他传给我的。”

叶英一呆，问道：“他传给你的？”

柴子琦叹道：“我本来也不愿承认，不过男儿光明磊落，是一说一，是二说二。小兄弟，你说的那个陆浩，定然就是我认得的令狐。他虽然是个胡人少年，却当真是剑道天才，问道剑谱虽是我先得来，可是他一看便能练成，我却没半点头绪，唉，真是人比人，气死人。”

柴子琦做惯没本钱的买卖，却生就了个多嘴的性子。叶英听他啰啰唆唆说个没完，急道：“先别说这些，你是从哪里得到这问道剑谱的？”

叶英来长安，明是送苏苏找到父母，其实另一个原因便是因为那一天陆浩说过，他是在长安得到问道剑谱的。只是叶英也不曾想到竟会如此巧法，竟然救下了找到问道剑谱的柴子琦，他问这话时连声音都有些颤抖，直到柴子琦离去，他仍是按捺不住心绪波动，心底不住地叫道：“卫公邸！卫公邸！”

虽然柴子琦得到的仅是个残卷，陆浩完全没有骗自己，但他说这残卷得自卫公邸。卫公，便是国朝第一名将李靖的封号，而这卫公邸竟然也在平康坊！虽然眼前模模糊糊的什么都看不清，心底却仿佛有万丈光明。

柴子琦离开王家老店时，心头却有点沮丧。

这一次被王元宝卖了，差点性命都送在了此处，好在火齐珠尚在。他摸了摸胸口那小盒，总算笑了笑。

天下第一神偷，终是当仁不让。

他的笑意还在唇边不曾淡去，心口却突然一闷，仿佛被一只无形的巨掌当胸重重一击，一个踉跄，人已单膝跪倒在地。

中毒了？柴子琦不禁愕然，正待拔剑，但手摸到了剑柄，这柄短剑却如有千钧之重，只略微拔起一点便再拔不出来了，身后却传来了一个声音：“壁龙真个名不虚传，中我定身梵雷后仍是不倒。”

这声音极是飘忽，几不似人间所有。柴子琦抬起头，沉声道：“阁下也是龙先生的手下么？”

这人“嗤”地一笑，低低道：“隆基小儿，又是何物。”

仿佛从墙上的黑影里渗出一般，一个人出现在柴子琦身后。这人身材也不算高，但站在柴子琦身后，却有一种仿佛要将柴子琦都碾为齑粉的气势。这人一步步向柴子琦走近，柴子琦额头尽是冷汗，可是身体仍是动都不能动。那人伸出一掌正待拍向柴子琦的后心，手掌将触未触之时，柴子琦忽然一个箭步，直冲上前。

柴子琦的轻身功夫，天下纵然不是数一数二，起码也是排在前十位之列。他突然一动，更是快如疾风闪电。只是他动得快，那人更快，手一探，一掌已印在了柴子琦背心。一搭到他背后，那人却“咦”了一声，原来柴子琦身上穿的这件夜行衣也是件宝物，光润无比，滑不溜秋，这人手掌虽然搭了上去，却丝毫用不上力。只是刚滑下两寸，这人的左手忽地往自己右臂上一敲，“嘶啦”一声，柴子琦的夜行衣背心被他撕下了一大块。那人一招得手，自不相让，手臂又是一探，又印到了柴子琦后心。柴子琦只觉一股巨力从背心神道穴汹涌而来，沿着督脉一路而下，将神道、灵台、至阳、筋缩诸穴尽数封了。若是寻常点穴，柴子琦借身上的夜行衣，不待对手发力便能避开，但此时夜行衣已被撕破，那人更是以内力封穴，实是挡无可挡。方才他虽然拔不出剑来，但手指尚能活动。趁那人不备，他将手指往拔出一点的剑锋上一割。这一下几乎将指上的皮肉都削去一条，但借着钻心的疼痛，他终于挣脱了那人的邪术。只是身体活动自由也不过一瞬，这回诸多要穴受制，再也动弹不得了。

那人封住了柴子琦，又是“嗤”地一笑，轻声道：“壁龙，你果然坚忍。其实你用不着如此害怕，我不会杀你。”

那人将手伸进柴子琦胸前，掏出了那个装有火齐珠的盒子。“啪”一声打开，一团碧绿的光芒登时映了出来，照出了一张男人的脸。

这脸甚是俊秀，只是被火齐珠映得绿油油的，显得极是诡异。这人看了看，马上又合上了盒子，低低一笑道：“原本我还不信你真能从大内将此物盗出，不过既然连隆基小儿都惊动了，那自是真的。壁龙，为表谢意，我走出十步，便放你逃生。”

这人转过身，慢慢地走远。果然，走了十步左右，柴子琦的喉头发出了“格格”的声音，忽地跃起。他的手指上还在淌血，只是浑然不觉，看着黑暗中那个人影，柴子琦眼中露出惧怕的神色，低声道：“你是慧……慧……”只是心中太过害怕，竟说不出来。先前被裘氏兄弟围攻，后来又被金、伍二人追击，可那时他都不曾觉得怕过，现在却真的怕了。

黑暗中，那人又是“嗤”的一笑，轻声道：“壁龙，你已得了性命，便该珍惜一点，不要再多嘴。”

柴子琦再不敢多嘴了，拔腿便跑，心里只是想着：这不是人，是妖怪！他的轻身功夫果然妙绝天下，跑得虽快，却连一点声音都没有。

这人轻描淡写就把柴子琦料理了，只是就连他也没想到，方才这一切还有一双眼睛看到了。这人隐身于一角檐后，看得真真切切。

果然如高将军所料，慧范终于出现了。

这人想着。

这一番做作，连出动的神策军高手都不知实情，为的就是把火齐珠送到慧范手上。虽然也有意外的波折，但慧范最终还是上钩了。

在黑暗中，这人无声地笑了起来。

第十五章

苏苏前一天睡得早，第二天她醒得也早。一早醒来，便急着叫醒李十二娘，闹着要回家。李十二娘洗漱了一番，下得楼来，叶英早已备好了马车，坐在桌前等她们吃早餐。吃过了两个蒸饼一碗粥，苏苏已急不可耐，上了马车仍在和李十二娘嘀咕着家中的事。什么家里门楣极是高大，只是她说来多半不实，因为照她说法，她家大门已快赶上春明门的城门了。说了一阵，苏苏又说起母亲对自己如何好法，有什么好吃的都留给了自己。正说得兴起，叶英在前面道："苏苏，进平康坊了，你看着点，哪儿是就跟我说。"

一听到了平康坊，苏苏登时来了劲头，嘴上也不说了，睁大了眼看着外面。长安一百零九坊，各坊中心都有南北东西各一条大道，将一坊分成四块，每一块又有小巷相隔，他们是从平康坊的东门进去，因为苏苏说离皇城近，他们便向从西边找起。走了几条巷子，天已近午，苏苏都说不是，再细问她也说不出来，叶英心想只有这样慢慢找了，只是吃过早点后已有半天，腹中也有点饥饿，这时走的这道街上还尽是风月之所，原来长安城里，平康坊便以花街柳巷众多出名。那里虽然卖吃食，却还得叫上几个姑娘作陪不可。那些站街的女子看到叶英倒是不住招呼，可叶英哪敢去招惹？好容易走出了巷子，叶英才松了口气，正想说拿点干粮来垫一垫，一阵风吹来，却带来了一股烧麦粉的香味，当中还带着胡葱和肉的味道，腹饥时更是好闻。苏苏忽然叫道：“大师哥，石老胡！石老胡！”叶英一怔，抬头看去，巷中虽然有过路人，但并没见什么胡人，他道：“什么石老胡？”苏苏指着那边道：“那边就是石老胡家！这胡饼味道我闻得出来！”

叶英听得边上一条巷子便是，一时也忘了腹饥，将马加了一鞭。刚出巷子，却见这巷子里五六家深挑出一个招子，上面写着“胡饼”两字。苏苏已有半个身子探出了车窗，突然大叫道：“小胡子！小胡子！”听得她的叫声，那招子下有个正拿着竹夹子在翻动烤饼的人抬起头，却是个唇上光光的胡人少年，也不过十四五岁大，别说小胡子，连胡茬都没一根。原来这家店正是石老胡的胡饼店，这少年便是石老胡的儿子。石老胡是胡人，又长了一部大胡子，他做儿子的当仁不让，虽然胡子没一根也成了石小胡，在苏苏嘴里便是“小胡子”。听得苏苏的声音，石小胡也大为惊喜，叫道：“苏苏，你怎么回来了？”

苏苏已是迫不及待，不等马车停稳便跳下了车，冲奔过去，叫道：“小胡子，我妈呢？”她家就在石老胡饼店边，只是门已紧闭，连窗子都关得严严实实。苏苏冲到门边重重敲了两下，叫道：“妈！妈！苏苏回来了！”只是她敲得虽响，里面仍是毫无动静。

虽然苏苏把她家说是“好得不得了”，其实却只是寻常人家，门也甚小。叶英本来猜她可能是哪位王公贵戚之女，所以那些妖僧才阴魂不散地追赶，看到这门面时心里便有点疑心。这时隔壁有个男人道：“苏……苏苏么？”

这人的声音很粗，说话时也少抑扬顿挫，叶英看他长了一部大胡子，眼睛也是碧蓝，定是那石老胡了。苏苏听得声音，转过身来道：“石老胡，我妈跟我爸呢？他们没在家？”

石老胡看了看她，眼中却有一丝同情之色。叶英将马拴好了，上前行了一礼道：“石先生，在下叶英。请问你认得苏苏吧？”

石老胡点了点头，说道：“我……我……”“我”了半天才接道：“是……石……”却又说不下去了。原来这石老胡是个大胡子胡人，大唐话说得很糟糕，偏生还是个结巴。叶英听得难受至极，石老胡也知道自己说是说不清的，推了推儿子道：“你说！”这两字大概说得多了，倒是很流畅。石小胡道：“叶公子，你不知道么？苏苏她爹妈……”

石小胡的大唐话与他父亲不可同日而语，光以耳听都听不出他是个胡人。他说到这儿，却顿了顿不说了。苏苏睁大了眼也在听，急道：“小胡子，你快说啊！”

她往日在家，老是与石小胡在一块儿玩，后来石小胡要帮父亲打理饼店，就才玩得少了，但两人仍是极其熟络。石小胡犹豫了一下，说道："苏苏，你爹妈赌输了一大笔钱，上月一块儿自尽了。他们生怕你没人照料，所以才把你送给了那两个南边来的生意人。"

苏苏一直说她是被那两人拐骗来的，叶英自不曾多想，听得她父母原来因为赌输了钱还不上，一块儿自尽，不由得看了看苏苏，心道：原来她家并不是什么官宦人家。苏苏倒是呆了呆，问道："什么叫自尽？我妈和我爸他们做什么去了？"原来她年纪幼小，还不知道"自尽"究竟是何意。石小胡道："就是上吊死了。上个月就被埋在城外的义冢地里了。"苏苏一怔，忽然哭叫道："小胡子，你骗人，我妈我爸没死！"她转身跑到家门口，拼命砸着门道："妈，妈，我是苏苏啊，我回来了！"

李十二娘见她哭得眼泪鼻涕都是，心中不忍，过去抱起她道："苏苏，别哭了。"苏苏年纪虽小，其实也知道石小胡不曾骗自己，只是不愿相信父母真个已经不在世上了，把自己送给了旁人。她一把抱住李十二娘的脖子便号啕大哭，李十二拍拍她的背道："苏苏，别哭了，我们回扬州去吧。"

看着李十二娘抱着苏苏又上了车，叶英将马车掉了个头。石小胡见苏苏要走了，抓起两张烤好的胡饼递给她道："苏苏，拿着路上吃吧。"苏苏接过胡饼，说道："小胡子谢谢你。"她哭到了现在，这时才算停了下来，颊上仍然挂着泪水。当马车驶出这条巷子时，她仍然从车后窗里向外望着，忽道："十二，我没有家了。"李十二娘心头一酸，从怀里摸出手绢给她擦了擦眼泪道："你有家，忆盈楼以后就是你的家。"

马车拐了个弯，向北边驶去，准备再从春明门街出城。苏苏哭得甚累，伏在李十二娘膝上睡着了。李十二娘抚了抚她的头发，忽道：“大师哥，我也没见过我妈。”

苏苏虽然父母都死了，但她终究还有过父母，李十二娘自己却是公孙大娘收留下来的孤女，连自己的来历都不知道。她只盼着叶英能安慰自己一句，只是叶英却冷冷道：“天不早了，得走快点。”李十二娘听他口气极是冷漠，显然不想接自己的话，忖道：大师哥的妈妈对他不好么？

叶孟秋眼下共有五子，幼子叶凡今年才三岁，却是他的续弦生的，叶英的生母在前两年得病去世了。当母亲去世时，叶英却一滴泪都不曾落过，气得叶孟秋骂这大儿子是白眼狼。其实却是叶英自幼只知在剑冢练剑，又不得父亲欢心，生就了一副阴郁的性子，当母亲去世时，叶英心痛如绞，偏生泪水一滴都流不出来。此时先是见苏苏号啕大哭了一阵，李十二娘又说起母亲来，叶英想起当初母亲时而给这个经常独居剑冢的大儿子带点吃的东西时的情景，心头便是一阵阵酸楚，眼里也似乎有点湿润，可仍是流不出一滴泪。

李十二娘被叶英抢白了一句，有点着恼，索性不说了，将苏苏放倒在座位上，让她睡得舒服些。这时车忽然停了下来，她一怔，心道：这么快就到了？虽然平康坊就在东市边上，但从王家老店到平康坊西南隅，也有三里多，马车走得又不快，按这个速度，非走小半个时辰不可。她拉开了车厢侧窗的窗帘，刚看到外面，便是一怔。

叶英在前座上，正看着面前这座宅第。外表仍然十分气派，当年这所宅院宏伟号称平康坊第一，但此时大门紧闭，看去透出一股陈旧颓唐之感。

这便是李卫公宅么？叶英想着。卫国景武公李靖，天下第一名将，年轻时也曾是浪迹天下的风尘三侠之一。这样一个人物，如此也终成陈迹。他正自胡思乱想，忽听得李十二娘在后面“啊”了一声。叶英只道出了什么事，扭头道：“李师妹！”却听李十二娘低低道：“大师哥！大师哥！这地方……我好像来过！”

她叫得很轻，声音里听得出极其不安。叶英心头猛然一震，诧道：“你来过？”

李十二娘又看了看道：“嗯，肯定没错，我很小的时候就住在这里！”她顿了顿，问道：“大师哥，这是什么地方？”

叶英喃喃道：“这是卫公旧邸，现在是宋国公李令问宅。”

李十二娘一怔。她本来只是顺口一问，没想到叶英居然对答如流，心想大师哥当真博学。听得宅主姓李，李十二娘心头一动，问道：“这李令问是谁？”

叶英道：“李令问乃是丹阳郡公李客师之孙。”

他刚说得一句，从大门边的小门里突然走出来一个持枪的士卒。这人走出门来，冲着叶英喝道：“不要在这儿耽搁，快走！”叶英也没想到这宅院居然还有士卒看守，忙加了一鞭，赶着马车驶离此处。他一边赶着车，心中却是一阵狂喜，心道：原来李师妹的剑意图也是从卫公宅里学来的！说不定……那宅院里还有全本在！

回到王家老店，天还刚过午后。苏苏仍然在睡觉，李十二娘道：“大师哥，是不是现在就出城了？”

她心想苏苏的事情已经了结了，留在长安也没什么事，马上要出城的话，就不要下车了，拿东西结账便走。谁知叶英道：“你将苏苏抱回房吧，我们再住一日。”

李十二娘一怔，诧道：“还要再住？”

王家老店住一天并不便宜，后来白居易以诗干谒顾况时，顾况看了他的名字还开玩笑说：“长安米贵，居大不易。”现在住店的钱都是叶英在付，李十二娘甚觉过意不去，实不知叶英为什么还要住一天。

叶英道：“李师妹，今晚我想去卫公旧邸看看。”

李十二娘一怔，惊道：“大师哥，那边不是有当兵的看着么？”

叶英道：“所以才要趁夜去。”说着，他笑了笑，接道：“李师妹，你难道不想弄明白自己的身世么？”

李十二娘对幼年之事，只有一点隐约的记忆，她连自己到底是什么人都不知道了。她道：“大师哥，难道，你怀疑我和李令问有什么干系？”

叶英笑道：“李令问虽是卫公的侄孙，但他接手这宅子却是在开元二年。这一年你已经五岁了。你小时候住在这宅子里，定与他没干系。”

李令问也姓李，李十二娘本来都有点怀疑这李令问是自己父亲，听叶英这般一说，她叹道：“那定然不是。李令问之前这宅子是归谁的？”

叶英道：“当年卫公去世后，这宅子是卫公之子李德謇的。可是李德謇后来卷入承乾太子谋叛一案，被流配岭南，这宅子空了一阵，被陆颂所得。这陆颂是韦庶人的妹夫，当年气焰极大，只是韦庶人被杀后，陆颂也倒了。在长安已无卫公的直系后人，而李令问是当今天子为藩王时的好友，又是卫公侄孙，便由他来接管这宅院了。”

韦庶人即是中宗皇帝之后韦氏。韦氏当年弄权营私，景龙四年，当时还是临淄王的当今天子与太平公主合谋，诛杀韦后，将其废为庶人。陆颂本是韦后妹夫，自然也遭到清算。李十二娘听叶英侃侃而谈，惊得倒吸一口凉气，半晌才道："大师哥，你学问那么好啊！我也跟你去。"

听得她夸赞，叶英脸上却有点发烧。他读书虽多，却也没多到这程度，连长安一座宅院的变迁都一清二楚。昨晚听柴子琦说他是从卫公邸得到的问道剑谱，他才专门去做了一番功课。他道："李师妹，你若去了，苏苏怎么办？"

苏苏一个人在房里，若是半夜里醒来，只怕会大吵大闹。李十二娘实是极想跟着叶英去，可是听他这样说，顿时说不出话来，顿了顿忽道："可是，大师哥，我很担心你！二师哥……"

叶英向来沉默寡言，在家只与二弟叶晖说话较多，但叶晖为人方正到甚至有点古板，自然也从来不会说这一类话。听得李十二娘的声音里已带了点哭腔，眼中也有泪光闪烁。叶英这一生还是头一次有个少女在为自己担心，心中不由得一动，只是听她说起叶晖，不知怎的又有点难受，一下伸出手握住了李十二娘的手柔声道："别担心，我定会安然回来的。"

李十二娘被他握住了手，颊上不由得一红，叶英这才省得自己太过冒昧，忙将手松开了，轻重双剑解了下来递给李十二娘，小声道：“李师妹，替我收好剑，等我回来吧。”当时书生带剑也是平常装束，可是既然想趁夜一探李令问宅，自不能带着剑了。在他心中这话也属平常，可李十二娘接过剑时，更是面红过耳。叶英一直在家不出门，实有点不通世事，也不知李十二娘突然间脸大红特红做什么，心道忆盈楼的女弟子大概都是这般，那回她六师姐也是一说话就脸红。李十二娘捧着剑看着他的背影，心头却是一沉。

在路上，苏苏就偷偷跟李十二娘说大师哥的眼睛一到晚间便看不清。李十二娘听到时还不敢相信，生怕苏苏听错了，在叶晖走前专门问过他。叶晖见瞒不过，便对李十二娘说了叶英有雀目症之事。叶晖还说，叶英对此病极其自卑，万不愿被别人知道，要她别跟叶英说起，只当不知道，因此李十二娘一直也没说起。但叶英竟然要夜探卫公旧邸，纵然他轻功佳妙，李令问府上无人能够发觉，可他看都看不清，去了只怕连路都认不得，说不定回都回不来。只是这话憋在心里又实在不能说，她急得已然要下泪。看着叶英的身影，她在心底只是想着：大师哥，你定要平安回来啊！

离开王家老店，叶英穿过东市走去，心道：李师妹方才一提二弟，我怎么会不高兴的？

虽然叶英已有四个弟弟了，但他与叶晖兄弟之情最深，可是方才却突然有一种对叶晖的异样感觉，甚至有些厌恶。他一路走，一路都是百思不得其解。不知不觉，已然走到了东市西隅，正待出门，从街北忽然传来一阵食物的香味，却是一家波斯人所开的饆饠肆刚开了一炉，正将一个个饆饠摆出来。饆饠一物，即是现在的烤包子，唐时即甚为风行。这家饆饠肆算得长安的名店，店面甚大。叶英想自己还不曾吃过东西，便走了过去。一个当垆的胡姬正和一个来买饆饠的青年说着什么，那青年涎着脸不住赔不是，可是这胡姬却一直板着脸。一见叶英过来，胡姬干脆不理那青年了，向叶英招呼道："公子可要买停建饆饠么？小店有甜的樱桃馅，天花馅，咸的有蟹黄馅，猪肝馅，羊肾馅羊肝馅也有。"

这胡姬口齿灵便，声音娇脆，大概也是自幼就住在长安，说话极是流利。叶英道："那给我来个蟹黄的吧。"说罢递了几个铜钱过去。那胡姬接过铜钱，用干荷叶包了个饆饠给他道："公子拿好。"说着却掩嘴一笑道："公子，你长得好俊。"叶英哪见过这等风情万种的胡姬，脸登时通红。那胡姬见他脸红，更觉有趣，笑道："公子别怕，阿奴又不会吃了你的。"边上的青年大为吃醋，叫道："好！好！你看上小白脸了，我再不理你！"他见这胡姬对自己不假辞色，对叶英却是温柔缱绻，更是难受，心想长痛不如短痛，还是当机立断的好。哪知见他要走，那胡姬却斥道："你这死人，现在倒要摆架子了，先前走了好几天，却说都不说一声。"青年一听，登时舒心，笑道："先前我实是被主人差着出去，根本来不及跟你说一声。这不是，我一回来就来看你，还给你带了汗巾，你却一直不理我。"那胡姬道："原来是这样啊。那你还要出去么？"

她与那青年喁喁细语，旁若无人，叶英听得大感没趣，心想原来自己只是被当成这胡姬用来拿情人一道的工具了。他咬了口饆饠，这饆饠中却是塞饱了蟹黄和鸡蛋，入口鲜香无比，极是美味。正待走出饆饠肆，却听那青年忽道："那你可要等我回来啊，别再耍性子了。"

这话正与他方才对李十二娘说过的一般。叶英一怔，回头看了看，却见那胡姬正倚靠在青年身前，眼神迷离，两人神情亲昵无比。叶英连饆饠也忘了吃，心道：李师妹怪不得脸红了，只是……

他隐隐觉得这个娇俏可爱的小师妹若能与自己长相厮守，倒也不错，只是，先前李十二娘倒和叶晖更接近一些，所以自己才会听到她提起叶晖便心头发酸吧。

那么，我是喜欢她了么？叶英不由得有些茫然地回头看了看。远处，王家老店那幅缎面招子仍在迎风招展，但那边的人影是一个也看不清了。

第十六章

随着禁鼓声歇，平康坊的坊门也关上了。

李令问站在后院的一株榆树下，正背着手看着一只蚂蚁沿上了树干。他脸上什么神情都没有，木然若死，心中却是起伏不定，难以平静。

隆基……陛下……

李令问已然无法再和当年一样去称呼那个总角之交了，就算只是心里默想也是一样。陛下对自己亦是不薄，封宋国公，实封五百户，这种当朝一品的待遇实不可谓薄，只是，自己终究要背叛陛下了……

一个影子突然出现在他的身后。此时夕阳已然沉下西山，只剩最后一缕余晖，映出的这影子也大得异乎寻常，仿佛将李令问整个人都吞没了。李令问浑身一震，猛地转过身，看着身后一个僧人。

这僧人戴着斗笠，穿着一领宽大的灰布僧袍。晚风吹来，僧袍的下摆也被吹得斜斜飞掠，他走来时仿佛在御风而行。只是虽然潇洒出尘似非凡俗所有，但这僧人的身上又带着一丝妖异之气。看到这僧人，李令问的眼里也不知是什么神情，既有尊崇，也有畏惧，更有一丝厌恶。他虽然贵为实封五百户的国公，却躬身一礼道："大师。"态度极是恭顺，几如见到自家尊长。

僧人走到李令问跟前，将斗笠往上抬了抬，微笑道："李公爷，火齐珠已在我手中了。"

李令问浑身一震，低声道："大师拿到手了？"

僧人从怀中摸出了一个黑色的小盒。一见这小盒，李令问的神情便已大变。他一把夺过了小盒，微微翕开一条缝向里看去。虽然此时尚有天光，但刚打开，从中便射出一线宝光，映得他手上也亮了一片。李令问一下合上了盒盖，默然不语地还给了僧人。僧人接了过来，淡淡道："李公爷，是林邑国火齐珠没错吧？"

李令问点了点头。这火齐珠乃是贞观四年林邑王范头黎所献，至今已有八十多年了。八十多年来，此珠一直深藏大内，唯有武后朝时，最得武后宠爱的太平公主出嫁，武后将此珠赐给太平公主做嫁妆。十一年前，太平公主因为谋反，被陛下赐死，这颗火齐珠重归大内，又过了十来年。十一年前解决太平公主一党时，李令问也是陛下麾下诸人中的一个首要人物，那时他就见过这颗火齐珠。此时重见，却不知是什么滋味。他正待开口，僧人忽然低声道："李公爷，此间不是说话所在，去偃月堂吧。”

李令问一怔，心道：他也知道偃月堂？但马上又释然。这所宅院，当年曾有三年归太平公主所有，这僧人在这三年里定然也来得熟了。他道：“大师请随我来。”

卫公旧邸，在王公宅第林立的平康坊里，也向以宏伟著称。邸中正堂，更是规模宏大，足可坐得数百人。当年李卫公手握天下兵权，每当领命出师，便在正堂召见门客将佐商议，此时却空空荡荡，每至夜深便如有鬼魅。李令问领着僧人穿过正堂，却走到了正堂后一个小堂之中。

虽是小堂，却也足可容纳数十人。这小堂建得极为精巧，从外间看，根本看不出正堂后居然还有这般一个房间。李令问领着那僧人走了进去，正待去点烛，僧人道：“不必了。”

他盘腿结跏趺坐，又取出了那个小黑盒，打开了放在身前。盒子一开，里面便是一团白光，较寻常烛光还要亮些，对面之人纤毫可辨。李令问掩上了门，坐在他对面，见僧人眼神迷离，似乎在想着什么，心道：这和尚当初定也来过此处，一眨眼，便是十来年了。

摘去了斗笠，僧人露出了一张胡人的脸。这张脸看去甚是年轻，几可称得上“妖艳”二字。在这张秀丽如好女的脸上，长着一双蓝灰的眼睛，却是深邃若古井，仿佛已不知历经几世几劫。见李令问也坐了下来，他忽然道：“李公爷，此间应无六耳吧？”他忽然将那火齐珠向空中一扔。这颗价值连城的宝珠在他手中，几如土石瓦砾般毫不珍惜。火齐珠飞在空中，如流萤般绕着偃月堂飞了一圈，又落到了僧人手中，几如有根看不见根线控制着一般。照过这一圈，若梁上暗藏有人，必定无处藏身。

李令问心中又是一震，赔笑道："大师说笑了，此间除了一张香案，别无他物，纵有人也无所遁其形。香案底下倒能藏人，大师可要一查？"心中却在嘀咕道：这和尚果然好本领，还好我没二心。这屋子名谓"偃月堂"，便是因为贴在正堂后面，细长若偃月之形。能将火齐珠扔到空中，飞了一圈后重新落到手上，便已极为难能，不要说是绕着细细长长的偃月堂飞一圈了。只是这僧人如此仔细法，明摆着是不相信自己，他多少也有点恼怒。僧人却是一笑道："不必了。"心想到偃月堂议事是自己提出来的，李令问本来有二心的可能就不大，就算有二人，伏下的高手若躲在这个周围都无遮无拦的香案之下，定是天下少有的笨伯了。他看也没看，只是道："这香案你一直不曾撤掉么？"

李令问叹道："这是伯祖母所设，令问终不忍抹去先人手泽。"

李令问乃是丹阳郡公李客师之孙，并非李靖直系。在李令问心中，自己这一支虽然也历代高官，但终不能与辉煌如日月的一代战神李靖相提并论。这偃月堂当年乃是李靖夫人红拂张初尘静修之地，香案也是她设下的。虽然旧邸被陆颂占用后这香案便被撤掉了，但李令问重据此宅后便照原样恢复，以示不忘先人。他坐在僧人的对面，沉声问道："大师，此事已有几分把握？"

僧人淡淡一笑道："李公爷，十停之中，已有七停妥当。火齐珠在手，更有了八成把握。公爷再首鼠两端，恐怕大有不是了。”

李令问听他的话中隐隐有点威胁之意，虽然有些害怕，但仍道：“只是，大师，当初澄印所设的人鼎一直下落不明——”

他还没说完，僧人道：“好叫李公爷得知，澄印所设的人鼎已然找到了。”

李令问身子又是一震，惊道：“找到了？”

僧人嘴角浮上了一丝笑意，低低道：“自非虚言，人鼎便在先前说起过之处。送到城南，果如司马承桢所言乃是捷径。如今万事俱备，李公爷可还有什么顾虑？”

僧人从怀中摸出一个东西道：“口说无凭。这灵运环，李公爷想必应该认得。佛祖庇佑，小徒无意中发现了此物，这才得知人鼎下落，实是公主有灵，必是复生佳兆。”

僧人拿出的，是一个手环。寻常手环，无非金银铜这属，或者是檀木老藤，这手环却是用毛发编的，用一个铜环束口，做得极为古朴精致。李令问将手环凑到火齐珠上看了看，却见环身的毛发竟是宝光流动，隐隐然如同一道水流。他倒吸了一口凉气，喃喃道：“果然是灵运环！谢康乐之须，维摩诘之面，当真是灵物！”

这个手环名谓“灵运环”，固然是讨个口彩，说佩带之人能有灵验的运气，其实却有一个更直接的原因，便是因为编成手环的乃是南朝诗人谢灵运之须。谢灵运被刘宋文帝刘义隆以叛逆罪诛杀，死前将一部长须舍入南海祇洹寺，装在了维摩诘像上。因为谢灵运之须被光一照，尽作通明，可以透光，因此人们传说康乐须，摩诘面，已非凡物，颇具灵异，后世之人多慕名前来瞻仰。待到了中宗皇帝时，安乐公主与太平公主春日斗草，派人去祇洹寺将一半剃下，作为百草之一，后来便编成了这手环。而景龙四年，太平公主与陛下一起发禁兵诛杀韦后与安乐公主后，这灵运环又落到了太平公主手上。三年后的先天二年，陛下又突然发兵诛杀太平公主一党，当时李令问便在陛下麾下主事。当时太平公主一党被诛杀不下数十人，也没人知道这么件没要紧的东西，但李令问当初就对此物极为上心，那时他就竭力想找到灵运环的下落，但当时挖地三尺也没能找不到，只得徒呼负负，没想到过了十多年却意外地见到了。僧人见他拿着灵运环时的贪婪模样，微微一笑道："先前所言之事，公意仍未能决么？"

李令问咬了咬牙，举起一只手道："此好手，当为用之。"

这句话，乃是当初大将侯君集劝太子承乾谋反时说的话。侯君集曾从李靖习学兵法，与李家子弟亦属同门，而且李靖身后袭封爵位的亲子李德謇亦因结交承乾，被流放岭南，从此未能回到长安，因此李令问幼时便听父亲说过好几遍，要他引以为戒。只是不知不觉，那僧人心知李令问现在走的已是侯君集的旧路了，因此说的亦是侯君集说过的旧话，微微一笑道："多谢李公爷。女帝重光日月之时，公爷亦将有从龙之功。"

这僧人思虑深远，李令问也不是等闲人物，但他们都不曾想到在偃月堂里还有第三个人在。

那人正是叶英。卫公旧邸占地极广，但李令问用的下人却不多，因此宅院中极是冷清。尤其偃月堂乃是李令问静思之所，严命下人不得靠近，这一带的人更少。他的轻身功夫甚是不错，趁着天色刚暗下来，眼睛还能看得清，先行在偃月堂边一棵大树上躲藏起来。这树此时尚是枝繁叶茂，叶英个子也不甚高大，躲在上面倒也没人能够发现。

柴子琦跟他说过，问道七剑残卷乃是从卫公旧邸的偃月堂里得到的。十多年前，正值陆颂被拿下，卫公旧邸中一片混乱之时，柴子琦趁乱潜入此间。本来也不过想顺手牵羊一些值钱之物，结果险些被前来接收的太平公主手下武士发觉，慌乱中他只拿到了一个极旧的匣子。本来只道是点值钱东西，谁知回来打开一看，里面却是一部烧掉了一半的残卷。虽然名为“问道剑”，却只有几个简洁姿势。柴子琦不是剑道高手，看了许久看不出其中奥妙，只是看卷轴甚旧，已烧掉了一半还如此珍藏，多半有什么奥秘。但找了个懂剑术的朋友一看，那人却说残卷笔墨甚新，不是古物，最多不过百年，而天下剑谱，绝无只有一图的道理，这定是有谁故意伪造了来骗人的。柴子琦不禁大失所望，那时若不是偶然遇到一个自称“令狐”的明教少年，这残卷只怕便要被他当垃圾扔了。那个胡人少年说此中有无上剑意，央求借看数日。柴子琦半信半疑，反正自己毫无所得，索性就让那少年参悟去。四日后，少年方将残卷交还，传了柴子琦三招作为谢礼。这三招虽然也不能与真正高手对敌，但乍一使出确是令人大吃一惊，柴子琦也好几次以此脱险。只是问道剑谱只有一半，柴子琦后来不死心，潜入偃月堂好几次，却再无发现。不过，他说在偃月堂中，有一堵墙上大为古怪，似乎也画有什么东西。

叶英最寄予希望的便是这堵墙。他的雀目症一到天黑便看不清东西，那路吐纳功夫也不过能让他有少许复明的时候，因此唯有片刻时间可以找寻。他一直等到了天黑下来，正堂附近已无人迹，这才潜入偃月堂里。只是一看到那堵前面摆了香案的墙时，叶英的心顿时凉透了。这墙上确实曾经画过什么，看样子也很可能是剑谱之类，但早已被人刮得面目全非，根本认不出来了。而屋漏偏逢连宵雨，他正在失望，李令问居然带着那僧人也到了偃月堂里。叶英已然无计可施，他本想隐藏到梁上，但眼前已什么都看不清，无法再去登高，唯有躲到了香案之下。这香案靠墙甚近，叶英躲在里面只得蜷缩起身子，若是有人往里看一眼便无所遁形，万万没想到李令问与那僧人就是觉得根本不会有人躲到那里去，谁都不过来看。虽然暂时躲过一劫，但叶英亦是骑虎难下，那香案只坠了一层薄薄的布帘，他生怕自己的腿会在布帘上顶出痕迹，因此拼命将身体压到墙上。那墙壁的墙根是一圈条石，外表甚是粗糙，叶英的手肘顶在条石上，甚是疼痛，但也只得咬牙忍住。只听外面李令问正与那人低声说着什么，后来那僧人给了李令问一个什么“灵运环”后有什么“女帝重光日月之时，公爷亦将有从龙之功”之话，他虽然只盼着这两人早点说完话快点走人，但听到这里亦是大吃一惊，心道：这人是想谋反么？可是他说什么女帝重光？

叶英出生这年，正值神龙之变，中宗复辟。他虽然一向不离藏剑山庄，但这等惊天动地的大事，自然也不会不知，特别是之前十五年亘古未有的女帝之世，叶英乍听得时还以为是旁人骗自己的。然而武后已逝，有此野心的安乐、太平两公主都已被当今天子诛杀，实在想不出还能出哪位女帝。虽然躲在此处心中焦躁之极，可好奇心也越来越大，盼着那两人能多说一些。只是那两人说到这儿却站了起来，僧人道："公爷，就此告辞。"

李令问道："大师请便。"

听着他们寒暄着走出门，叶英才暗暗舒了口气。在香案下蜷缩了半天，遍体都有点酸痛，特别是手肘处因为顶在条石上，更是压出了一片凸纹。他伸手到肘间揉了揉，正待出来，却突然如遭电击，人一下怔住了。

在手肘上，他竟然摸到了那个"暗"字诀的剑意图！

叶英实是不敢相信这是真的，又仔细摸了摸。他摸竹片上的剑意图已有五年之处，几乎每天晚上一到眼睛看不清了，但只有用手去摸索，因此对这四个图形熟而又熟，绝对不会认错，摸时便觉虽然微有不同，但绝对便是那"暗"字诀图，当初李十二娘比画时却是排在了第二位。他越想越是诧异，突然脑海中灵机一闪，伸手摸了摸那墙根的条石。他向不信鬼神，心知再日有所思夜有所梦，身上也长不出剑意图来。肘后这剑意图，其实却是压痕。方才这手肘一直紧紧贴在这条石上，那剑意图多半便在条石上。

叶英知道这猜测已是八九不离十，手伸过去时只觉心也跳得快了许多。刚碰到石面，便觉石上果然有些刻纹。细细一摸索，他险些便要大叫起来。

这正是一个从没见过的剑意图！"刚明柔暗"四式，他已是熟而又熟，但这个图虽然脉络与那四式一致，却是从没见过的。那剑意图也不知是怎么刻上去的，入石甚浅，又如此低法，一个成年人想要看清，非将腰弯到地上不可。叶英刚进来时眼睛还能视物，但石面本身就是凹凸不平，那图案刻得也不深，纹路尽数隐在了条石本身的纹路中了，不细看根本发现不了。

原来，李十二娘幼年时果然在这儿待过一段时间！直到这时，叶英才算恍然大悟。这几个剑意图刻得很低，入石也十分浅，因此成年人从上面看下来是根本看不出异样的，只道是石头上的纹路。而李十二娘当初因为生得矮小，所以才会发现石上竟还刻有图像。便是叶英，先前趁着能够看清时仔细查探，也没能发现，若非阴差阳错地在肘后压上了剑意图的痕迹，而他因为有雀目症，才练成这一手暗中摸索辨认的本事，不然同样根本不会发现。两个谜团竟然同时得到了答案，叶英心中实是说不出的狂喜，心里也将自己骂了个狗血喷头。在香案后躲了这半天，居然直到现在才发现。他本来想着趁此机会脱身，但此时哪里还有这个念头？伸手一点点摸索着，生怕自己会弄错了一丝一毫。

终于发现了问道七剑的全本了！虽然不知这七个图像究竟是谁刻在此间的，在这短短一刻间自然也不可能有所参悟，但只消记在心中，自然会有所得。问道七剑的前四图他都已记得熟而又熟，虽然只剩了三个图，但他仍是不敢怠慢，摸索得极为仔细。摸过了一遍，又在心头默默过了一遍，觉得尽已记住，他这才要从香案后起来，哪知这时，偃月堂门外忽然传来了一个声音：

"李公爷，别来无恙啊。"

这正是在王家老店与那两个追赶壁龙的剑士斗了一阵后突然喝止住他们的尖细声音。马上，却是李令问期期艾艾地说道：

"高……高将军！"

第十七章

李令问刚走出偃月堂。虽然答应了那僧人的要求，但他心中终是忐忑。毕竟，这决定一下，自己便是踏上了与陛下为敌的路了。而更让他做梦也想不到的，是这人又突然出现。他心道：糟了糟了！他……知道了多少？心中虽怕，仍李令问怀有一线希望，只盼此人未曾发现自己的不轨之心，深施一礼道："高将军，不知此来有何见教？"

此时天色已黑，也已值禁夜。若是寻常，谁也不会在这时候突然来访。那人淡淡一笑道："不为别事，只为李公爷结纳慧范一事耳。"

"扑通"一声，却是李令问脚一软，跪在了地上。他也没想到此人单刀直入，说得如此直接，心中本虚，听得那人说出"慧范"二字，更无法招架，吓得魂飞魄散，站也站不住了。那人见他如此脚怯，也不禁有些厌恶，摇了摇头道："李公爷，你与陛下如此交情，竟也会生此二心，实令人难以置信。”

李令问的嘴唇也都哆嗦起来，低低道：“是，是，令问该死，还祈高将军开恩。”他虽是将门之后，胆气却也不大。十多年前随陛下清除韦后势力时，尚有意气风发之概。这十几年承平下来，哪还有半点祖上的英风侠气？何况刚答应下的不轨之举马上就被陛下身边这个第一贴心的高力士揭破，就算动武，他也知道自己绝非这个大内第一高手的对手，此时心中已是一片空白，连说些什么都几乎不知道了。他只知这等大逆不道之罪，就算诛九族也不算意外，越想越怕，两腿更软了。

高力士看着已吓得软作一摊的李令问，叹道：“李公爷，你先起来吧。陛下说过，念在你旧日功劳，会给你一条活路的。”

听得自己不会被处死罪，李令问大喜过望，磕了两个头道：“多谢高将军美言。”这才勉强站了起来。高力士虽是太监，却有文武二职。文职是银青光禄大夫，武职则是右监门卫将军。虽然也是高官，但与受封宋国公的李令问相比，终是要低不少。只是李令问心知高力士极得陛下宠信，实有一言兴邦，一言丧邦之能，只要他能为自己缓颊，就算再大逆不道之事，终能揭过。李令问先前野心勃勃，但他实是眼高手低之人，事情一旦败漏，立时意气全消，只求能保住性命。高力士也不看他，说道：“还是进去说吧。”

李令问听他也要进偃月堂说话，忙道：“高将军请进。”他开了门，这回没了火齐珠，他去点亮了门口的两支蜡烛，正待再将另几支也点亮，高力士拦住了他道：“李公爷不必多劳了。”

偃月堂虽然不大，两支蜡烛也不能将里面照得多亮。高力士看了看那堵已被划得七零八落的墙壁，忽道：“久闻偃月堂乃是昔年红拂夫人静修之处。红拂夫人尝在此中壁下写下毕生所学，后来却为则天皇后所毁，便是此墙吧？”

武则天死时，所上谥号犹是“则天大圣皇帝”，后来则改成了“则天大圣皇后”。到了八年前的开元四年，“大圣”两字也去掉了，不过皇后之称未除。卫公李靖夫人红拂张初尘，少年时便与李靖、张三郎齐名，素来以剑术知名。传说李靖得剑术于龙神，而张初尘剑术则是仙传，便是春秋吴越争霸时的猿公剑术一脉传下，称为“意剑”，比李靖更胜一筹。李靖功成名就之后，张初尘平时便在偃月堂静修，将平生所学剑术都写在了偃月堂的壁上，因此偃月堂向是宅中禁地，旁人不得靠近。李靖长子李德謇被流放后，太宗皇帝生怕张初尘的剑术流传出去，因此命人将偃月堂这面墙壁的剑谱铲去。只是纵然被铲去，壁上留下的一鳞半爪，为天下习剑之人所珍，直到后来太平公主与陛下一同铲除了韦后一党，此宅也被太平公主收作别宅，用意自然也在这偃月堂上，但早在太平公主尚未长成之时，武后称帝，生怕这壁上剑术流传到外间，下令再次清除。这一回铲得干干净净，再无留存，太平公主虽然占了卫公旧邸数三年，也未能从中受益。高力士身为大内第一高手，对这段逸事自是知之甚详，也一直想来见识一番。但这宅子的主人先是陆颂，再是太平公主，现在又是李令问，都是权势通天的人物，他直到现在才能踏足此间，但只见满壁尽是铲过的痕迹，哪还看得到一鳞半爪，不由得既是失望又是感慨。只是没等李令问回答，他忽然转过身道："李公爷，慧范可曾说过他要去哪里？"

李令问垂首道："回高将军，那秃厮并不如何相信我，只说要将人鼎送往城南，如司马承祯所言乃是一条捷径。高将军，这司马承祯必是与他合谋之人，不可轻饶了！"先前和慧范面谈时，他一口一个"大师"，现在马上就转成了"秃厮"，说来却自然而然。因为事情败露，对高力士，李令问已如老鼠见猫一般，也不知自己将受何等责罚，虽然高力士说过陛下会饶过自己死罪，但活罪也会极其难受，因此恨不得把知道跟不知道的都说出来。听他说什么不可轻饶了司马承祯，高力士虽然有点恼怒，也忍不住失笑道："李公爷，司马道长三年前曾为陛下迎入宫中，亲向其受法箓，慧范这话只是说他那巢穴在终南山而已。"原来司马承祯乃是当世高道，自号"白云子"，今年已经年过八旬，只是李令问不学无术，也不知司马承祯是何许人也，高力士的学识虽然也不甚高，但他一直在陛下身边，三年前司马承祯奉陛下旨意入宫，他还当面见过一面。听李令问转述说起司马承祯与"捷径"二字，便知慧范说的即是"终南捷径"之事。前些年曾有名士卢藏用，借隐居终南山求名，后因之得官，向司马承祯炫耀时被其讥为"终南捷径"。这话流传甚广，高力士也听人当笑话说起过，因此一听便知。

李令问被高力士斥了一句，忙道："是，是，是。"他也不知因何被斥，只是不敢再胡说八道了。高力士喃喃自语道："果然是在终南山中。只是慧范纵然已尽得澄印之术，人鼎却早已不知去向，他为何又重启炉灶？”

李令问忙道：“慧范这秃厮说，人鼎他已找到了。”

高力士一怔，猛地转过头道：“他已发现了人鼎？在何处？”

李令问道：“应是在东市王家老店里。慧范说已让他的徒弟下手了。”

高力士更是诧异，说道：“什么？是那里？”

他其实早已发现慧范的行踪，但陛下却另有打算，有意先不对他下手，还透过柴子琦之手将火齐珠交到他手中，因此才有让王元宝出卖了柴子琦之举。昨天陛下担心的不是抓不到柴子琦，而是柴子琦没能逃出去。好在柴子琦真的脱了困，而慧范也果然如意料中一般出手抢走了柴子琦手中的火齐珠。只是他一直以为那王家老店只是慧范隐身之处，没想到人鼎竟也在那里。

看来，还是未能料足十分啊。高力士想着。昨天便错估了壁龙的剑术，结果金、伍二人追上去，差一点将壁龙拿下。现在又错料了慧范的行止，他的徒弟现在多半已经得手，自己棋错一着，又缓了一手。

万万不可弄巧成拙了。

他想着，忽然眉头一竖，低声道：“李公爷，出去吧。”

李令问见他要出去，自是话已问完，不由得如蒙大赦，说道：“是，是，是。”在高力士跟前，他似乎也说不出别的话来了。正待向门口走去，却见高力士忽然身形一动，人疾向那香案冲去。

方才，李令问说起人鼎是在东市王家老店时，香案下的叶英心头猛然间便是一动。他也没想到那个僧人说的人鼎竟然会是在自己投宿的地方，心神不能静如止水，人也微微一动。虽然动得极是轻微，李令问丝毫不曾发觉，高力士却已然察觉到了。慧范已走，他也根本没想到这里竟然还会埋伏有人。此事极其机密，绝对不能传于六耳，高力士为人亦是极其阴狠，出手也毫不容情，虽不知埋伏在此的到底是谁，但绝不能让他逃脱，因此这一掌已用全力。他有大内第一高手之号，武功早已臻第一流高手之境，一到香案前，立掌如刀，便向下削去。一压到了案上，“嚓”一声，香案立时从中断成了两半。这香案是用枣木制成，虽然已有了些年头，仍是坚固异常，但在高力士掌中已布满真气，一双肉掌不啻利刃，香案在掌下有如腐木烂泥。他对这香案又不似李令问一般有顾忌，一掌斩下毫不留手。香案一被斩开，下面果然露出了一个人影。

果然有个人！高力士嘴角浮起了一丝笑意。他这一掌叫作“螣蛇自纠”，斩下时看似平平无奇，却暗含三种手法，每一种都可随时由虚化实，便如螣蛇蟠屈于穴中，霎时便会飞扑出来。高力士出手向来狠辣，想的只是留此人一条活口好问话，至于这一招会不会让此人浑身骨节尽碎，他也根本不曾想过。

眼看这一掌便要拍到那人身上。那人原本团着身子，忽然身子一展，人竟然沿着墙壁飞身跃起。高力士的这招“螣蛇自纠”本就已封杀了那人的前、左、右三面，后面又是一堵墙，此人若不能破墙而出，便只有飞檐走壁，沿墙而走了。高力士本已料到，不过见此人反应如此之速，也暗暗赞了句好，右掌趁势一抹，如影随形，便向此人追击而去。

叶英心神一动时，便知不妙。高力士并不曾自报家门过，但五年前叶英曾经见过他，纵不曾与他说过话，但也听到过高力士说话。五年前，高力士便已是右监门卫将军了，因为他喜欢别人称他武职，因此当时便人人称其为“高将军”。听得李令问称这个声音尖细之人为“高将军”，叶英便已尽都记了起来。五年前高力士前来参加名剑大会，虽然败在了纯阳代掌门李忘生剑下，但那时叶英便知这个太监将军武功极强，真实武功并不比李忘生逊色。当高力士一掌向香案斩来，本想打个措手不及，但叶英眼睛本来就看不清，耳力却比平时更强，高力士一出手他就已经发觉。这一趟出来，叶英原本就没想过动手，因此身边并没带武器，百忙中抓到了一根长长的木条，却是那香案被高力士一掌斩开，一条桌腿倒了下来。他借着一蹬之力踏着墙壁跃上，在空中一转身，手中木条一招“九溪弥烟”攻向高力士。

“九溪弥烟”乃是藏剑山庄诸剑法中秀水剑的一招。秀水剑是藏剑子弟剑术发蒙时所练的剑术，入得藏剑，必先学此剑。这一招威力并不算大，但出手极快，却是藏剑诸剑法之冠。叶英虽然人在空中方才回招，却是后发先至。只是这招“九溪弥烟”以轻灵迅捷见长，叶英手中却只是一根木条，“轻灵”二字不见了七八分，速度倒是丝毫未减，在空中如陀螺一般急速打转。纵是木条，仍是剑气纵横。

先前李令问只点亮了两根蜡烛，高力士眼前也不太能看得清。他只觉眼前星星光光，说剑光不是剑光，也不知这人用的是什么奇门兵器，心中不由得生了一丝忌惮，心道：这人难道是慧范？慧范有一干弟子，但这些弟子论武功，没有一个能及得上眼前这人。他这招“螣蛇自纠”虽然有极厉害的后招，但他不知对手用的到底是什么剑，不敢过于托大，心想这人竟敢抢攻，定然会有妙用，犯不着与他拼个两败俱伤。

高力士却不知叶英是因为眼睛看不清，也不知这招“螣蛇自纠”的妙用，这才敢抢攻的。高力士武功之强，当世也没有多少人能排在他前面。本来他抢得急，要退后甚难，若是强行后退，只怕会拉伤筋脉，但高力士左脚跟一回，在右脚尖上一踢，借这一踢之力，人已直直向后退了尺许，这一踢之力也化去了疾退时的反震之力，正是“魁星踢斗”的小半招，右掌往回一搂，左掌摇摇相对，却已化成了一招“水镜掌”。

这一招左右掌正好相反，便如水中倒影，掌力亦是一阴一阳，一正一反。但此招的妙处在于阴极阳生，阳极则阴复，双掌连环不定，虽然不似“螣蛇自纠”一般威力强大，但双掌循环往复，对手极难脱出这一招笼罩。高力士眼见此人剑术不凡，已是打消了速战速决之心。这招水镜掌虽然失之稍缓，却更有把握。哪知他想得甚好，耳畔“呼”一声，眼前霎时一暗，却是叶英将那木条掷了出来，打灭了两支蜡烛。

高力士一出手，叶英便已知平手相斗，自己多半不会是此人对手，何况他的武功一大半都在剑上。此时手中无剑，武功已打了个大折扣，何况更不想恋战。他眼前虽然看不清楚，但烛光终是看得到，木条一下掷出，打着转飞出，正是那一招华而不实的“春云乍展”。这一招以之对敌，自是华而不实，轻佻无用，但用来打灭烛火却是绰绰有余，巧妙无比，两支蜡烛几乎同时熄灭。高力士却根本不曾想到对手竟会将兵器脱手，他一怔，双掌一缩，掌力已回探到身前，以防敌人趁暗攻来。他目力虽强，但眼前突然变暗，刹那间更是什么都看不到，因此这一刻不求有功，只求无过。

高力士掌力沉雄，双掌护住了身前，当真水泄不通。他心想自己霎时眼睛看不清，对手定然也不会好到哪里去。只是模模糊糊中却见有个人影疾趋向门前，他大吃一惊，身子一侧，顾不得一切，一掌向那人影拍去。却听“啪”一声响，一掌却拍到了房柱上。他的掌力极强，这一掌震得房梁都一颤，藻井上更是灰尘扑簌簌落了一大片，一边的李令问被撒了个灰头土脸，脸也吓白了，心道：高将军要拆房么？正在发抖，眼前一亮，却是高力士又点亮了蜡烛。看看四周，那香案已成一堆木片，却不见有第三人。叶英因为眼睛看不清，因此来时就将这条路看得极熟，以防出去时会磕磕碰碰。此时他突然将蜡烛打灭，高力士武功虽强，反而什么都看不清了，倒是叶英有无烛光都是一样，便趁着这一线之机逃出了高力士双掌。

高力士为人城府极深，向来喜怒不形于色。但见这人竟能逃出自己双掌，他眼里也有点惊怒之色。眼见此人身影已然出了门，他长吸一口气，左腿一屈，右掌便要向自己腿弯拍去。原来高力士的武功走的并不是轻灵一路，他掌力沉雄，轻身功夫却不强，因此苦心孤诣，独辟蹊径，取法大内秘藏的医书，创出了这一招“六龙飞辔”，以补轻功不足之弊。他左腿弯曲，右掌却是以截脉法击在自己腿上阴陵泉穴上，借助掌力使得左腿一蹬之力增加数以十倍，人便如强弓硬弩上的劲矢般疾射出去。这一招虽不能持久，但一击之下，数丈之内，任敌人的轻身功夫再强也逃不脱。只是这招“六龙飞辔”实是未伤人，先伤己，因此高力士向来不到万不得已，从不使用。此时因为见叶英轻身功夫甚强，不用此招拿不下他，因此才使了出来。

只是高力士的右掌刚要切到左腿弯处，忽然一翻，向外一抄，并没有击到阴陵泉穴上。就在这一瞬，叶英已然闪出了偃月堂的门口，鸿飞冥冥，霎时不见了踪影。

好俊的功夫！虽然那人的身影一闪即没，高力士仍然看着空空的门口，在心底暗暗赞了一声。虽然“六龙飞辔”未及使出，此人才得以遁走，但能在自己掌下全身而退的，实已能算是一把好手了。这人难道也是慧范的弟子么？

他正想着，一边李令问忽道：“高……高将军……”

偃月堂里居然还有第三者，而这人竟然和高力士交过了手，李令问几乎要吓得瘫倒了，心想这位城府极深的高将军万一认为此人乃是自己伏下，想要灭他口的，那自己就算有九条命都不够丢的。高力士似乎猜到他要说什么，淡淡一笑道：“李公爷，力士就此告辞，还请公爷好自为之，近来阴晴不定，不宜出门。”

李令问听他说得平平淡淡，若无其事，心中更是害怕，只是道："是，是，谨遵高将军之教。"他也知道陛下定不会放过自己，但既然高力士说过自己性命无忧，那这条命看来仍可保住，可自己若是再出花样，这句话也就定不作数了。先前他觉得陛下对己不公，因此才被慧范说动，此时却对慧范恨之入骨，心想自己好好的日子不过，偏生弄出事来，都是这慧范害人不浅。

高力士走出偃月堂时，星月在天，暮色已是沉沉如水。他看了看天，出了李令问的宅第。平康坊的花街柳巷极多，街上虽然空无一人，远处仍是不时传来乐器弹拨吹奏之声，夹着笑语，显得一派升平。借着外面的月光，他伸出手掌看了看，神情极是凝重。

掌中，是半截竹发簪。这种发簪只是最寻常之物，但不应该是慧范之物。那么说来，先前在那屋里，还有着第四个人。这第四个人在自己将要使出"六龙飞辔"之际，突然掷出这半截发簪，击向自己的环跳穴。这招"六龙飞辔"本来就是借掌力刺激筋络，发挥出远大于平时的力量，若当时环跳穴被刺中，那自己的左腿便会废了。此人出招如此歹毒，显然是恨自己入骨。而与这种阴毒的恨意相比，让高力士更捉摸不透的却是此人的手法。

这人的手法，隐隐竟似公孙大娘一脉。公孙大娘曾经来宫中传授宫女剑器舞，会她这一门武功的大有人在，但有如此功力的，却只有一个人。只是这个人的身体尊贵，应该万万不可能和李令问一样背叛陛下，但万一她真的对陛下怀有二心的话……

高力士不敢再往下想了。又抬头看了看天，眼神极是茫然。马上，这一场决战将要决出胜负来了，他向来以智谋武功自诩，陛下也极倚重自己，但直到此时，他仍然感到有许多难以说通之事。

第十八章

那僧人的目标竟然就在王家老店！

虽然在高力士掌下死里逃生，叶英满脑子想的却是这个。在他心中，李十二娘和苏苏待在王家老店自是安全之极，根本不会有什么意外。当那僧人和李令问说什么“人鼎”时，他也完全不曾想到会与自己有关。直到后来，听李令问说到东市的王家老店，他这才知道，原来自己以为最安全的地方，其实最不安全，早就在旁人的算计之中了。

此时赶回王家老店，说不定已经晚了。

叶英想着，虽然得到了全部的问道七剑，但他连一点欣喜都没有，身体亦是越来越冷。如果“人鼎”指的是苏苏的话，一切都说得通了。这么个小小的女孩，出身亦不过是寻常人家，仍被那些妖僧不依不饶地追踪，定是牵涉到这些奇奇怪怪的邪术。

从平康坊到东市，有三四里路，寻常人走时总得小半个时辰才行。叶英的轻身功夫甚佳，此时更是全力施为，直如飞星逐电，没有多久便已到了狗脊岭下。

虽然看不清，但远处王家老店那幅巨大的缎面招子迎风招展的声音隔得甚远仍是听得一清二楚。长安的东西二市，东市不如西市热闹。西市这时候多半还沸反盈天，酒肆中尽是些寻欢作乐的人，但东市这一带却已十分静谧了，只有隐隐传来一阵哄笑声，多半是不知哪里的豪客们仍在饮宴。听得这阵哄笑声，叶英反倒站住了。他在卫公旧邸中听李令问说什么人鼎就在王家老店，便觉脑子一晕，不顾一切便要回来看个究竟。可是到了这儿，他才想起自己有点太过冒失。

觉得那妖僧所言的人鼎是苏苏，只不过是自己的猜测罢了。可那时自己却什么都顾不上多想，便飞驰而来。如果并不是的话，岂不是自寻烦恼？可就算这样想，叶英仍是心烦意乱。

如果自己猜错了，那李十二娘和苏苏安然无恙，现在赶回去也并无必要。但如果苏苏真是那人鼎，李十二娘必定抵挡不了慧范的那些弟子，现在定已束手就擒，自己赶回王家老店亦是无济于事。到底应该怎么做？

二弟说过，不管遇到什么事，都须冷静。我为什么会突然间方寸大乱？是因为太担心李师妹的安危了么？

叶英默默地想着。突然间，心头仿佛被什么刺了一下，他眼里也有些茫然——虽然眼前本来就看不清楚。他向来被人看作木讷，便是父亲也这么想，但叶英才智其实并不比叶晖差，只是性情使然，向不喜多言，有什么想法都埋在了心底，连他自己都未尝察觉。如此挂念着一个人，担忧那个人的一举一动，对他来说也是平生以来头一次，以至于关心则乱，竟全然乱了方寸。他深深吸了口气，在这东市东北隅的十字路口站定了。正在犹豫，耳畔忽然传来了一阵车轮声。

此时已经禁夜，东市八门也都已关闭，按常理，已不会再有马车行驶。这声音仿佛一把利刀，让叶英打了个寒战。他打量了周遭，却见拐角处的房屋外壁插了一根竹竿，上面挑着一面招子，虽然招子上字很大，他也看不清，不由分说就拔了下来，心道：说不得了，先借用一下。将那招子摘了下来。这其实是路对面的赁行招雇主的招子，因为怕拐角处的过路人看不到，因此插在了这里。那竹竿也不过二尺半，倒是和叶英惯用的剑差不多长。虽然这竹竿无锋无刃，但手中握了东西，叶英顿时感到踏实了许多。

那辆马车越来越近了。即使看不清，叶英的双眼仍是一下睁大了许多。因为在马蹄与车轮声里，他听到了一连串细细的声音。

蚌壳撞击的声响。

苏苏先前因为好玩，串了一串蚌壳挂在车厢里。这个东西多半是独此一家，别无分号了。虽然这声音极是轻微，寻常人根本不会注意，但叶英因为一到晚上目力不济，耳力却变得远超常人，听得一清二楚。

李十二娘和苏苏出事了！

她们自然不可能在这样的深夜自行赶着马车出来。叶英将竹竿往地上抵了抵，心中更是焦虑万分。

李师妹，你千万不要出事！冲出去时，叶英在心里念叨着。只是他自不知道，当他离开王家老店，要去卫公旧邸一探究竟时，李十二娘望着他的背影，心中默念的也是这两句话。

大师哥，你千万不要出事！

这两句话险些就要冲口而出，但李十二娘终究没有说。自从叶英走后，李十二娘就一直坐立不安。苏苏哭累了睡，睡醒了哭，连东西都不想吃。李十二娘知她年纪幼小，以前一直觉得爹妈在寻找自己，突然间才知道父母都已不在人世，自是难受已极。李十二娘坐在榻席边，看她睡着了的脸上仍然挂着泪水，心中也不觉酸楚，拿了块汗巾给她擦了擦，心道：苏苏，你比我总还好，至少知道父母是谁。

被公孙大娘收入门下，虽然师傅和师姐们对她都很好，可是李十二娘这些年也并不如何快活，在这少女心底，这些年来她一直很想知道自己究竟是什么人。公孙大娘发现她时，她跟着一个跑江湖的班子流浪了数年。而收养她的那个老艺人也已不在人世，更无人知道自己到底是什么来历。当听到叶英说要冒险去卫公旧邸一探究竟时，李十二娘的泪水都差点流了下来——只是，她也知道，能找到什么痕迹的可能微乎其微。不要说自己未必就真的在卫公旧邸待过，即使真个住过几年，算来也是十几年前的事了，恐怕掘地三尺都找不到什么，更别说叶英到了晚上就无法视物。眼看着天渐渐黑了下来，禁鼓渐息，叶英一直不曾回来，她心头就仿佛有许多猫爪子在挠一般，说不出有多么难受。有好几次她实在忍不住了，想下个狠心也去卫公旧邸那边看个究竟，可是刚走到门边，回头看到席上睡得正熟的苏苏，还是颓然坐倒在地板上。她既担心叶英会出什么意外，又不放心苏苏一个人待在客栈里，真个如羝羊触藩，进退两难。

天已黑了。她正等得心焦已极，靠在苏苏边上假寐，耳边忽然听得一阵细细的足音。李十二娘心中正想着大师哥若再不回来，会不会是出了什么事，听得这声音，心头一喜，忖道：大师哥回来了！正待去开门，心中忽地一沉。

这脚步声很轻，但听得出，来的不止一个人。王家老店客房不少，叶英要的这两间都靠近后院，甚是僻静，那些爱热闹此时都还在前院酒肆饮酒作乐，这些人纵然回来，脚步也绝不会走得如此轻。她正想着，忽觉手腕一紧，却是一直在沉睡的苏苏突然醒了。苏苏圆睁双眼，低低道：“十二，又有人在吹小喇叭了！”

李十二娘心头一动。在废寺那晚，她在睡梦中便中了无音梵雷，昏迷不醒后自是人事不知，因此全然不知道怎么一回事，但那天被诱到林中时，李十二娘曾见过那些人用铜角对付叶英。虽然无音梵雷对她的效用不及叶英那般大，但对他们这门邪术，李十二娘也大大忌惮。她小声道：“苏苏，你快躲起来。”自己一口吹灭了桌上的蜡烛。门外的过道里正亮着灯，本来屋里点着蜡烛，外间看不清，但李十二娘一将蜡烛吹灭，便见有个人影正投到了他们这门的贴纸上。这人比叶英要高半个头左右，戴着斗笠，手上正拿着一支铜角。一见这人影，李十二娘心一沉，心道：糟了！她现在方知自己弄巧成拙，这些人不知叶英外出，定然要先对付叶英，但自己一吹灭蜡烛，等于提醒了他们，这些人马上便要向自己下手了。她双手极快地探到腰间，握住了两把短剑。刚把剑握在手中，却听得“喀嗒”一声，是有人将铁丝一类的东西探进了门缝，挑开了门闩。李十二娘没想到这人弄开门时竟有如此之快，心道：这人倒是做贼的老手。她见门一开，不等那人迈步进来，一个箭步上前，双剑闪烁，已递了出去。

走进来的，正是那六个行脚僧中心思最机敏、胆子却最小的行德。他们畏惧叶英剑术了得，本来想先拿下叶英，哪知行念以无音梵雷攻向叶英房里，弄开门一看，里面却空无一人。他心知上当，见李十二娘的房里烛光忽地一暗，只道她要逃走，马上开门冲了进来。行德胆子虽小，不过对李十二娘倒并不害怕，心想这少女武功就算再好也好得有限。谁知门一开，人还没进去，眼前却是剑光闪烁，两把短剑已直刺过来。他虽然曾被叶英吓得昏过去，其实本领倒也不弱，腰忽地一折，人如同失足般向一侧跌去，只是身体不曾碰到地，右手在地面一点，身体已平平移开了两尺许，脚一踢，已重新站直。这一招使得流畅自如，便如真个跌倒一般，李十二娘虽然也算与人交过手，但动手经验极少，当行德向一侧倒下时，她还只道这人是真的失足摔倒，只一怔，眼前一花，行德已闪过了她的双剑，在他身后现出了另一个戴着斗笠之人，手中拿着一个大大的铜角，正要对向李十二娘。

这人正是行念。行念先前奉命拦截藏剑山庄送货的马车，结果一败于明教诸人，二败于叶英和陆浩联手，后来集齐同门，又被半道上杀出的青莲居士困住了，竟是寸功未立，要不是行德无意中得到了那灵运环，算是将功折罪，说不定已被师尊一掌震死。此番奉师尊之命再次前来，已是势在必得，谁知原本无时无刻不在的叶英偏生没在客栈里，而行德又是如此没用，好在这一支无音梵雷尚只吹得一半，他当即将铜角转了过来。哪知一口气尚未吐出，李十二娘却一个箭步靠到了他身前。行念肚里暗骂行德，人疾退一步，谁知他退一步，李十二娘也进一步，仍是站在他跟前，左手短剑已削向他手中铜角。行念大吃一惊，心道：糟了，这小娘皮居然发觉了！

无音梵雷虽然无声无息，无影无踪，极难对付，但也并不是毫无破绽。这门秘术最大的毛病，就是利远不利近。铜角中发出的声音寻常人都听不到，可是这声音并不是无远弗届，无孔不入，若是铜角不正对着对方，威力便所剩无几，因此他们以此对付敌人，向来都是以暗算，若是当面施展，极易被人发现此病。行念对李十二娘向来不甚看得起，心想只消除掉叶英，擒下她易如反掌，谁知此时叶英不在，这李十二娘居然意外的难缠，发现了无音梵雷最大的弱点。此时她靠得如此之前，恰在铜角的死角，无音梵雷对她本来就不如对叶英有效，现在更已没用了。退了三步，李十二娘仍然在他跟前。他的轻身功夫本就不如李十二娘，第四步还未退去，李十二娘的左手剑已然自右向左划下，随之右手剑也自左而右掠过。她这两柄短柄虽然不是什么削铁如泥的神器，但也能斩铁削铜，“嚓嚓”两声，铜角上已被她削出了两道裂口，再发不出声音。

行念的本领，一半便在这铜角上。见铜角被斩破，他心疼已极，再顾不得了，叫道：“大师姐！大师姐！”右手在腰间一抹，抽出了短棒便向李十二娘头顶砸来。李十二娘应道："唉！"算是百忙中讨个口舌便宜，做一下这和尚的大师姐，心道：这贼和尚这一棒是从我头顶砸下，我只消从他肋下出剑，刺他少海穴，将他手筋割断，他就连棒都拿不住。她功力虽然不高，但所学却是天下第一等的剑术，说起真实本领也已非同泛泛，行念出手又是恼羞成怒，章法甚乱，她一眼就看出行念招式中的破绽。可是心头纵然一清二楚，真个要她一剑刺中对手肘弯处的少海穴，割断行念的手筋，李十二娘却也实在做不出来。这一剑虽然指到了行念臂弯，一想到皮开肉绽的血腥模样，李十二娘便打了个寒战，怎么都刺不下去。

临敌缓手，最是大忌。李十二娘这一剑刺不下去，行念的短棒却已砸了下来。李十二娘的短剑正要顶在他的臂弯处，虽然不曾刺出，但他若再往下砸，固然要把李十二娘砸个头破血流，可这一剑也将刺入他的臂弯处。他一招使出时不曾多想，待这一棒挥出，猛然想道：哎呀，若是我伤了这小娘皮，师傅大概要剥了我的皮！他到这时才想起来，手中短棒哪敢再挥下去。可是这一招偏生已然用老，想要收回也已来不及，一时间他吓得脸比李十二娘还要白。眼看两人便要两败俱伤，那人身后忽然探出一只手，一把抓住了这人的手腕。

行念身材虽然不甚高大，但终比李十二娘粗壮得太多，这只手却十分纤细，五指更是如剥春葱，纤长柔腻。一抓住行念的手腕，行念金刚大力的一棒竟然硬生生停在了空中，随即连人带棒一起被扯到了一边。李十二娘也吃了一惊，她本以为自己定要被当头打上一棒，正在害怕，却见眼前这人被一下扯开。她一怔，马上退了一步，左手剑斜探向下，右手剑压在左臂上，先护住了前心，抬眼看去，却见眼前竟是个二十来岁的女子。这女子面容甚美，却穿着一领僧衣，竟是个带发修行的比丘尼。唐时僧道清规戒律甚少，就算武后，还有同时曾经自称文佳皇帝的陈硕贞，都曾在寺院带发修行，至于女道士，更是传出种种风流韵事来。只是这比丘尼脸上带着淡淡笑意，看上去却显得极是妖异。李十二娘深深吸了口气，喝道："你们到底是什么人？"

虽然这女子救了她一命，但看样子，她与那两个妖僧亦是一路。那女子打量了她一下，忽然道："行念，便是她么？以前听得她那死鬼娘亲号称长安第一美人，她长得也不过如此么。"

行念被她扯得手臂大为酸痛，仍是赔着笑道："大师姐，自然，她生母虽然号称长安第一美人，怎比得上大师姐花容月貌。"

虽然这两人口出不逊，李十二娘却只是诧异。这两人说来，似乎对自己的身世一清二楚。虽然这两人显然是敌非友，但她仍是盼着这两人能多说两句。听得行念说自己花容月貌，那女子骂道："行念，你师尊的好处学不到，这油嘴滑舌倒学了个十足。"只是虽然在笑骂，但其辞若有憾焉，其实乃深喜之。她骂了行念一句，又向李十二娘道："喂，小妹妹，你那个会剑术的情郎去哪里了？"

李十二娘一怔，马上省得她说的是叶英，羞得面红耳赤，斥道："什么情郎，那是我大师哥。"

这女子道："大师哥么？你叫得这般亲热，师哥师妹好做亲，还撇清什么。”

她说着“嘻嘻”一笑，此时哪还有半分出家人的模样，竟是风情万种。一边行念看了心头便是一动，忖道：难怪师尊最喜欢大师姐。正在胡思乱想，眼前一花，却听得“叮叮”两响，只见大师姐已然与李十二娘动上了手。他对大师姐武功最为佩服，先前召集同门都未能拦下叶英与李十二娘，便想着当时若大师姐在此，定不会功亏一篑。此时见大师姐与李十二娘动手，大师姐出手如电，已大占上风，但李十二娘双剑护住了周身，犹若曼舞，一时大师姐竟也攻不进去。他心中着急，心道：这小娘皮还真个奸猾似鬼，我的梵雷也让她破了，不然这一下定能叫她倒地不起。其实他功力不足以发动两次无音梵雷，纵然铜角没破，强行驱动，只怕李十二娘没被制住，他倒先要口吐鲜血了。着急之下，低低叫道：“大师姐，你若拿不下她，我和行德来帮你。”

这女子斥道：“要你帮什么！”

她极得师傅宠爱，武功比一干同门都要高出不少，只是李十二娘武功虽不如她，却打了个只守不攻的主意，一路剑舞使得滴水不漏，这女子连冲了两下都被李十二娘挡在门口，又被行念一催，心头着恼，忽然身子一缩，人仿佛大一圈。李十二娘右手短剑此时正刺向那女子前心，只觉眼前一花，对手忽然大了一圈，李十二娘一惊，忖道：哎哟，她是妖怪么？右手剑已经从那女子前心刺了进去。这一剑她原本也没打算刺中，本是牵制住对手，左手的短剑才是真正杀招。哪知这一剑居然中的，她愣了愣，可剑上却毫无受阻之感，正在诧异，一股热香扑鼻而至，眼前一个人直抢进她怀里，竟是个只穿了亵衣的女子。这女子将是一瞬间将僧袍脱了下来，人如蜕皮般钻出，抢到了李十二娘怀里。

那女子外面穿着土色僧袍，里面的亵衣却是妖冶艳丽，便是平康坊那些花魁也不过如此。李十二娘哪见过如此形状，登时面红过耳，只一怔，左手剑已刺不出去，那女子的右手却已探到她脑后，在李十二娘玉枕穴上一弹。李十二娘只觉眼前金花乱冒，双手一软，短剑再握不住，掉落下地。

见大师姐果然一招见功，行念这才松了口气，心中却又喜又妒，心道：我们终比不得大师姐，师尊的真本事都让她学去了。他上前捡起地上的僧袍要给那女子披上，嘴里道："大师姐，她没事吧？"

那女子淡淡一笑，还不曾说话，那边门后苏苏直冲了出来，冲到李十二娘身边扶着她叫道："你……你把十二怎么样了？快把她治好，不然我不饶你！"

李十二娘发觉有人来时，让苏苏躲好，苏苏自是不敢出来。但眼见李十二娘不敌倒地，她虽然害怕，终是忍不住，便冲了出来。行念眼里闪过一丝凶光，正待上前，那女子伸手拦住他，上前道："小妹妹，我不治好她，你如何不饶我？"

苏苏情急之下冲出来，见女子眼波流动，用种说不出的诡异，此时才又感到了害怕，不觉退了半步，可是看到李十二娘倒在地上人事不知，她心一横道："我也不知道！你这么大个人，衣服不穿好，也不怕丑！"

她心想这般骂人该是最厉害的了。那女子嘻嘻一笑，说道：

“是啊是啊，我不怕丑。”手忽地一探，在苏苏太阳穴上一拂，苏苏哪还骂得出，人也倒在了李十二娘身上。行念这才将僧袍给那女子披上，小声道：“大师姐，这小东西要杀了么？”

那女子白了他一眼，叹道：“行念啊行念，你白长了这般大一个脑袋么？师尊说将这几人带去，可没说要杀了哪个。”

行念“啊”了一声道：“大师姐明鉴！”心里却想：这小东西今年顶多三四岁，怎么可能是人鼎？只是他也知师尊最喜大师姐，和她顶撞自没好处，扭头道：“行德，把这小东西抱进车吧，别误了事。”他在大师姐面前唯唯诺诺，在师弟跟前却是大摆三师兄的架子。从东市到长安南边的启夏门，有十里之遥。白天走这条路，非要花一两个时辰不可，南门的守卒虽然早已买通，但夜长梦多，终是早一时出城便好一时。

长安城中，最宽的便是朱雀门街。据载，朱雀门街宽达一百二十七步，可容二十余辆大车并排行驶。坊中大街虽然没有宽到这等离谱，但也有二三十步宽。

二三十步，寻常人若是快步走时，也不过片刻。叶英冲出来不啻快马疾驰，人亦如同出弦之箭。虽然眼睛看不清东西，但一辆马车终究还能看到。赶车的正是行德，听得声响正待扭头去看，只是他刚扭过头来，叶英手中的竹竿已在他肋下重重一戳。竹竿无锋无刃，自戳不死人，但叶英因为眼睛不能视物，因此出手甚重，行德疼得张嘴便要叫，刚喊出一声，叶英左手已然搭在了他右肩上，右手的竹竿连颤，在行德背后连点了数点。行德立时僵直若死，背心处仿佛有千万根尖针刺入，难受得直想大叫，偏生又发不出半点声来，当真是求生不得，求死不能。他痛苦万状，心道：这小子可真狠毒。其实叶英眼不能视物，竹竿又不能伤人，唯一的办法就是封住对手的穴道。藏剑山庄长于剑术，点穴法却没什么过人之处，不过倒有一门叫奇穴的内功心法。这门心法并不是用来直接攻击的，叶英因为用的不是剑，剑术中刺削一类的招数都用不上，顺手便将这门心法化用到竹枝上，辅之以问道剑的“暗”字剑意。他左手一搭上行德的肩，这才能估出穴位所在。他本想点行德的风门穴，只是生怕眼睛看不清点不中，索性手指连颤，在风门穴所在多点了几下。问道七剑中，后三剑他刚习得，尚不能运用，前四剑里的“暗”字诀却是以快取胜。竹竿连点，如风回雪，劲力直透骨髓，竟将行德背心风门穴周围的大杼、陶道、肺俞、附分、曲垣诸穴尽都点了。这诸穴分属四条经络，点中一个便已手足动弹不得，这回尽被点中，这滋味实是难熬之极。

叶英点倒了行德，他也看不出这人到底是谁，勒住了马低声叫道：“李师妹！苏苏！你们在么？”他也知道自己虽然打倒了一个，但那只是出其不意，若是这人还有同伙，自己定要吃亏。只是担心李十二娘与苏苏安危，顾不得多想了。他刚喊了声，却听得李十二娘在叫道：“大师哥，我在车里，你快来，没人了！”

听得李十二娘的声音，叶英心头一喜，翻身跳下了车，伸手便要去拉开车厢门。只是他的手还不曾碰到门，门却“嚓”一声先行开了。

如果李十二娘真的被人擒下了，绝无可能再来开车门。叶英一瞬间便已觉不对，他出手快极，手中的竹竿已提了起来，正待护住前心，胸前膻中穴却忽的一痛，人气息一窒，一下扑进了车里。

车里，是一个穿着僧袍的年轻女子。这女子笑嘻嘻地看着叶英，低低道："行念，我说这人会来的吧，他果然就来了。"

第十九章

不知过了多久，叶英才睁开眼。一睁开眼，眼前却仍是模模糊糊一片。一时也不知身在何处，他正想翻身起来，但黑暗中却感觉不到自己的手脚。这一下让他大吃一惊，失声叫道："这是哪儿？"

黑暗中，忽听得一个小女孩道："大师哥，你醒了？"

那是苏苏。她的声音已然带着点哭腔。叶英听得她的声音，心里才一宽，说道："苏苏，是你么？这是什么地方？"

苏苏道："我也不知道。大师哥，我醒过来时就在这儿了，十二也不知去了哪里，你又一直不动弹，推你也不醒。这儿黑乎乎的，大师哥，我好害怕！你快起来啊。"

她说着，又在叶英身上推了两把。叶英只觉脸上多了几点湿湿热热的东西，定是苏苏又哭了起来。只是被她一推，叶英便觉内息似有些流动。叶英心头一动，说道："苏苏，你给我胸口敲两下看！”

苏苏不知他要做什么，说道：“大师哥，你这儿酸么？我爸以前腰酸就让我敲两下，马上就不酸了。”伸出拳头在他胸口敲了两下。边上却有个人“嗤”地一笑，说道：“这小娘皮能解开你被封的膻中穴，我就倒着走！”

叶英被封了的膻中穴在前胸正中，又称上气海，是任脉要穴。此穴被封住，内息不能流转，手足也动弹不得。要解此穴，必须推血过宫，要不就是静等十二个时辰后自解。苏苏并不曾学过武功，劲力根本透不到穴位里，她先前推动叶英，只不过让他气血稍稍流畅，却根本解不开穴位。苏苏也不知什么膻中穴不膻中穴，听得这人说话，怒道：“谁说解不开的？我一定解开了。大师哥，解开了没有？”

叶英暗暗叹了口气，心想自己想让苏苏凑巧来给自己解穴，确是太异想天开，何况边上还有看守。苏苏是小孩心性，嘴上不肯吃亏，那人在一边冷笑道：“有本事！你拿块尖石头往他头上砸，就解得开了。”

苏苏睁大了眼，看了看叶英，怒道：“你骗我！石头砸大师哥，不是要砸出血来么？出血了好痛的，会死的。”那人道：“对了，这穴道只有死了才能解开，你不砸死他怎么能解开？”

叶英人不能动，只能躺在地上，但听得清清楚楚，心想这看守怎么这般无聊？他却不知这人正是行德。行德在同门一女六男七个人中，武功不强，胆子也小，自视却是极高。他为人甚是精细，颇有口舌之利，自觉堪当大用，但不论是师傅还是师兄师姐，向来只把当成个跑腿的来支使。早先就吃过叶英的苦头，先前大师姐算定叶英会来袭击，便让他去驾车，结果被叶英点中了背心七八处穴道，又大吃了一番苦头。这回师尊要办极要紧的事，又只让自己看守这两个没要紧的俘虏。行德一肚皮不情愿，只是又不敢在师傅面前回嘴，这嘴上功夫技痒难忍，因此才会跟苏苏一个小女孩儿斗嘴。叶英也不去理他，说道："苏苏，你别理他，坐下吧。"苏苏甚听他的话，道："嗯，我不跟那个大帽子说话了。"说罢坐在叶英身边，一手捂嘴一手捂眼，以视不说也不看。若她有第三只手，定然连耳朵也要捂上了。行德见她果真不说话，说道："不错不错……"

行德嘴上的功夫远比他手上功夫要强。苏苏年纪虽小，却伶牙俐齿，斗起嘴来颇有棋逢对手之乐。他还要再说，颈后忽地一痛，低头一看，却见颌下冒出一截沾血的剑尖。他一时间还不知是怎么一回事，心道：这是什么东西？是剑么？怎的是红的？待想到原来是一柄从自己颈后刺入，前颈刺出的利剑时，人已然扑倒在地。

行德倒地时发出"砰"一声，叶英一怔，不知这是什么声音，心道：这家伙难道没人理他，恼羞成怒地摔东西么？苏苏虽然说不和那大帽子说话，听得了声音却是好奇无比，将捂住眼的左手手指分开一条缝，从缝里偷偷看去。才看得一眼，已惊叫道："大师哥，有人把那大帽子杀了！哎呀，他正在剥那大帽子的衣服呢。"

叶英一怔，却听"吱呀"一声，却是关着他和苏苏的铁栅上的铜锁被打开了。他不知来的到底是什么人，却听"啪"一声，一件僧袍和一个斗笠扔在了他身边，有个低低的声音道：

"叶公子。"

这声音听去甚是苍老，也不知是男声还是女声。只是叶英听他如此称呼，自是没有敌意了。正在猜着这人是谁，前心忽然一痛，人猛然间跳了起来。苏苏吓了一大跳，马上拍手道："大师哥，你能起来了！"

叶英在地上躺了大半天，四肢都有些麻木。他动了动手脚，说道："多谢前辈。不知前辈如何称呼？"这人虽然出手狠辣了点，但解开了自己的穴位，自然是友非敌，只是叶英怎么想都想不出这人究竟会是谁，眼前也仍是模糊一片，只能隐约看到一个人影。

这人道："叶公子，十二娘已然危在旦夕，我救你，是想让你救她出来。"

叶英心道救李十二娘那是义不容辞的事，不消这人说，便说道："前辈，只是……"

他话未说完，那人道："你的剑我已拿来了。将这僧袍斗笠穿戴好，能瞒得一时就瞒得一时，万不得已动手也能占点先手之利。"说着，递了柄剑过来。叶英接了过来，才知是自己那柄轻剑。虽然剑在鞘中，却也闻得到一丝血腥气，方才这人正是用这柄剑刺死了行德。叶英接过剑来，心里踏实了许多，只是想到这柄剑平生头一遭沾上了血腥，心中却也不知是什么滋味。他将僧袍往身上一套，又戴上了斗笠，说道："前辈，有件事……"

这人道："你有雀目症是吧？不要紧，现在天光大亮，你都能看到了。"

叶英一怔。他有雀目症这件事，向是件极隐秘之事。这一路带李十二娘和苏苏来长安，他都从来不曾说过，却不料这人竟然一口说了出来。他好奇已极，心道：这人是谁？他究竟是谁？

苏苏见叶英装束好了，活脱脱便是方才与自己斗嘴之人，又是好笑又有点害怕。见叶英要跟着那人出去，这儿有个死人，她实是不敢留在这儿，走到叶英身边小声道：“大师哥，我要跟你去。”

叶英听那人要自己穿上僧袍斗笠，全然没想到苏苏。听得她的声音，叶英心头一沉，忖道：不错，苏苏该怎么办？自己是要去救李十二娘的，带着她只怕什么事都做不成了。正在想着该怎么办时，身边微风一动，苏苏忽然“啊”地轻唤一声，便没声响了。叶英大吃一惊，叫道：“前辈……”却听那人道：“我点了小姑娘的穴，让她好生睡一觉，不会有事的，你先坐下一歇歇吧。”

叶英一怔，伸手摸到苏苏的手腕搭了搭她的脉，只觉她脉象平和，确是无碍，这才放下心来，躬身道：“是，谨遵前辈教诲。”心中却道：这位前辈做事怎的这般乖张？他却不知此人当初身遭巨变，一夕之间从高高在上的天潢贵胄沦为遭人追杀的亡命之徒，做事自是有点不择手段。

那人道：“叶公子，你膻中穴被封了好一阵。眼下离正午还有两个时辰，快点歇息，过一阵多半还要大打出手，慧范这几个徒弟虽然没什么了不起，但多少也有点麻烦。”

叶英的手脚此时仍有些麻木。他坐了下来，默默调匀内息，只是心中疑团实是太多，忍不住问道：“前辈，慧范是谁？”

那人哼了一声道：“慧范是那贱婢的面首。这贱婢，死了仍不肯消停！”那人的声音一直低沉浑厚，这一句却又尖又厉，叶英心道：她果然是个妇人！他虽然看不清此人面貌，隐约只见此人身材不高，比自己还要矮一点，说话的声音也有些男女莫辨，总有些怀疑，此时才算确认。听得这老妇说得有点气急败坏，他又是大为惊异，心道：这位前辈怎的一下子似变了个人一般？她说的贱婢又是谁？他正在调匀内息，心思一岔，内息也随之乱了，气息登时粗了起来。那老妇忽地站了起来，一掌贴在他背心，说道：“叶公子，不要分心，不然你和那小姑娘的性命都要不回来了。”

她的手掌一贴到叶英背后，叶英便觉一股暖流直涌进来，本来乱作一团的内息也一丝丝理顺。他心中骇然，心道：这人内力好强。但觉这股热流循任督二脉二下，走过一周天，人顿时精神了许多。他本来见这老妇口口声声“贱婢”，有若骂街，甚失高手风范，心中多少有点失望，但一见她显示这手内力，又大为钦佩，说道：“多谢前辈。只是晚辈实是不知，慧范究竟为何要将李师妹擒走？”

李十二娘只是忆盈楼一个最小的女弟子，纵然慧范与公孙大娘有什么深仇大恨，这仇恨似乎也扯不到她身上去。老妇哼了一声道：“慧范这秃厮仍是贼心不死，妄想着要复活那贱婢，真是痴心妄想。”

叶英听她这短短一句话就把慧范和那个“贱婢”骂得狗血喷头，心想她不知和慧范他们有什么刻骨怨仇。只是听得老妇说什么“复活”，不由得一怔道：“复活，复活谁？”

老妇突然尖声道：“是太平那贱婢！那贱婢，死了仍不肯消停，还想活转来，定不能让她如愿！”

这老妇方才就有些失态，此时声音又突然尖了许多，听起来也并没有先前那样苍老。叶英听她话中似乎字字都是诅咒，心中又是一震，忖道：她说的太平，是太平公主么？可太平公主十一年前就已被天子赐死，她说的什么“想活转来”究竟是什么意思？真的死人还会复活么？这话实在太不可思议，他看向面前那老妇模糊的身影，沉声道：“前辈所言，恕晚辈仍难置信。这是真的么？”

老妇道：“此事应是不假。当年太平手下有个叫澄印的和尚，此人身怀秘术，曾向太平献上这返魂术，说以人为鼎，以火齐珠汲取太阳真气，可将死者魂魄转入人鼎之中，如此便是死而复生。”

她此时也已觉察到了自己的失态，这话已心平气和得多了，说到太平公主时也不再口口声声“贱婢”。只是她的话虽然平和了些，叶英却更是心惊，道：“怪不得那天慧范说什么女主重光，原来竟是在谋划复活太平公主之举！”

太平公主即是亘古未有的女帝武则天之女。那天晚上听得慧范说什么“女帝重光”，叶英还觉得奇怪，因为武后之后，能生出此心的唯有太平、安乐两公主，现在都已不在人世，他实在想不出慧范说的“女帝”到底是哪一个。他想了想道：“前辈，那所谓的人鼎，便是指李师妹了？”

老妇道：“不错。叶公子，他们本来还不敢确定你与十二娘到底哪个才是，因此才要将你二人都擒住。待发现你是男子后，这才知道人鼎是哪个了。”

叶英微微一怔，这才回过神来。给太平公主准备的人鼎，当然应是女子。他比李十二娘大了五六岁，但因为生得俊秀，个子也不高，李十二娘又总是穿着男装，难怪他们一直搞不清。他淡淡道：“原来如此。李师妹被他们关在了哪里？”

老妇道：“这儿名叫停香谷，西北三十里便是兴教寺了。谷中共有十八洞，叶公子，十二娘被关在洞口有一棵松树的第七洞中，我去引开慧范，只是……”

她说到这儿却顿住了。叶英道：“前辈，只是什么？”她才道：“慧范那些徒子徒孙中，别个只会装神弄鬼，真实本事不怎么样。那个无音梵雷只能暗算人，正面对敌，你只消别让他们正对着你便成。只是凤五这丫头，武功只怕在你之上，你要对付她，顶多也是五成把握。慧范与凤五两个，我只能引开一个。”

她没有再说下去。叶英情知那凤五定是昨晚在马车上点了自己膻中穴的那个女子。虽然凤五先装成了李十二娘的声音骗了自己，但此人出手之快，就算平手相斗，自己纵然不输，也未必能赢得了她。叶英点了点头道：“这个人确实不易对付。只是明枪易躲，暗箭难防，若是暗算她，至少也有七成把握了。”

老妇怔了怔，说道：“你肯暗算她？她可是个女子。”

叶英道：“此人暗算我在先，来而不往非礼也。既然为敌，又岂论男女。”

老妇忽然一笑道：“我本来只道你会自恃名家子弟，有点假仁假义，没想到倒大不一样。凡事预则立，不预则废。你既能作此想，趁着现在离正午还有一点时间，先将这计划安排妥当吧。”

她的声音一直阴冷，此时却颇为欢畅，叶英也笑了笑道：“晚辈还有一事不明，要请前辈指教。”

老妇道：“你说吧。”

她话音刚落，叶英忽地站起，拔剑向那老妇刺去。老妇怎么也没想到他竟会突然动手，不由得大吃一惊，未及细想，手一抖，掌中立时出现了一柄短剑，“当”一声挡住了叶英的长剑。长剑一被挡住，突然极速回缩，又已刺出。只一刹那，已然刺出了五剑。他刺得快，老妇挡得也快，双剑连响了五下轻响。这五剑一过，叶英却退了一步，收剑入鞘，躬身一礼道：“恕晚辈无礼。”

老妇看着他，嘴角微微一抽，淡淡道：“原来你只是试我来着。”方才叶英这五剑出得太快，她下意识地拔剑挡格，一挡方知这五剑都轻灵有余而力道不足，似乎本来就没打算刺过来，所以才一伸即缩，在极短的时间里刺出了五剑。

叶英道：“请恕晚辈冒昧。晚辈自离扬州以来，一直觉得有人一路跟踪，但总是无法发现端倪。现在想来，那自是前辈了。原来前辈是公孙师伯门下，晚辈心中这疑团直到此时方才释怀。”

老妇看着他，心头也有些微微的寒意。她其实并不是很看得起叶英，也只有这时才知道这个看似木讷的少年其实精细之极。她道：“你怎知我是忆盈楼的人？”

叶英道："晚辈去忆盈楼拜访之时，看到了一眼忆盈楼的师姐师妹在演练剑舞。这一路武学以剑入舞，晚辈极是心折，其中有一招是这样的。"他说着，将轻剑连鞘握在手中，比画了一个样式。忆盈楼剑舞在女子使来，自是婀娜多姿，叶英这一招比画得其实并不甚似，起手投足间多了一分潇洒，颇得其神。老妇点了点头道："是这招月华倾泻。谁教过你？"

叶英道："晚辈不敢偷学，只不过略窥一眼。晚辈想前辈是此道高手，定会此招，果然如此。"

叶英这五剑其实并非剑招，浮而不沉，但每一剑都刺在那招月华倾泻的必救之处，等于投其所好，每一剑都丝丝入扣，那老妇根本未及多想，直是被叶英牵着鼻子引出了这一招来。叶英眼睛看不清，但双剑相击却感受得到，马上便知这老妇乃是忆盈楼门下。看着叶英，老妇她叹道："叶公子，将来的江湖名剑，拓跋思南以下，必是你了。"

旁人若得称许为仅次于拓跋思南，只怕高兴还来不及，但叶英却最不愿听这话。他微微一皱眉道："前辈有何打算？"

这个老妇是李十二娘的同门，那么她要救李十二娘的原因也就说得通了。只是叶英心底仍然有一点疑云未去，他也知道忆盈楼乃是公孙大娘手创，公孙大娘的弟子多是她收留的孤女，只是这老妇似乎比公孙大娘年纪还大，这一点仍是说不通。但忆盈楼一脉的传承到底如何，叶英也不知底细，也许公孙大娘也有比自己年纪还大的弟子，或者，这个老妇并没有那么老……

终南山太乙山。山高八百余丈，层峦叠嶂，山势险峻多变。长安城中，每到天气晴好之日，就算在皇城也能望见终南山的山尖，因此唐人集中每每可见“望终南山”一类的题目。“重峦俯渭水，碧嶂插遥天。出红扶岭日，入翠贮岩烟。叠松朝若夜，复岫阙疑全。对此恬千虑，无劳访九仙。”便是太宗皇帝，也留下这一首《望终南山》的五律。只是太宗时诗律未细，因此此诗失粘，亦多拗句。

数年前，科考也出了《终南望余雪》的试题。

试帖为五言六韵，共十二句的排律。这年有个名叫祖咏的考生，在试卷下写了“终南阴岭秀，积雪浮云端。林表明霁色，城中增暮寒”四句后便起身交卷了。主考问他为什么不写完，祖咏道：“意尽。”

祖咏本人，在开元十二年的此时也正在长安，准备今年的科考。《终南望余雪》不符试帖诗例，那一年他自然未曾考中，只是诗却是好诗，一直流传到千余年后的今日。

终南山中，山谷极多，相传共有七十二谷，有名如三国时蜀将魏延欲从中偷袭长安的子午谷，长达八百余里。其实山谷何止七十二，停香谷便不在世传的七十二谷中。因为地势极为偏僻险要，自古以来少有人迹。

停香谷中多樟树榆树，间或有几株松柏。自下而上，谷中共有十八洞，但诸洞有深有浅，七洞位于峭壁之下，只有飞鸟才能进入，其余十一洞，有六个充其量只是山壁上浅浅地凹下一块。剩下的五个山洞里，最下的第一洞倒有一半浸在水中，还有一个亦阴暗潮湿，蛇蝎众多。除了关着叶英和苏苏的第五洞，便是第七洞最深。

在第七洞前的松树下，正有几个人。当先一个胡僧，盘腿坐在一个蒲团上，看着身前立着的一支短杖出神。他身后侍立着六个戴着斗笠的行脚僧。

这胡僧正是慧范。他的年纪已不年轻，但一张脸却依然如美少年，几可称得上“妖艳”二字。太阳已快要移到中天。虽然周围都是参天巨树，仍是感得到秋高气爽，只是慧范哪有闲心赏玩景致，死死盯着那短杖的影子。那五个弟子直直站在他身后，动都不敢动得分毫。突然，慧范沉声道：“凤子，出来吧。”

身后的第七洞洞口，闪出了一个女子的身影，正是先前曾与行念行德一起去王家老店的那个比丘尼凤五。在行念行德跟前，她飞扬跋扈，极是嚣张，但在这胡僧身后，却有点怯怯地上前了两步，小声道：“师尊。”

慧范也不回头，只是道：“凤子，我曾对你说过什么？”

凤五顿了顿，低低说道：“师尊说，此事乃公主复生大计，万不可出差错……”

她话还未说完，慧范忽地从蒲团上起身，极快地欺近她身前，一把扼住了她的喉咙道：“那你为何私动这测时杖？你可知火齐珠若下错了时辰，坏了公主法体，便再无挽回余地了？”他本来端坐在蒲团上一派大德高僧的模样，此时一双秀目中却尽是凶光，更显得妖异。凤五被他扼得几乎透不过气来，一张脸也已涨得通红，但她连挣扎都不敢，想说也说不出来，眼神中尽是哀怜。一看她的目光，慧范不知怎的心里一软，松开了手道：“凤子，念你对我一直忠贞不贰，此番就对你网开一面。若再敢如此，就别怪我不客气了。”

凤五此时才敢伸手去揉自己的头颈，说道：“谢师尊。”

慧范见她垂着头不敢抬起，伸出两指托起她下巴道："凤子，我养你到今日，你要记着自己的身份。"他托起凤五下巴时颇为轻佻，但她的脸一抬起来，慧范马上一掌打在她的脸上。这一掌打得甚重，"啪"一声，凤五一张雪白的俏脸上立时多了五个纤长的指印。边上的五个弟子全都低着头，听得这一声耳光，站在当中的行念不由得一颤。

慧范门下一女六男七人，凤五年纪最小，但她自幼便跟随慧范身边，因此反是大师姐。行念入门时，见师尊身边总带着个小女孩，那时还不知所以，只道这小女孩是师尊的女儿。那时慧范是太平公主跟前的红人，自不曾对这个女弟子多加留意。但先天二年之变后，太平公主被赐死，慧范失了靠山，领着一干弟子逃出长安，积存在圣善寺的巨万财帛也化为乌有。这十来年，他们东躲西藏，六个男弟子也不得不收钱去替人办事，先前去袭击藏剑山庄送货的马车便是受人金帛所托。只是六个男弟子总是奔波劳顿，凤五却一直跟在师尊身边养尊处优，有时还恃宠而骄，对这些年纪比她大的师弟打骂一通。他们畏师如虎，连带着畏师姐如狮。只是看到凤五被师尊狠狠打了一个耳光，行念反倒悚然，心道：师尊最喜欢大师姐，可要杀了她只怕也不过是一念之间的事。连大师姐都舍得下重手打耳光，对我等只怕捻死个臭虫相仿了。

慧范打了凤五一个耳光，气也出了，又闪身坐回蒲团上。凤五的身法已快得异乎寻常，他的身法竟比凤五更快。一坐下来，心中仍有一丝怒意，忖道：凤子真是胆大包天，当自己真是什么人了！方才凤五将测时杖压低了一些，自是想让自己看错时辰。

慧范知道她定是在吃醋，生怕公主复活后她会失去自己的宠幸。一想到险些误了大事，慧范更是恼怒。只是一坐到蒲团上，心一定，便是一凛，心道：我这般着恼，实非好事。现在百里路已走了九十九里，千万不要出了差错。只是越坐心里越是烦躁，猛然喝道："行慈！"

行慈站在五个弟子的最后，听得师尊喝叫自己，他心头一凛，忖道：师尊叫我做什么？是要我去把那叶家大郎带来么？师尊有命，他自不敢不上前，踏上一步走到慧范身后道："师尊……"话音未落，慧范左手二指在蒲团上一捺，人直直拔地而起。他在蒲团上本是结跏趺坐，这般平平跃起靠的只是二指之力。行慈见师尊如此功力，又惊又佩，心道：师尊的本事真是大！也不知我能不能……他还不曾想完，慧范一掌已拍到他头顶心。"啪"一声，这一掌使的尽是阴力，行慈的斗笠毫无破损，斗笠下的脑袋却是头骨碎成无数碎片，行慈刚叫得"师尊"二字便已倒地，到死也不知师尊为什么要杀自己。

慧范一掌打死了行慈，看了看手掌，叹道："涅槃出世，死去活来。金刚菩提，善哉善哉。"他修的叫金刚杀禅，这一路禅法据说传自禅宗二祖慧可。昔年慧可为向达摩求道，自断一臂，终成大道。其后便有一支自称传慧可衣钵，佛门向来慈悲为怀，不伤生灵，这一支偏生以杀证道。因为太过离经叛道，陈朝时在中原立足不住，转向西域，慧范便是这一支的传人。这些年来他的金刚杀禅功夫越来越深，但杀意也越来越强，有时会感到心血翻涌，难以平静，那时便要手杀一人，借杀戮来平息心火，否则定要走火入魔。平时要杀人，自是趁夜去百姓家中动手。以他武功，死者的家人也只道死者乃是睡梦中突发暴病而亡。只是现在是在停香谷中，要杀人少说也要出谷再赶二三十里路不可，因此他留着叶英和苏苏的性命正为备此用。可是这一次因为凤五不识好歹险些坏了大事，慧范动了怒火，差点便要走火入魔。此时他必要马上杀人，关人的第五洞在停香谷另一边，心想纵然马上赶过去也来不及了。他平时就对几个弟子没什么师徒之情，此时情急，更不多想，叫过武功最弱的行慈来便是一掌。待打死了行慈，心头的杀气便如洪水被泄去，眼中的凶焰也霎时化作乌有，人重新成了一副大德高僧的模样。只是他身后的四个弟子眼中都有了一丝惧意。慧范驭下极严，这些弟子畏师如虎，也知道自己修的金刚杀禅正是以杀证禅，要借杀人来提升功力。只是师尊以前虽然对弟子严厉，终不会连弟子都杀。现在大异寻常，几个人不约而同地想道：师尊到底是疯了还是没疯？

慧范正待重新坐到蒲团上，忽然一抬头，重又站直了，沉声道："是什么人？"

他这一声呼喝，险些将四个弟子吓得魂飞魄散，心道：师尊难道要杀我们了？但慧范这回却没有向他们动手，只是喝道："行毅，行佐，你们四个去升没奈何！"人已从蒲团上一跃而起，如一只大鸟般向右手边一棵大樟树扑去。行毅行佐是他两大弟子，武功较强，还有个行念与行胜武功弱一些，便连名字都不叫了。

慧范身法之快，实已骇人听闻。此时更是全力施为，身几化成一团灰影，瞬外便已到了那棵樟树前，一掌拍在树身上。这樟树少说也有了百年，已有合抱粗细，就算用斤斧锯凿来砍伐都不一定能伐倒，慧范这一掌自也伤不得这树分毫。但这一掌拍下，发出极清脆的“啪”一声响，樟叶被震得纷纷扬扬落下，如下了一场绿雨。在漫天落叶中，树后有个人忽然打着转，直往后退去。

慧范这一掌用的乃是隔物传功之力，掌力透树而过，树后之人也没料到慧范竟有这等掌力，实实地吃了一掌。只是慧范一见这人打着转退后，更是吃惊，心道：这人不是庸手！此人虽然隔树中了这一掌，但马上借疾转来化去掌力。看他能如此疾转，说明自己一掌并不能伤他，只怕要击败这人也不是一时片刻之事。仅仅这一个倒不足为虑，但如果这人还有功力相仿的同伴，那便难办了。自己眼下这事万万不能出差错，可是向无人迹的停香谷竟然有外人神不知鬼不觉地潜了进来，慧范不由得出了一身冷汗。他见那人一边打转一边急退，只一瞬已闪过了三四丈远，定要逃走，立即疾追过去，心道：不论这人有无同伴，先将他杀了！

第二十章

看着师尊追赶那个突然出现的人，行毅忽地打了个寒战。其实这时虽已入秋，气候却还很热，根本不冷。但看着方才还和自己侍立在师尊身后的行慈已成了一具尸首，而本以为荒无人烟的停香谷中突然出现了陌生人，行毅也不由得有些忐忑。

这件事，真的能成么？

他看了看一边的凤五。凤五被慧范打了一掌，脸上仍带着指痕。行毅道："大师姐，那我们去起没奈何了，要不要谁留在这儿陪你？"

凤五板着脸道："师尊让你们四个下去，你没听懂么？"

行毅其实是好意，心想大师姐头一回被师尊打，只怕会想不开，最好有个人留在这儿陪她说说话。只是碰了一鼻子灰，也不好再说什么，便道："那，大师姐，我们先下去了。"

他招呼行佐、行念、行胜三人过来，一起向底下的第二洞走去。行念走了几步，忍不住回头望了望，却见凤五仍然站在第七洞洞口，看身形极是落寞，大概她自己也不曾想过师尊会重手打自己吧。一瞬间，行念也不禁有兔死狐悲之感。

行念也不曾发觉，凤五的眼里有点泪光闪烁。她自幼被慧范收养，当初年纪幼小，慧范对她非打即骂。初长成时，慧范又是太平公主跟前的红人，也根本没把这个年幼的女弟子放在眼里，只不过让她混充小沙弥，在天王寺后院烧香坐禅。只有等太平公主被赐死，慧范带着一干弟子仓皇出逃后，才发现这个原本貌不出众的女子竟然出脱得冶艳无双，于是才将她收为禁脔。凤五对这个师尊亦是有种无上的崇拜，视之若神祇，凡是慧范所言，无不言听计从，绝无二话，而慧范对这个女弟子兼侍妾亦是宠爱之极，别个弟子尽被支使出去杀人越货，凤五却极少出去冒险。只是当她听得慧范竟然要打这个念头时，第一次对师尊生了一丝不满。她也恃宠而骄，本以为师尊不会如何，哪知竟然差点把自己杀了，最后还将行慈一掌震死。慧范的金刚杀禅要借杀人来泄去杀气，她本也知道，慧范不曾杀自己，至少还留了一份情，但这一掌也让她几乎不敢相信。看着行毅领着行佐、行念、行胜离去，她心中只是想着：这定不是真的！我在师尊心中，难道真不如公主么？她越想越是伤心，终于泪水直淌下来。

一阵风吹过，将凤五的僧袍下摆吹起。她外面穿着土灰色僧袍，内里的亵衣却艳丽无比。就是下摆被吹起的一刹那，凤五的眼中闪过了一丝惊恐。

剑气！

一道剑气向她背心袭来。

凤五年纪虽然尚轻，因为是女子，气息不够大，因此不能施展无音梵雷，但失之东隅收之桑榆，心思不为这些旁门左道所分，武功却练得直追慧范，远胜六个师弟。这一剑来势快如闪电，但她仍是觉察到了，猛然向前一纵。她的身法是慧范亲传，别个武功尚不及慧范，但这身法却足可颉颃。若是寻常之剑，刺出一尺的功夫，她已然冲出一尺半去。但她冲出两步，背心的寒意却越来越重，几透入骨髓。

这人的剑竟如此快法!

凤五也不禁骇然。慧范去追的那个人就已是难得一见的高手的，只是这个向自己出手之人竟然也是个少有的剑客。她面前正是那棵松树，再往前冲正值这棵树挡住去路，她心一横，左手猛然向树身上一搭。她的手纤细白腻，却如同有极黏的胶水一般，身体如一条长蛇般缠住了树身，闪电般地绕着树向上游去。

这手乃是金刚杀禅中的摩睺罗迦变。摩睺罗迦本是大蟒蛇，此招本是一招拳法，与中原的通臂拳异曲同工，使出时双臂如蛇，缠住对手，一发力，只以绞断对手脖颈，乃是极诡异的一招。但慧范传给凤五后，凤五觉得自己双臂力量终不如男子，因此别具巧思，将其化成了身法。

将当时柔若无骨的身体化作巨蛇，突然发力绞杀。这一招比原先越发诡异，也增了许多香艳，敌人更难抵挡。当时慧范看了亦大为赞叹，说自己也使不出，唯有凤五这等女子才能有此招。只是这一招虽然诡异绝伦，凤五心中仍是阴寒一片。她也清楚，那一剑来得如此之快，自己这招摩睺罗迦变只怕仍然不及剑刺来的速度。如果稍缓得一缓，那自己的身体便真要如蛇一般被这一剑钉在松树上了。但要快过这一剑，凤五亦无把握。

剑似流星，“笃”一声刺在了松树上。此时凤五刚绕在树上，剑尖正擦着她的背心掠过，将她的僧袍钉住。剑刃锋利，而凤五绕得也快，“嘶”一声，她已绕树一匝，人转到了树后，手一推树干，人一跃而下。她这一招快得几如幻术，松树已然成了隔开她与突袭剑客之物，可她身上的僧袍终被长剑拖得裂成了两半。

虽然平安躲过了这一剑，凤五仍觉心口不住剧跳。她出道以来，还从未遇到过如此险事。固然那剑客乃是偷袭，可这一剑却第一次夺去了她的心魄。

这人是谁？凤五压了压犹有余悸的心口，探身向外望去。

出手的自是叶英。叶英此时却比凤五还要懊恼，心底正不住骂着自己。他虽然已经决心要以偷袭取胜，但真个出手之时，眼看长剑要刺中凤五缠在树上的身体，心中却不知为何一颤，手也软了软，这一剑阴差阳错地便向下滑了两分。仅仅这两分，便让凤五全身而退，连根毫毛都没伤着。

终究还是狠不下心来！叶英想着。只是现在后悔已然没用，凤五既然逃脱此剑，最好的机会已经失去，现在唯有硬碰硬了。他刚拔出长剑，却听凤五娇声道：“原来是叶家大郎！你居然逃了出来，还真有几分本事。”

人随声出，凤五从树后走出来。她的僧袍背心处被叶英撕裂，已是衣不蔽体，露出里面艳丽已极的亵衣，更增妖冶。虽然叶英身着僧袍，头戴斗笠，打扮得跟行脚僧一般，但他手中这柄剑正是昨夜擒下李十二娘后找到的轻重双剑之一。凤五眼力极锐，就算看不清他的模样，可这把剑却认得清楚。

叶英见行藏已露，索性将斗笠摘了下来向边上一抛，冷冷道："李师妹在洞中么？"

凤五见叶英摘下斗笠，不由得一怔，心道：原来这叶大郎生得如此之俊！居然不亚于师尊。叶英也不知她在想着什么，看着她漏出的如雪一般的肌肤，只觉眼睛都似乎有点刺痛，而这妖艳女子若有所思地站在树后，也不知打些什么主意，并不理睬自己。他上前一步，举剑指着凤五道："看在你是女子的分上，让开路！"

凤五左眼一眨道："果然是个有情有义少年郎。"

这神情极其妖媚，叶英只觉眼前一花，一股热香已扑面而至，却是凤五突然如蛇蜕皮一般从僧袍下钻了出来，抢入叶英怀里。她身上只着亵衣，香艳无比，可右手五指纤纤，却如五把利刀，直插他的心口。慧范的武功走的是妖异一路，这一招"身外化身"亦是如此。只是若一个大男人突然从衣下赤条条地跳将出来，充其量不过让人吓上一跳，可是被这般一个活色生香的女子抢入怀中时，只消是男人都会心神恍惚，出手也会比寻常慢。凤五便是算准了此点，先前她就以此招将叶英击倒，当时却不曾下绝手，这回重施故技，已再不留情。只是她出手虽快，手刚触到叶英心口，脉门处忽觉一寒，一柄长剑突然横在了腕下。凤五的手若再探出，只怕还未刺破叶英前心肌肤，自己的手腕先要被斩断。她惊叫一声，左脚在地上用力一扭，身体竟然一下转了大半个圈，便如弹簧般直向后甩了出去，又闪到了松树后。

“嚓”一声，叶英僧袍的心口处被她撕去了一片，凤五手腕上却沁出了一线血痕。剑虽然不曾碰到她的手腕，但刃上激射出的剑气还是将她的皮肤割了浅浅一道。

这少年的剑术竟是一高至此！站在松树后，凤五有些惊诧地看着树那边的叶英。昨晚在东市的十字路口，她假装李十二娘的声音骗得叶英近前，一招便制住了他，只道叶英不过是个寻常会几手剑术的纨绔子弟，根本不曾放在心上。但方才险些被他钉死在树上，全力一击也未能得手，她才明白叶英的真实本领，不由得心中骇然，忖道：这少年的武功竟然这么高，到底是怎么回事？

她不知叶英也正自惊异。凤五出手诡异，变化莫测，他极为忌惮，实是万分后悔方才不该心一软，没能一鼓作气将她一剑斩了。待凤五全力出击，他更是连凤五的动作都看不清。可是心中虽然有些慌乱，凤五出手快得让他无法反应，掌中的剑却一丝不苟，仿佛会自行应变一般。长剑自不会通灵，他都不敢相信自己竟然真能挡住那妖女这诡异之极的致命一击，还逼得她躲回树后。

这才是真正的有意无形么？叶英想着。

原来有意无形，这四字正是问道剑的关键所在。陆浩说形者为皮相，意者为根骨，叶英一直以为那是说意在形先的道理。他却不知问道剑别名意剑，当年就连得到此谱的红拂女张初尘也未能参透。但张初尘以未全的意剑仍能名列风尘三侠之列，纵横天下而难逢一敌。意剑的有意无形四字，其实不在“有意”，而在“无形”。意剑无招，随心所欲自成招数。而这路剑术正因为如此，极为难练。“意”之一字，原本就无迹可寻，难以表述，只在于悟性。但悟性越高，就越容易走岔了路。一旦积重难返，便走火入魔，无法回头。张初尘本就是惊才绝艳之辈，得到问道剑后，虽知这一路乃是极高的剑术，可就连她也无法将问道剑悟透，有时亦如拓跋思南那般想过这路剑会不会是前辈高人故意创出来害人的，可是毕竟是古人遗泽，不忍毁弃，因此在偃月堂那面画壁上留下剑谱时，将问道剑的七式剑意图用随身宝剑刻在了墙根石上。壁上剑谱后来被毁去，但她手刻在墙根石上的七图却因为隐在石头本身纹理之中，不趴下便看不到。有心去参悟壁上剑谱的都非等闲之辈，自不可能大失身份地趴在地上，而那些扫地的下人就算看到了的也只道是墙根上装饰的花纹而已，因此数十年来这七式剑意图竟成了漏网之鱼，直到被叶英阴差阳错地发现。

叶英初得剑意图时，只想着从中悟到一路剑招。此举其实乃是买椟还珠，空得皮相而已，加上李十二娘演示时次序便已错乱，因此已然走上了歧路。而他那时尚是不知天高地厚的弱冠少年，目空一切，结果险些丧命在拓跋思南剑下。只是这一败却让他因祸得福，叶英悟遍了各种招式，都觉威力远不及拓跋思南随手使出的连环三剑，他几已绝望，才不曾在歧路上走远。待陆浩告诉了他正确秩序后，叶英已是以问道剑与人实战过，也已不复轻狂，这回才算走上了正途，加上因为有雀目症，又好几次与人夜战，看不清对手招式，唯有以剑意来对抗，恰恰暗合了问道剑“有意无形”的真谛。这路剑遇强则强，和行念诸行脚僧相斗时，因为这些和尚武功并非一时之选，问道剑使来亦觉平平，还不如他练惯的四季剑法。此时与凤五相斗，凤五的武功远非六行脚僧可比，叶英又只得一柄轻剑，用不了四季剑法，可这样一来反而使得问道剑真正的威力得以发挥。原来天下武功，招式千变万化，而其中之意却是一般。问道剑有意无形，正是弃皮毛而直取根骨，直接针对对手出招之意而还以颜色，因此对手只消不是超出自己太多的话，攻势越强，问道剑也就越强。这也正是先前叶英发觉用拓跋思南的连环三剑时掌中长剑会逸出自己掌握，仿佛活了一般的缘故。这一招是拓跋思南所创，凝聚的亦是拓跋思南的剑道，以叶英此时的造诣，实不足以驾驭。

虽然只是隐隐约约，但叶英终于看到剑道极诣的一点影子。如同暗夜行路之人，突然发现了一点亮光，虽然这亮光微不足道，却足以让他辨明方向。他手握长剑，心中有种说不出的欣喜。

凤五一招未能得手，心里有些忐忑。她以往使出这一招来，都是无往不利，一些武功比她更强的对手也总是在这一招下败北。可是叶英心口的衣服虽然被她撕落一片，却是毫发未伤，她的手腕反被叶英剑气所伤。

第一次，凤五有些犹豫，眼前这个少年总让她感到了高深莫测。方才叶英这一招正与昨天擒下他时用竹竿所使的招数一般无二，可是却比昨夜快了一倍还不止。她自不知问道剑遇强则强的精髓，心道：这少年难道昨晚是故意做作么？如果叶英真个是故意让自己擒住的话，定然会有同伴。想到此处，她不由得看了看周围。周围尽是高树，秋风过处，不时传来阵阵声响。只是凤五听在耳中，已是八公山上草木皆兵，心想叶英的同伙不知来了多少。她原本并不希望慧范的计划能够实现，不知不觉却已转了个念头。隔着那棵大松树，见叶英不知在想些什么，凤五咬了咬牙，心道：就算我死了，也定不能让他上前一步！心念一定，人却平静了许多，柔声道："叶公子，你长得这么俊，我本来还以为你才是人鼎，真看不出你还有这等本领。真可惜，你别想见到你李师妹了。"

她说着，伸手从发髻中拔出了一根束发的长针。拔出束发的长针后，满头乌发尽都披散下来。身上的僧袍本已破碎不堪，雪白的身体有大半露在外面，看去更是妖冶诡异。听她说什么别想见到李十二娘了，叶英心头亦有点恼，心道：这女子怎的有点疯疯癫癫，说话尽是颠三倒四，不能再心软了！他原本实是不想对这女子下杀手，但眼见她阴魂不散地挡住了第七洞洞口，想进洞去救出李十二娘，势必先要将这女子除掉。

叶英心中已动了杀机，剑上散发出的剑气也仿佛一下冷了许多。凤五已然觉察，心道：这少年终于动杀机了！虽然自己的计谋得逞，但她心里却有些难受。不待叶英出剑，她身子一低，人一下绕过了大树，直冲向叶英。这招"身外化身"本来便以快取胜，这回冲来竟比方才还要快了许多，但叶英的问道剑已有小成，长剑循着凤五来势循隙出击，霎时已将凤五的攻势化解无形。

这招“身外化身”本来便以快取胜，这回冲来竟比方才还要快了许多。只不过一瞬间，两人已经换了五招。凤五尚是头一回占了上风，但她不知问道剑的妙用，只觉叶英更是奇招层出不穷，自己怎么都近不到叶英身前。此时她已近强弩之末，心想若再斗下去，只怕会被叶英反客为主，因此身形一晃，又退到了树后，忖道：我这舍身术最多也只能用到第二层，这少年到底是跟谁学的剑术？似乎……似乎拓跋思南的武功也不过如此。

她虽不曾和拓跋思南交过手，但拓跋思南这几年名震天下，三年前更是击败了号称“天下第一奇男子”的方乾，已是世所公认的当世剑圣，谁都不会否认，当今之世，拓跋思南乃是剑术至强之人，有人形容说，旁人的剑犹有形迹，拓跋思南的剑却是无迹可寻，也就根本没有被击败的可能。这些话玄之又玄，凤五听了曾经嗤之以鼻，但见到了叶英的剑术，竟然与传说中的拓跋思南有几分相似，她也不由自主便想起了那个有“剑术天下第一”之称的拓跋思南来。

凤五的这一轮攻击，却也让叶英有点胆寒。当凤五终于退走后，叶英暗暗舒了口气，心道：这女子竟还有这等武功，她方才为什么不使出来？就方才这片刻功夫，她这招“身外化身”算起来已在叶英面前使了两次了，只是这第二次却比第一次快了太多。如果她第一次就有这等速度，叶英亦知自己措手不及，只怕已被她杀了。

难道，她也是不忍杀我么？他看了看对面的凤五，却见她用螺子黛画过的长眉下，一对眼睛里流露出的尽是杀意，哪有半分恻隐之心？而心口处一缕鲜血正从前心流下，流出了一条细细长长的血痕。叶英更是诧异，心道：我似乎没能刺中她，她怎么会受伤的？

叶英实是不知，凤五此时用的乃是金刚杀禅的舍身术。凤五平素向不用武器，从髻上拔出的那根发针也并不是用来对付叶英的。在冲上时，凤五将这根发针深深刺入了自己胸前的璇玑穴。舍身二字，本出《金光明经》中。《金光明经》有《舍身品》一章，谓佛祖上世曾是萨陲王子，某日入山，见有一母虎生下七子，不能出去觅食，饥饿将死，王子于是生大悲心，从高山跳下，以竹尖刺颈出血，将血肉饲予饿虎。金刚杀禅号称以杀证禅，不仅杀人，亦可杀己，这路舍身术便是以己之血肉为代价，瞬间将功力提高数倍。此术共有两层，第一层还只是大伤元气，非静养数月不能复原，而第二层便是要舍却性命了。凤五见自己以第一层舍身术仍不能奈何叶英，待用第二层，终还有点犹豫。正在踌躇不前，远处忽然传来一声响，一道白烟冲天而上，“啪”一下在空中炸开，留下了一团印迹。

那儿，正是停香谷的入口。停香谷地势险要，入口极其隐蔽，如果不是知道路的人指点，寻常人根本发现不了。这个地方，当年还是慧范在太平公主手下时，在唐隆之变追杀韦后余党时发现的。韦后的余党逃入了停香谷，慧范紧追不放，意外地发现了这个极其隐蔽的幽谷。将韦后余党斩尽杀绝后，太平公主对此地赞不绝口，因此让慧范与另一个亲信的僧人澄印一起暗中物色匠人经营此处。只是诛杀韦后一党后仅仅过了三年，公主自己没来得及逃进谷中便被天子赐死，只有慧范带着众弟子借此地逃过了天子雷霆万钧的搜捕。此时见竟有烟花指示了入口，凤五心头猛然一痛，手上的尖针终于又向璇玑穴刺了进去。

这一声烟花让叶英也是一呆。他心道：这是前辈放的么？救了他的那个老妇果然将慧范引开，却不知后来如何。如果真是她放的烟花，难道公孙大娘门下还有什么人会在这儿么？他正想着，眼前又是一花，却是凤五又冲了上来。

第二十一章

当慧范一掌将那人逼出树后时，已知此人武功虽强，实较自己还颇有不如，只道马上就能将这人擒住。他轻身功夫甚强，哪知几个起落，居然根本没拉近与那人的距离，反而相距更远了点。慧范方知那人功力虽较自己尚有不如，但轻身功夫实在自己之上。

再这样下去，只怕追不上他了。停香谷虽然不算大，但也有数里方圆。谷中遍生高树，不辨道路，但慧范自是熟悉谷中一草一木，知道这儿正是停香谷和外界连通的出入口。

如果被这人逃了出来，定然会后患无穷。他长吸了一口气，伸手在自己胸前璇玑穴上一点。

这正是舍身术。慧范功力比风五高，不需用针来刺穴，单凭指力就能透入。他一使出舍身术，身外身的身法立时快了一倍，一起一落，人如大鸟御风，一下就冲到了那人背后。舍身术大伤元气，慧范自不会用到第二层，便是这第一层也只是从权一用。他心知自己只有这一个机会，若不趁这时制住对手，便再无机会，一掌印向那人背心。他本就是杀人不眨眼之辈，这一掌已蓄满真力，只消击中，那人背后骨骼多半要根根震断。只是这一掌刚触到那人背心，掌力在欲吐未吐之际，却见那人忽地一躬身，人拔地而起，一下冲出了两丈许，慧范开碑裂石的这一掌竟然打了个空。

掌力落空，慧范只觉心口亦是一闷。但他心头更多的，却是惊异。那人躲过自己这一掌的招数，他已是第二次看到了。十一年前，他就曾见过一个少女用这一招“帝骖六龙”闪过了自己的雷霆一击。十一年后，又有个人用同样的招数再次闪过了自己的必杀一击。

“宜城公主，别来无恙。”

慧范喃喃低语着。从当年太宗皇帝的姐姐平阳公主起，大唐公主多有英武不让须眉者。慧范视若神明的太平公主，正是其中佼佼者，而这宜城公主，也不是等闲之辈。这一招“帝骖六龙”乃是扬州忆盈楼的招数，此招有“定身法”的别称，便是说这一招使出来，对手仿佛中了定身法一般根本跟不上速度。在长安，学过忆盈楼武功的有不少人，但最高手便是宜城公主李棠秋。她从少年时便英武有男子气，慧范还记得先天二年，当那高力士驱使神策武士杀入太平公主府邸时，李棠秋也夹在其中。正是在那时，李棠秋用这招“帝骖六龙”闪过了自己的一击。只是过了十一年，现在也该是已近四旬的妇人了，慧范不曾想过她居然还会在这儿出现。

如果宜城公主出现的话，那么……

就在这时，“吱”一声，一点白烟直直地腾空而起。一见到白烟，慧范的心一下沉了下来。

这只是普通的烟花。但那人放出烟花，显然是给旁人指路。虽然还听不到声音，但远远望去，看得到停香谷的谷口外树影正在不住晃动，定是有许多人正往这边而来，只怕稍过片刻，就会有人大举杀入停香谷中。

能在终南山里聚集起这么多人的，恐怕也只有一个人了。慧范的眼里已有了一丝惧意，只不过一瞬间，他便拿定了主意，转身向谷中奔去。大势已去，停香谷被那人用烟花指示了出入口，便已不再隐秘，唯一的办法，就是抢在那些人杀进来之前施术了。

他转身刚走，从一棵树后走出了一个人来，正是救了叶英的那老妇。虽然她蒙着脸，但眼中已露出痛苦之色。虽然避开了慧范这必杀一掌，但掌力终究不曾全然避开。只受了掌力一点激荡，她只觉五脏六腑都仿佛要倒转过来，胸口说不出的难受。她心道：十几年前便听得太平那贱婢手下有澄印、慧范两个秃厮。这两人都不是易与之辈，没想到这慧范竟会如此厉害。

老妇方才放出烟花，实是迫不得已。虽然躲过了慧范一掌，可是她内脏已受激荡，短时间里已动弹不得，如果慧范当时过来搜查，那自己毫无还手之力，连逃的力气都没有了。只是她算定慧范真正忌惮的人，果然将烟花放出后，慧范便顾不上再来追杀自己，转身回去了。

隆基，没想到我还会帮你一个忙。

这老妇想着，心口却如泼了盐卤一般，又苦又涩。

当她放出的烟花刚升到天空中时，一队人马正浩浩荡荡地来到停香谷谷口不远处。

这一行大约有五六十人。寻常五六十人聚在一起，声势便已不小，而这些人都跨着骏马，不少人身上还带着武器。队伍前列的十几人更是精悍之极，分成了两列，将一个中年人夹在当中。

那正是那天出现在东市王元宝别邸的中年人。那天这中年人宽袍博带，一副富贵中人打分，今天却是一身打马球时所穿的劲装。在他身边的那些人，那天的裘氏兄弟与鹏雕兄弟也都在。这中年人并不高大，但坐在马上却有睥睨万方之势，边上那些人虽然尽有比他生得高大的，但在他面前却几如侏儒。一看到烟花，中年人眉头一扬，挥鞭指着向边上问道：“力士，你快看看那是什么？”

这中年人左手边是一个骑着马的无须汉子，正是当今右监门卫将军高力士。高力士权势已是极大，但对那中年人却恭顺已极。他也正看着空中那点烟花，听得中年人问他，忙垂头道：“禀陛下，似乎有人在给我们指点入谷之处。”

这中年人，原来正是当今开元天子李隆基。李隆基怔了怔，诧道：“力士，你的人进入谷中了么？”

高力士也怔怔，说道：“陛下，这不是神策军中之人，也许是秦统领的人做的？”

在天子右边的，是个穿着战袍的年轻人。这人长得方面大耳，一脸忠厚，马鞍前挂着一支长枪，背后还背着一对熟铜锏。听高力士这般说，他侧过身，在马上向李隆基行了一礼道：“禀陛下，天策府八人都在此处，发信号的并非微臣属下。”

这人乃是洛阳天策府副统领秦颐岩。天策府行事向来一丝不苟，军纪极严。而高力士统领的神策军则因为久在长安，军纪甚差，军中常有人恃着身份做些不公不法之事。加上当初武后因为天策府不听自己号令，这才从地方上扶持神策军上来，因此两军向来不睦。不过秦颐岩是开国功臣秦琼之后，为人方正，又是奉命保护天子，就算与高力士交谈也不失礼数。

李隆基微微一皱眉，喃喃道：“不是神策，亦非天策，难道这只是个圈套？”他看了看左右两人，忽道：“秦将军，你在前开路。”

秦颐岩又行了一礼道：“遵命。”伸手摘下长枪在空中一挥，喝道：“天策府众将，随我上前！”

虽然神策军中亦有众多高手，但这等开路之事，交给惯于马上冲锋的天府府来做自是更适合一些。听得秦颐岩一声号令，右边的七个天策骑士打马上前，随着秦颐岩向前冲去。天策号称东都之狼，他们的武功也与江湖各派大不相同，全是军中的实战之术。秦颐岩驭下极严，在他统率之下，八骑穿行在林中，阵形竟也丝毫不乱，虽然只是八人，却不啻千军万马。旁人还不觉得如何，高力士却看得目眩神驰，心道：天策得享大名，良有以也，果然名不虚传。神策与天策之间向来互不来往，都看不惯对方，高力士作为神策军的首脑人物，自然一直对天策府没有多少好感，只不过因为天子有命，才不得不与天策府联手。但看到天策武士一往无前的气概，却让他不由得暗暗心折，心想神策的武功高强之士自是比比皆是，不亚于天策，但说到军容，军纪涣散的神策那是远远不及了。

李隆基在原地等了没多久，忽见林中一骑飞驰出来，正是秦颐岩。秦颐岩到了李隆基马前，行了一礼道："陛下，微臣已探路明白，此处正是停香谷入口。"

李隆基一怔，忽然笑道："说不定是慧范手下有人要弃暗投明了。力士，走吧！"

虽然秦颐岩并不算宠臣，但李隆基深知秦颐岩说话做事向来稳重。他要么不说，话一出口，定无差讹。他说这儿是入口，也必定已经查探明白了。他们跟着秦颐岩向前走去，一路见树上有划过的痕迹，自是方才天策府诸将探路时用长枪划下的标记。高力士见路越走越曲折，有时前面似已无路，偏生转过一个拐角又豁然开朗，心中暗暗吃惊，忖道：我也忒将慧范看得小了！若不是那人放出信号，想找到此处只怕一整天都不够。

为了对付慧范，高力士已布局许久。本来觉得诸事都已考虑周到，但眼下才知道原来自己还是有很多不曾想到。至少，要找到这停香谷的入口，就远超自己的估计。只是这样一来他更是捉摸不透这个用烟花通知了己方的人了。

也许，陛下说的慧范手下有人想要反水，庶几近之……

高力士正想着，忽听李隆基道："秦将军，你率天策诸将守住此处。若见有谁胆敢出谷，格杀勿论！"

李隆基眼里突然神光四射，人也仿佛突然间变了个样子。秦颐岩在马上一躬身道："遵命。"李隆基却看向了高力士，微笑道："力士，随我进谷去拜访慧范去，看看澄印和尚留下的秘术到底如何。"他虽然贵为天子，却也深通兵法，深知量才施用之理。谷中地形如此多变，天策诸将骑术再高，精擅的马上功夫到了谷中自会打个七折八扣，难以发挥威力。而谷里的地形更利于神策军武士，因此让秦颐岩率众人守住了这出入口，自己带着余众入内。只是，他如此决定还有另外一个理由，那便是慧范所得的澄印秘术……

澄印乃是当年太平公主跟前最为得宠之人。与近乎面首的慧范不同，澄印是以秘术得到了太平公主的宠幸。那时太平公主对他言听计从，倚若股肱。先天二年，李隆基以雷霆之势搜杀太平公主一党，就想着留澄印一命收为己用。当他听得澄印已死在了乱军之中，还曾叹息再三，引为憾事。直到得知太平公主一党的漏网之鱼慧范竟然已尽得澄印秘术，一直在谋划着将澄印的秘术持续下去时，李隆基又生起了希望。

千秋万世之梦，也许将着落在此人身上了。

当李隆基与神策终于进入了停香谷时，叶英正第三次挡住了凤五的攻势。当初他苦于自己的眼睛一到夜间便看不清楚，现在却又苦于看得太过清楚。即使早有决心不再心软，可是看到这个妖冶女子身上布满的血痕，手中长剑不知不觉就要缓下来。这三次他挡得越来越险，而凤五的情形已若疯狂，实难预料还能挡得几回。

此时凤五实比叶英更加焦虑。她已用到了舍身术第二层，此时每一次攻击都几乎是把骨髓里的力量都榨出来，她已知自己没有几回攻击的机会了。可是虽然让这少年屡屡遇险，可是他总是将自己的攻势挡了回来，直到现在仍不能奈何他。

与其这般一次次浪费机会，不如破釜沉舟，来个痛快吧。凤五想着，手按在了正插在璇玑穴上的尖针，奋力一拍。随着一阵钻心的剧痛，一股力量又涌入四肢百骸，她忽地向前冲去。

成败与否，在此一举。她想着，心中也不知是什么滋味。她知道这一击不论成与不成，自己定然会丢了性命，现在所想的一切也已是自己此生遗言。只是这一瞬间却仿佛长到了无穷无尽，她似乎看到了很久以前，自己尚是个怯生生小女孩的情景。

都已成为了过往，再不能回来了。她想着。师尊，我终于将这少年挡在了洞口，没让他进去。

在冲上前的一刹那，她却看到叶英闭上了眼。

叶英此时亦是快要绝望了。那位忆盈楼的前辈引开慧范后，也不知生死如何，本来自己应该立刻冲进第七洞中，却又被这个女子挡了这许久。每过一刻，机会便少一分，如果慧范现在赶回来，那么自是前功尽弃。因此无论如何，这一招里便要决出胜负来。方才交手的这三次，已让他多了不少信心，凤五的速度虽然快得不可思议，但他以问道剑对抗，不论凤五有多快，长剑总能跟上她的速度。倒是一看到她衣衫不整，又被剑一道道划破身上，血流遍体的模样，叶英的手就不自觉有些发软。即使早有决断，但心中终是不忍。眼见凤五第四次攻来，这一次更是比先前还要快，叶英无计可施，也不忍再去看，索性闭上了眼。

“嚓”一声，凤五的身形戛然而止，却是叶英的长剑从她前心刺入，直透出后背。她冲上来已是快若闪电，本道叶英必定来不及反应，哪知叶英的长剑竟然鬼使神差般在千钧一发之际往下一带，正指在她的前心。这一剑全不用力，但角度却妙到毫巅，凤五本来便是逼出了最后的力量来做殊死一击，也已变不了招，竟是硬生生地向剑尖扑去。

叶英不曾睁眼，已感到了手中长剑穿透了一个人体。他没有睁眼，心道：我杀人了！他练剑已有十多年，有生以来还是第一次杀人，虽然这人其实是自己扑到剑上的，而且被他的剑刺到之前只怕便已死了，但叶英仍是心中一片空虚，只觉神智都仿佛离体而去。只是还没来得及再想什么，背心处忽然有一股厉风扑了过来。

那正是觉察事情不妙，赶回来的慧范。慧范刚冲到第七洞口，便见一个身穿僧袍的少年一剑刺透了凤五。虽然凤五对他来说只不过是狎弄的玩物，但看着她遍体都是血痕，慧范心里却也隐隐一痛，一拳向叶英后心击去。他武功自比凤五要高出许多，但这一拳终比不上使出第二层舍身术后的凤五那么快，眼见那少年退了一步，长剑已抽出凤五的身体，人转了半圈，又抢上一步。这一连串动作直如行云流水，一退一进已闪过了拳风，而转过半圈后剑尖正指向自己所出之拳，再打过去，便是要将拳头穿在他的剑上。慧范吃了一惊，心道：这少年剑术好强！

慧范这一拳唤作“三分别”，看似平常，却是金刚杀禅中一等一的功夫。《俱舍论》中有云：“分别略有三种：一自性分别，二计度分别，三随念分别。”是说意识有三种之别。这一拳在一念之间可连击三下，便如一意三分别一般。他第一拳失机，拳头一晃，又是两拳挥出。这三拳连成一片，但每一拳的方位全然不同，正是这招“三分别”精义所在。寻常之人，多半挡不住这神出鬼没的三拳连击，只是叶英手中的长剑却如长了眼一般，竟是剑随拳转，慧范的拳变了方位，他的剑亦转到何处，慧范三拳竟是都打向了叶英剑尖，这招“三分别”亦是寸功未建，而叶英竟然一直不曾睁眼。

这少年的剑术好强!

这是慧范第二次感叹了。他并无意为凤五报仇，这三拳也并不为伤了叶英，叶英虽然破了这招“三分别”，却也连出一剑便退一步。退了三步后，已与慧范拉开了一段距离，不知不觉便将第七洞的洞口让了出来。慧范便趁这机会，一个箭步冲了进去。

当慧范冲进洞口，叶英才睁开了眼。虽然方才他一直闭着眼，但慧范这三拳他却一清二楚，有若目睹。原来问道剑有意无招，原本就是因势利导，随敌人的招数变化而相应生招。“意”之一字，本来就是人的本能。平时走在路上，看到上面有东西掉下来，自然便会闪避，而桌上有物掉下来，也自然会去抓住，此时转身出手，根本不须去想。问道剑“有意无招”的精髓，正在于此。问道剑又被称为“意剑”，便是剑随意转，毫无滞涩。慧范若是再晚一点出手，叶英的问道剑虽已入门，但参悟修为尚浅，若是直接与慧范相抗，实不是慧范对手，定然难逃一拳之厄。只是慧范见凤五被一剑刺死，出手比平时更快，叶英的一剑却是余势未竟，一气贯下，他虽然闭着眼，但身体每一寸肌肤都能感知气流变化，一发觉背心气流有异，马上就转过身来出剑抵挡。他对付慧范这招“三分别”的，乃是藏剑单手剑法中的“君子风”中的一招“听雷”。这招“听雷”原本出剑便又准又快，叶英以问道剑剑意使出时，竟比寻常更加快了三倍之多，一瞬间便出了三剑。这三剑抢位之准，让慧范这等高手亦为之惊心，不禁把叶英的武功估得高了，只道这少年剑术通神，不敢恋战，趁着叶英退开了几步，便直冲过去。

虽然破了慧范这一招“三分别”，但叶英一剑一步，连退了三步后仍觉剑上余力未竭，不禁又退了一步。他的剑只是触到了慧范的拳风，但拳上劲力却已透入剑身。虽然慧范已经越过了他冲入洞中，可叶英只觉掌中的剑如活物一般不住扭动，似要脱手而出。而这一步也不足以化去剑上余劲，他只得连连后退。本来他站在第七洞口的树下，正对着洞口，待退到第四步上，人靠到了一棵大樟树，借着樟树一挡，方才将剑上余力化尽。而那棵大樟树被他一靠，树叶如雨点般纷纷落下。

好厉害的和尚！叶英虽然站定了，心中惊骇却远在慧范之上。他用长剑与慧范对了一招，已知这和尚武功高得出奇，自己若能将七式问道剑参透了，说不定可与他一战，现在定非他的对手。只是他性子外柔内刚，就算明知不敌，也绝不肯示弱，虽然有些惧意，可心头战意却越燃越旺，掌中的长剑亦仿佛要化龙飞去。他正待冲进洞中，却听得有人尖叫了一声，却是慧范又冲出了洞口，腋下挟着一个少女，正是李十二娘。

第二十二章

慧范一冲进洞去，心中已是有若火焚。李十二娘被关在洞中，索性一下将她点倒，挟着便冲了出来。如果所料不错，那个用一招“帝骖六龙”闪过自己一击的人是宜城公主李棠秋的话，那么杀到停香谷来的那些人就是李隆基的手下了。

李隆基。心头一浮上这个名字，慧范便感到有些发冷。如果说他此生真有什么惧怕，大概就只有此人了。在他心目中，太平公主是神明一般的人物，但最终仍是在李隆基的致命一击下被逼得自尽。这一次是公主重生的唯一机会，难道李隆基也已算定，所以在这当口杀来么？

他刚出洞口，正待带着李十二娘向第二洞奔去，却觉一股寒气突然袭来。

那是叶英从一侧向他刺来的一招“醉月”。藏剑山庄的剑法中，“君子风”这一路最为潇洒，叶孟秋当初教叶英这一路剑时还谆谆教诲，说叶家乃是诗礼传家，虽然由文入武，仍不可堕了儒生气度，因此这路剑别个尚是余事，出剑之时当以高雅闲适为尚，方称得上“君子风”三字。但叶英看到李十二娘被慧范挟在腋下，心中有若火焚，虽然知道此时更应镇静，但知道归知道，心中一急便什么都顾不上了。这一剑刺出，哪还有半点君子之风，倒与绿林豪杰气急败坏地拦路截道差不多。只是姿势虽然难看了点，拿捏的时机却恰到好处，正是慧范身形将动未动之际。如果慧范不应，这一剑便能从他肋下刺入。而他转身应付，前冲的力量便已卸去，自是冲不出去了。慧范见这一招连消带打，运用之妙，实是叹为观止，心道：这小子真是剑道上的奇才。以他性子，本来定要痛下杀手，以绝后患，可此时他已不愿再与叶英纠缠，眼见叶英的剑向自己头上刺来，他忽地身形一缩，突然间缩到了李十二娘身下。慧范个子并不如何高大，但总比李十二娘要大一圈，只是此时却仿佛比李十二娘还要小了，身体几乎已被李十二娘盖住，只是人前冲之势却丝毫未减。叶英见他竟然出此无赖招数，这一剑势必要先刺中李十二娘，不由大吃一惊。这招“醉月”已然用老，情急之下，他左脚在地上一点，人疾转了半圈，借着身体转动之势硬生生将剑势收了回来。

他这般收剑实是极其危险，已是中门大开，慧范若趁机从空门击入，多半会将叶英打个吐血。只是他一时间也想不出别个好办法，一心只想着不能伤了李十二娘。幸好慧范比他更是着急，也顾不上与叶英纠缠，身形一晃，便闪过了叶英的阻截。其实李十二娘是他寻了十来年的人鼎，极其重要，根本不会让她受伤，若叶英这一剑仍是刺来，慧范无奈之下只有停下身形。但慧范不仅武功高强，计略亦甚高，算定叶英宁可自己受伤也不会伤了李十二娘，冒险一试，果然得计，待叶英转过半圈收住了长剑，慧范已然冲出了数丈之遥。

果然不能乱了方寸！叶英已是又痛又悔。眼见慧范的身形马上就要消失在前方树林中，他一个箭步追了下去。叶英的轻身功夫甚是不错，昨晚高力士若不用“六龙飞辔”这一招，便根本追不上他。只是慧范挟着人也不比他慢，几个起落，两人之间的距离不曾拉近，反倒从两丈拉到了三丈开外。

慧范挟着李十二娘向前冲去。此处已近谷底，已能听得到哗哗的水声。就在前方不远处，有一个山崖挑出数尺，恰似一角飞檐，下面罩着一片数丈见方的石台，石台上站着几个戴着斗笠的行脚僧，正是慧范那几个弟子。他们分列两边，每两人抓着一条铁链，当中却有一扇石门正在被拉起。

这儿，正是停香谷中最为关键的第二洞。停香谷本就极其隐秘，而这第二洞更为隐秘，寻常人就算到得近前，也想不到下面竟然别有洞天。行毅、行佐、行念、行胜四人先前奉了慧范之命来开启第二洞，这第二洞与别个洞全然不同，当初太平公主命慧范经营此处，慧范花了大半年工夫，指挥诸弟子抓了近百名人夫日夜苦干才算完成。这洞本来就极其隐蔽，慧范更是竭尽巧思，给这洞设计了一道石门，称之为“没奈何”。这石门是一整块千钧巨石，里面装有机栝，开启时要拉动铁链将石门绞起。只是自从十一年前放下了石门后，便从未开启过。年深日久，机栝也已生锈，行毅他们四人费了半天劲，好不容易才将没奈何升起了一半，忽然听得传来声音，行毅扭头一看，惊道："师尊！"

他本就畏师如虎，心想自己开门太慢，说不定师尊等不及了，这才急急赶来，万一怒发了一掌就送自己和行慈做伴去。他心中一慌，叫道："师尊，没奈何马上就升起来了……"

慧范身形一个起落，已到了洞口。他也无暇多说，喝道："守住门！"便挟着李十二娘冲进了洞里。行毅见师尊一句责骂都没有，不由得长吁一口气。只是这口气尚未吐完，眼前一花，又有一人飞身而来，看衣着是他们同门的。行毅脑筋不算快，心道："行德不要命了？不看着人，怎么跑到这里来？"一边行念却惊叫道："是叶家大郎！"

行毅和行佐只是那回在林中伏击叶英时远远见过他一次。那时他们两个一心在施术，也不曾看得清楚，但行念却曾和叶英打过照面，还险些被叶英劈开脑袋，对他已是深深忌惮。见叶英飞身追来，身上穿的也多半是行德的僧服，那不问可知，看管他们的行德多半已是凶多吉少。想到此节，他更是害怕，伸手便向怀里摸去，却摸了个空，这才想起自己的铜角昨晚就被李十二娘斩破。何况无音梵雷虽然神奇，但铜角却大是狼犺，因此平时出去都得由三个人分带在身上。现在为了开启这道石门，行德和行佐也定然不会带在身边。

叶英虽然比慧范稍慢一些，却也马上就到。他来得如此突然，行毅心想自己身为大师兄，当仁不让得上前。他也顾不得再去升起没奈何了，抽出短棒迎了上去，挥棒打向叶英。只是短棒刚举起来还没来得及挥出，行毅忽觉左腿忽地一痛，人已向一边倒去，却是叶英一剑正刺在他的左边大腿上。

叶英这一剑是秀水剑法的一招“玉虹贯日”。这一招本来是直刺对手，出招前需蓄力良久，因此要发此招，必须与对手保持一定距离，因此藏剑门中子弟戏称这一招乃是“玉虹贯日，一贯就是一日”。但叶英的问道剑已有初步小成，将问道剑剑意化入这招“玉虹贯日”中，虽然不能说是意到剑到，至少也是随手便能使出，不必一贯就是一日了。只是他的造诣毕竟尚浅，虽然使了出来，这一剑的准头却是大减，因此长剑只刺中了行毅的左腿。饶是腿上肉厚，叶英这一剑刺得也不算深，只是突如其来的疼痛也让行毅受不了，他一下侧身摔倒在地。人虽倒地，行毅的手倒没有受伤，短棒仍是重重挥出，却砸在了地面之上。行毅在慧范六个男弟子中武功排到第二，已不是庸手，在江湖上也算有点小小名气，这一棒力道沉雄，出招又狠又准，“啪”一声，砸得碎石飞溅，叶英却已从他身边一掠而过。

他刚冲过了行毅，眼前忽地一花，又有人挡在了他面前。叶英连出了三招秀水剑法，这人进一步退一步，退了一步又进一步，连挡了三剑。叶英原本势若破竹，本想一气冲进第二洞中，没想到被这人挡住了。他气势已衰，不能再一鼓作气地直冲进去，进了一步又退了一步，心道：这人的招式破绽百出，为什么我反被他挡住？

红拂女张初尘的剑术与公孙大娘一门的剑器舞，都源自春秋时越女一脉传下的猿公剑术。叶英所修的问道剑则是昔年猿公晚年所创的另一路剑术，只是猿公剑人人可修，问道剑却是有缘者得之，无缘者毕生不得其门而入，但两者之间亦颇有可互相印证之处。猿公剑术，最重的就是剑意，招法倒是余事，公孙大娘化剑为舞，正是取意弃招，授徒时也总说要直观剑意，勿为招式所囿。因此李十二在公孙大娘门下修习了五年，剑术尚算不得高手，眼力却比寻常高手还好。叶英的问道剑已有了两三分火候，练剑更比李十二娘刻苦百倍，眼力亦高出李十二娘不少。只是他所见的破绽虽然无一不确，但他却忘了人力有限。天下武功，说到底便是一个“快”字。若快到了旁人未及反应过来的程度，那自是天下无敌，任谁都不是对手。只是人再快，也终有限度，绝顶高手比一个初学乍练之人快得三四倍尚有可能，若要快个十几二十倍，那是绝无此理。此时叶英的眼力已高过了本身武功，因此才觉得对手满身破绽，可自己偏生又被他挡住了。他只道自己又是急躁而乱了方寸，索性不去多想，只是凝神静气出剑。

挡住叶英的是六行脚僧中的二师兄行佐。行佐在一众同门中武功仅比凤五差一点，较行毅却还要高出不少，只是挡得叶英几剑后，他已然越来越心寒。剑光闪烁中，行佐的僧衣被叶英的长剑刺得尽是破口。叶英一静下心来，剑势慢了些，只是行佐却觉得更难抵挡，急道：“快来人啊！”

行佐因为武功超出侪辈，平时甚是自傲，对敌也向不要人帮忙。行念和行胜还在拉着铁链，忽然听得二师兄叫唤，两人不由得一怔，一下抽出短棒，心想二师兄都被逼得叫人帮忙了，定是马上就挡不住。其实叶英此时的武功虽然高过行佐，却也不能高过太多，行佐要抵挡亦能再挡一阵，行念和行胜两人一加入战团，立刻便能占得上风。可是这两人都曾在叶英剑下吃过亏，对这剑术奇高的叶家大郎心有忌惮，三个人才堪堪挡住了叶英。

第二洞口前的这块石台只有数丈见方，一个人站在这儿倒不见小，但此时有四个人在动手，行毅拖着条伤腿站也站不直，直待往一边躲。只是这四人如磨盘般转动，行毅眼见行念又要转过来，自己已被逼得站在了边上，再被一挤定然会摔到下面山涧中去，急道："三师弟，小心！"行念听得大师兄的声音，心神一分，眼前剑光却是一闪。他吓了一大跳，举起了短棒护住面门，只道会难逃一剑之厄，只是剑光倏发倏收，叶英一个箭步从他身边冲了过去。行念这才恍然大悟，心道：糟糕！他一直在拼命抵挡叶英的剑势，全然忘了四人是在打着转，不知不觉竟然让叶英绕到了里面。等他回过神来，叶英已冲进了第二洞中。

山洞之中，必然昏暗异常，叶英也做好了看不到的准备。第二洞因为是在停香谷的最低处，又有个挑出外面的山崖，虽然已近正午，第二洞口的石台上仍然不算如何明亮。只是叶英一进山洞，眼前却是一派明亮，竟然比外间还要亮得多。他不由得一怔，心道：这是怎么回事？不待他弄明白，身后却有人高声叫道："这小子冲进去了，抓他出来！"

说话的却是行胜。行胜的轻功甚佳，比行佐行念两人都要强得多，叶英冲到了洞中，他后脚便也跟了进来。只是一到里面，他才省得自己只有一个人。当初他与行慈两人追击驾车而走的叶英，只是一招就被叶英刺伤了肩头。方才情急之下冲了进去，待看到叶英正转头看向自己，行胜只觉肩头似乎又痛了起来。他脑中一晕，马上转过头又退了出去，出去时比进来更急。刚退到洞口，正好与冲进来的行毅撞了个满怀。行毅被他撞得仰天摔倒，却大叫道："没奈何！没奈何！"行胜也不知二师兄喊这句话是什么意思，耳边却传来了"轧轧"的响声。他抬头一眼，登时魂飞魄散，却见那堵石门正在缓缓落下。虽然机栝十多年没动用，已然生锈，石门落下来也不是太快，可毕竟是一块千钧巨石在落下，看起来也会越来越快，再不走，被这石门压下来，定会压作肉酱。他吓得屁滚尿流，幸亏轻功不凡，一个箭步冲了出去，百忙中将二师兄也拖了出去。行佐刚被拖出洞口，"砰"一声，那扇石门已压了下来，震得整个石台都颤了颤。行佐见自己的双脚已离石门只有两三寸，吓得脸也白了。方才行胜若将他拖出慢了片刻，这双脚已保不住。要是再慢一点，自己就是被腰斩了。想到此节，行佐犹有后怕。虽然他跟慧范修金刚杀禅把杀人当成家常便饭，可自己的性命也险些丢了，终是害怕，一张脸白得全无血色，喃喃道："这小子……这小子放下了没奈何！"

这扇石门是当年由澄印设计，极为巧妙，平时可以在外间扯动铁链，将石门升起来。但升起后又重新放下，里面的石门闩便自动闩住，外间的机栝再也扯不动了，外间之人除非将石门硬生生凿开，否则根本到不了里面。行念道："师尊在里面，不用担心，师尊马上就会来开门的。"

他们也知道，叶英武功再高，定高不过慧范去。现在这般一来连慧范也关在了里面。慧范出来时定会大发雷霆，说不定比有长剑在手的叶英更可怕。行佐心想正是此理，四人走投无路，再去拉动铁链，心想万一能重新升起没奈何，师尊看在他们亡羊补牢的分上说不定会饶过自己。只是一拉之下，哪里还拉得动，四人仍不死心，还要奋力，行念耳边忽然传来“啪”的一声。他不知发生了什么事，扭头看去，却见行毅紧紧贴在了石门上，后劲处插了一支箭。射箭之人极为了得，箭尖竟然已插进了石门之中，真不知这人是怎么射的，行毅连喊都没能喊出来便已毙命。

看到行毅被一支不知哪里突然射来的箭射死，剩下三人全都吓得呆了。行佐抬起头看向羽箭射来的地方，才一触目，差点又要大叫起来。不知何时，对面山坡上已密密麻麻站了好几十人，一个个张弓搭箭，正指着这方。停香谷向无人迹，有这么多人只怕亦是有史以来头一次。行佐心道：怎么有这许多人？师尊便是因为发现来了这么多人，才会急着要施术的吧？这可怎生是好！正想着，却听得对面有人喝道：“慧范的徒子徒孙们听了，神策军观军容使高力士将军有令！”

这声音甚是粗豪霸道，大有威势。原来神策军因为是拱卫天子的军队，军饷亦是三倍于寻常部队，因此神策武士向来以霸道著称，这般大声说话是说惯了的。听得“高力士”三字，行佐、行念和行胜三人心口都是猛然一震，互相看了看，行佐小声道：“如何？”

神策的名声甚是不好，虽然他们说什么“速速束手就擒，违者格杀勿论”，但真个落到他们手中，多半亦是格杀勿论。左右是个死，那还不如杀出一条血路逃生为是。纵然师尊万一逃脱了会来找自己算账，那也是以后的事了，火烧眉毛，且顾眼下。他们师兄弟三人虽然不是心念相通，可这个主意却都想到了。互相看了一眼后，三人忽地从闪出石台，向林中逃去。这石台上寸草不生，就算能逃过神策军强弓硬弩的疾射，神策军的高手过了山涧，仍然逃不脱被瓮中捉鳖的命运。行佐他们三人都已想得明白，也顾不得再去放出师尊了，自己先行逃跑要紧。一路逃，行念还在一路想道：这些神策来得好快，师尊自以为得计，原来早就落入别人算计之中了。

看着对面石台上三个行脚僧鼠窜而逃，高力士低声问道："陛下，要追么？"

李隆基淡淡一笑道："不必多废心力了，除非这些秃厮能吸风饮露度日，否则秦将军会等着他们。"

他向守在出入口的秦颐岩交代过，若有人逃出谷来，格杀勿论。这条绝后计，正是要让牵涉进此事的人一个都活不成。李隆基虽然不喜秦颐岩一板一眼的性子，但对这个人的能力，却是深信不疑。他看着对面的那个石台，小声道："力士，这个洞便是太平停灵之处么？"

高力士也小声道："正是。陛下，奴婢即刻命人打开石门。"

他正待下令让神策武士去开启石门，李隆基忽道："力士若返魂术真个灵验，切记要留慧范一条性命。"

高力士心知陛下真正目的，正是慧范的秘术。只是不管什么事，陛下都要亲眼过目方能相信，对慧范，亦是如此。要么按兵不动，一旦发作，便如雷动于九天，将一切都化作齑粉，这正是陛下的霹雳手段。还是藩王时，韦后专权，陛下与太平公主合谋，突然下手，诛灭韦氏一党。数年后，几乎与先前一般无二，又突然出手，翦除了太平公主势力。现在对慧范这个太平公主一党的最后残余亦是如此。欲擒故纵，布下天罗地网，从第一步开始，对手的命运就已注定。高力士点了点头道："奴婢遵命。"

第二洞前的石台上站不了那么多人，高力士命神策中几个神力之士过去开门。那几人个个孔武有力，一边一个扯动铁链，本道马上就能将石门升起，哪知扯了半天，竟如蜻蜓撼石柱，石门动也不动。李隆基皱了皱眉，说道："力士，你去看看。"

高力士也看得诧异。虽然对停香谷他所知并不甚多，但这儿既有石门，自然能够开启。他走下山崖，一跃上了石台，说道："怎么，打不开么？"一个正在扯着铁链的武士听得高力士声音，忙垂手站立在一边道："高将军，这铁链生了根一般，根本动不得。"

高力士见铁链上有不少新划痕，显然方才就有人拉动过，便走上前用力拉了拉铁链。他的名字便叫"力士"，力量自也不小，纵然不足以拉起石门，总会拉动一下，谁知铁链真个如生了根一般，竟是纹丝不动。他一怔，看了看，说道："定是有人在里面上了闩了。"他只略略一沉思，喝道："麦铁杖，你将门砸了！"

麦铁杖本是前朝名将，勇力过人，后死于炀帝征高句丽之役，高力士口中的"麦铁杖"其实真名叫于武陵。后世也出过一个叫于武陵的诗人，有"因知人易老，为有水东流"之句。这于武陵却是个一字不识的武人，今年只有二十八岁，生得甚是高大。他以前一直在西北当兵，在对突厥的战事中屡立战功。有一次追击突厥大将，那员突厥将有百步穿杨之能，奔逃中回身一箭射来，于武陵侧身躲闪不及，被这一箭穿腮而过。但虽然两腮穿着一支箭矢，于武陵浑然不觉，仍是飞马狂追。那突厥将见此情景，吓得胆都裂了，被于武陵追上，硬生生拖下马来砍下头颅，于武陵这才将脸颊上穿着的这支箭取下，从此两颊也就各留下一个铜钱大的疤。而于武陵因为力大，平时上阵总拿着一支七十余斤重铁杖，人们多称他是麦铁杖后身，因此就干脆以“麦铁杖”作他外号。于武陵是高力士在神策军中的爱将，上一回捉拿柴子琦时，他因为轻功不佳，并不曾参与，这回却一直都跟在高力士身边。听得高力士叫到自己，于武陵上前道：“遵命。”

于武陵举起了铁杖，在空中转了个圈。七十斤重的铁杖，转着圈时风声大作，方才拉着铁链的几个神策军官全都吓得避到了一边。于武陵把双臂运上了劲，忽地踏上一步，断喝一声，铁杖猛然直直砸向石门。他本就天生神力，内力也强，“咚”一声巨响，铁杖重重击在石门上。只是这石门的石头坚硬非常，于武陵这全力一击也只是将门上砸出了一个小小凹坑。照这样下去，只怕砸个几千下也无济于事。于武陵这人倒是一板一眼，又向高力士行了一礼道：“高将军，末将不才，未能破门。”

高力士看了看门上的撞痕，淡淡道：“退下吧。”

这道石门被称作“没奈何”，即是说它既坚固，又沉重无比。后来南宋中兴四将之首的循王张俊，生性极为贪吝，积聚无算，生怕家产为人所盗，于是将银锭铸成一千两一个的大银球，也称为“没奈何”。若真个只是千两的银球，这些武功高强之士勉强也能搬动。只是这道石门重达数万斤，就算于武陵这等神力之士也无奈其何，更不要说旁人了。高力士脸上声色不动，心中却前所未有的不安。这道石门比他预料的更加牢固，想要攻破只怕比先前估计的要难，可是看时辰离正午已没多少时候了。他正想着有何良策能尽快破门，身后传来了一个声音：“火攻。”

听得一人说要火攻，高力士险些要骂一句“扯淡”，幸好千钧一发之际才省得这是李隆基的声音。李隆基比不上高力士武功高强，赶到第二洞口前花了好一阵工夫，此时才到近前。高力士忙躬身行礼道：“陛下，奴婢愚鲁，只是这道门是石头的……”

他心想陛下想必以为这是道铁门了。可是就算烈火能将铁门烧成铁水，对石头来说仍是毫无用处。李隆其在几个神策武士簇拥下上了平台，伸手摸了摸那道石门，说道：“昔年，大秦有名将谓汉尼拔，行军途中遇巨石挡路。汉尼拔命人积薪焚之，再以水激，将巨石破为齑粉。昔人故智，不妨袭之。”

大秦即是中国人对罗马帝国的称谓。其实汉尼拔乃是迦太基名将，并非大秦将领，只是李隆基昔年听人说起的这件逸事已不知流转过多少人口，“迦太基”这个古国名远不及“大秦”出名，待传到李隆基耳中，汉尼拔也已成为了大秦名将。高力士学识并不如何，中华之书都没读过几本，汉尼拔这名字听都没听说过，怔道：“真有此事？”

李隆基微微一笑道：“古人谅不我欺。”他看了看天色，又笑了笑道："离正午大概已不到半个时辰了，慧范想必也正万分心焦吧。半个时辰内，必要破门！"

虽然这石门看似坚不可破，但李隆基说来轻描淡写，毫不为意。在他眼里，这千钧石门又算得上什么，在帝王之威面前，一般如若无物。只是，谁也不知道李隆基的心里，隐隐却有一丝忧伤。

这段汉尼拔的佚事，是个当初的朋友告诉他的。那时他还是个在韦后的严威之下岌岌可危的少年藩王，与那个朋友谈天说地实是他最为快乐的事。只是现在，昔年的少年李隆基已成高高在上的天子，而当初的朋友也成了已逃亡东瀛的死敌。

人生际遇，真是谁也想不到啊。李隆基想着。如果这件事最终真个成功的话，那自己必将成为亘古未有的千古一帝，而辉煌的大唐盛世，也必将永存于天地之间。

只是，这个近乎狂妄的远景，居然都着落在慧范这个妖僧身上。李隆基不由得有些想笑，心里也隐隐有一丝茫然。

第二十三章

慧范是否心焦，叶英并不知晓，他的心里却真个心焦万分。

第二洞与关他的第七洞全然不同，此洞蜿蜒曲折，竟是深得直入山腹。他下了石门，眼前便是一黑，什么都看不清了。虽然现在外间已近正午，但洞中昏暗无比，叶英又有雀目症，到了洞中一下子就模糊一片，什么都看不清了。只是心中只是想着：李师妹现在如何了？她在哪里？一边摸索着前行，一边运动心法，只盼着早一点能够看清。虽然这路心法运了一周天也不过能让他有片刻光明而已，在这短短一刻里想要击败慧范救出李十二娘，那是绝无可能，叶英也已全然不顾。

走了十几步，叶英只觉手足阴寒，心道：这洞中怎么会这般冷？山洞中原本就比外间冷一点，但也不应如此冷法，几乎有滴水成冰之势。他正在诧异，眼前忽然一亮。以往叶英凝神定气地运动心法，也要好半日才能见效，因此那一晚与六刀使交上了手，叶晖只得先顶了好一阵，叶英方能出手。这回那路心法才运了不到一半，原本根本不应见效才是。他还只道是自己的错觉，只是又走上几步，眼前竟是大放光明，叶英大为吃惊，心道：难道这不是山洞，而是另一个山谷么？只是迎面而来的却是一股阴寒潮湿之气，全然不似外面，正待定睛细看，忽然听得头顶传来了“轧轧”之声，似是什么极沉重的东西正在下落。他心知这定是什么机关，多半又是一道门，但眼前什么也看不清，一旦后退大概就要被挡在门外。叶英此时心一横，心道：终不能将李师妹丢下！他自己都不曾发觉，那个少女在他心底已是比自己的性命还要重要。为了救出李十二娘，不知不觉又有了当初去挑战拓跋思南那般不顾一切的冲动。他也不知这道门究竟什么时候会落下，将身一纵，人一下冲了进去。方冲到里面，“咣”一声巨响，一道铁门几乎擦着他的脊背落下。这铁门是五纵七横共十二根铁柱交错而成，虽然不似那道没奈何石门那样沉重无比，也有个上千斤重。竖着的五根铁柱下端更是铸成了尖头，落下来时深深插进了石地之中，叶英若稍稍缓得一缓，就会被穿在了铁柱之上。

一冲进铁门，叶英才定了定神。里面虽然豁然开朗，却仍是在洞中，只不过洞顶却有什么东西在大放光明，映得洞中亮如光天化日。他抬头望去，此时眼睛已渐渐能够看清了，只见洞顶有个金丝编就的小笼，笼中是一颗珠子。这珠子明亮之极，便如千百支巨烛齐燃，将这洞里映得秋毫可辨。

这颗珠子正是贞观年间林邑王范头黎所献的火齐珠。慧范先前在第七洞的洞口将火齐珠放入山崖上一个小洞中，火齐珠沿石缝滚入了第二洞洞顶的金丝小笼里。火齐珠能在暗中放出光亮，但寻常根本没有如此之亮，只是这洞的布置巧夺天工，从外间引入了几道亮光后尽汇在这火齐珠之上。而火齐珠被称为至宝，不仅仅是能在黑暗中放出一点微光而已，得到这几道微光激发，竟是大放光明，将洞中映得不啻白日。叶英也不曾想到这山洞里竟会如此之亮，不由得一怔，耳边却听得一个人高声道："叶家的大公子，没想到居然如此了得，居然逃过了焚身闸。"

说话的，正是慧范。慧范比叶英早一步进入洞中，听得没奈何竟被放下了，便知定是叶英追了上来。他心中暗骂自己的这四个弟子无用，居然连一时半刻都挡不住他。现在没奈何放下了，第二洞别无出口，两人都被关在了里面，一时都出不去，而离正午尚有一点时候，所谋之事已到了最后的关键时刻，绝不能在这时候功亏一篑。虽然正急着在布置，但看到叶英出现在洞口时，他一下将这道铁门放了下来。

这道铁门已是第二洞的最后一道防线了，设计得极其巧妙，寻常人一进洞里，必被洞顶的火齐珠吸引了全部注意，当铁门放下时，一旦省觉就已来不及。这处机关正是慧范当年设计，自觉巧妙非常，因此取名为"焚身闸"，取"飞蛾扑火，自焚其身"之意，一直为此而自鸣得意，觉得有没奈何与焚身闸这一石一铁两门，第二洞定然固若金汤，谁也攻不进来。哪知真个用出来时，焚身闸根本没能伤了叶英的一根毫毛。他口中赞了叶英一句，心中不免有点沮丧。

慧范不知叶英因为有雀目症，进来时什么都不曾看清，刚刚才听到了铁门下落的声音。叶英心中暗叫侥幸，脸上仍是不动声色，将剑横在身前，淡淡道："慧范大师，你真以为太平公主能够复生么？"

现在总算已能看得清楚了。这第二洞中，竟是别有洞天，这洞里极其明亮，除了因为头顶那颗火齐珠，而且因为四壁竟然都是一块块寒冰。终南山一每年到了冬天，都会积雪甚厚，因此祖咏应试时才会有《终南望余雪》这等题目。只是洞中的这些寒冰只怕从未化过，一块块晶亮如水晶，映得洞中越发明亮。而在洞的正中间，是一块巨大的玄冰，慧范正站在这块玄冰跟前。这块玄冰色泽甚深，厚重若巨石，隐隐可见得当中似有什么，只是被慧范遮住了也看不清。正待细看，眼前一花，已有一股劲风袭到胸口，却是慧范抢到他跟前，右手五指成钩，抓向叶英的前心。

慧范的手指纤长若好女，只是这一抓却带着一股彻骨阴寒。叶英也不曾想到慧范居然会趁人不备抢攻，脚步一错，人已疾退半步，长剑在胸前一下斩落。慧范这一掌掌力奇大，本想出其不意一掌击碎叶英前心，哪知叶英的问道剑已有三成火候，攻虽然尚有不足，守却有余，一觉察敌人攻势，长剑即生感应。这一剑下斩极快，其实论招式并不见得如何高明，甚至有些笨，可这笨招如此快法，慧范的掌再伸过去，等于是送给他去斩断。慧范变招亦是极速，不等叶英的剑锋落下，手已然收回，身子向旁一闪，掠了个圈，仍回到那块玄冰边上。原来慧范变招虽速，只是冲势太急，他也无法说停就停，只能借着绕圈来化去前冲之势。正当他回到原地时，“咣”一声，叶英本来就刚冲进那道焚身闸，又疾退了半步，身体撞在了铁门上。若慧范先前这一招不是抢得如此之急，此时便可趁虚而入，叶英撞在了铁门上时也根本反应不过来。一招过后，两人都不禁心有余悸。慧范心中不禁有些焦躁，忖道：这小子怎么知道了返魂术的事？难道，李隆基其实早已知道？

他怕的自非叶英，但叶英也知道自己想要复活太平公主，那么身为天子的李隆基可能也已知道。方才追到入口时他还仅仅是猜测，现在却已经可以肯定，外面杀来的这些人定然正是李隆基的手下。正在这时，这块玄冰上却传来了李十二娘的叫声：“大师哥，快来救我！这疯和尚把我绑在了这里！”说完却是一阵咳。叶英抬头望去，才发现李十二娘正四平八稳地躺在那块玄冰上，一动也不动，自是被慧范封住了穴位。先前他一直盯着慧范与这块玄冰，根本没注意到玄冰上居然还有人。听李十二娘的声音里带着哭腔，咳得也上气不接下气，叶英一阵惊心，心想这慧范不要脸之极，不敢多看她，只是盯着慧范，口中道：“李师妹，你有没有受伤？”

李十二娘道：“受伤倒没有……咳咳……就是好冷啊，啊嚏！”

李十二娘先前被关在第七洞时，便已胆战心惊。她不知为何要把自己单独关押，想问人，但凤五根本理都不理她。当叶英在洞口与凤五恶战时，李十二娘也听到了叶英的声音，欣喜过望，心道：大师哥真个来救我了！她生怕会搅乱叶英心神，因此一直一声不吭，但听得洞口的搏斗停下来时，进来的竟是慧范，又不由得大吃一惊。慧范不由分说，将她点倒了带出来，一路上也丝毫不知。直到慧范将她放在玄冰上，虽然穴道未解，但玄冰的寒气一阵阵透上来，已让她神智恢复。只是躺在阴寒无比的玄冰上，人又动弹不得，她害怕之极，听得了叶英的声音时真个如同得了救星，顾不得一切便大叫起来。只是静卧着还能忍受，一喊叫起来，身下玄冰的寒气仿佛一下透入了骨髓里，冷得更受不了。叶英听得她打了个喷嚏后突然又“啊”地叫了起来，声音比方才还要慌张，只道她突然间受了什么伤，再忍不住，便要抢上前去。只是他刚踏出一步，慧范也几乎同时上前。方才他不曾用武器，此时手里却是一根亮闪闪的透明短棒。慧范对他剑术亦已有了忌惮之心，这件事他又谋划了这么多年，现在这当口正是最后的关键时刻，怎么也不能让叶英坏了大事，因此心中杀机已动。他因为武功高强，多年不用武器，只是眼见叶英的剑术与寻常大相径庭，连他都觉得有点高深莫测，已不敢托大不用兵器了。这洞中也没别个东西可当武器，他拿起的是一根冰柱。慧范出手如电，眨眼间已与叶英过了五招。冰柱本是极脆的东西，一碰即折，但慧范将内力灌注在冰柱上，这冰柱已是坚愈金铁。“当当当”地响了五下，叶英只觉掌中的长剑竟是冷得快要握不住了。只是虽然闪电般交手五招，但长剑碰到冰柱，冰柱的寒气透过剑身冲击叶英的脉门，叶英的内力修为不及慧范，剑冷得都用不出力来。

叶英从未碰到过这等怪异招数，这冰柱也不是寻常武器，已近乎妖术了。长剑若再被冰柱撞击一次，定然冷得握不住。只是恰在这时，外间突然传来了“咚”一声巨响。

这一声正是于武陵用铁杖在石门上重重一击时发出的。这一声在外面听来也就不轻，在洞中传来就更是又闷又响。仿佛鼍鼓一声，慧范不由得一惊，手上也不由自主地一缓。叶英趁他这一缓手，右手向袖中一缩，立时成了隔着袖子握剑。隔了一层，剑身上的寒气顿时好受了许多，但叶英亦知这只是权宜之计，趁着手上又能用力，忽地向慧范一刺。慧范见叶英这一招浮华不实，只道他技穷于此，身子一伏，冰柱便要刺向叶英的双腿。他本以为此招十拿九稳，可是冰柱一刺出，却只是刺了个空，叶英的人都不见了。

原来叶英此时都是凭着问道剑的“有意无招”这四字来与慧范周旋。他已修成“刚明柔暗”四字，问道剑的造诣不算甚浅，长剑已能顺着敌人攻势相应自行生发出破解之招。在慧范眼里只觉这少年奇招妙招不断，剑术神奇，但叶英知道这般相斗，自己的意念已如琴弦一般绷得极紧，没一时能够松懈。如此全神贯注，必定不能持久，万一一口气接不上来，或者意念一乱，剑上的奇招妙招便尽化乌有，那时便只有任人宰割。交手五招后，叶英也知慧范的真实本领实非自己能敌，自己唯一的办法就是借助地形之利。这洞中四壁空空荡荡，尽是冰块，唯一称得上地形的便是正中心这块玄冰。他方才一招抢攻，脚下却在向后退，慧范只道得计，将刺柱刺出时，叶英已然绕到了玄冰的另一边。

慧范见叶英居然绕着玄冰跑去，心头怒起，忖道：这小子居然如此惫赖！慧范自己便向来无所不用其极，便更不容旁人会欺瞒他。他本来生怕叶英躲在拐角处，若自己追上去便刺自己一剑，定眼向身前玄冰的那一角看去。玄冰颜色虽深，终是透明，可是看过去，那一角根本看不到有人影，倒是一团灰影已绕到玄冰的后边去了。慧范方知上当，一个箭步冲了过去。只是他的轻身功夫虽好，却也不能比叶英高出太多。全力冲出，也不过把与叶英的距离拉近到了四尺许。

四尺许的距离，手臂都能触到对方了。慧范举起冰柱奋力向叶英的背心掷去。这冰柱虽然一碰即折，但尖芒却甚是锐利，一旦掷中了叶英后心，以慧范功力说不定会将他刺个对穿。只是叶英忽然一个转身，人仍在后退，手中长剑却举了起来，在冰柱前端轻轻一拨。“啪”一声，冰柱扎在了玄冰之上，但玄冰硬度比寻常的冰都要硬些，冰柱贯注了慧范一身内力，一下没入玄冰足有四寸之多。

慧范见冰柱一下没入玄冰之中，心头便是一凛。

这玄冰中，冻住的正是十一年前被当今天子勒令自杀的太平公主。太平公主死后，部属星散，死的死关的关，到此时已没剩几个了，唯有慧范一直对太平公主忠心耿耿，至今仍然初心不昧。只是当初太平公主喜欢的人，却不止慧范一个。澄印一直被称作太平公主的心腹，他并不似慧范一般是太平公主的面首，而是他出身武氏一族。太平公主是武后之女，算起来，澄印也是太平公主的表兄。加上澄印深通秘术，更得太平公主宠信。慧范一直对澄印大为嫉恨，但对澄印的种种秘术亦大感高深莫测。

唐隆之变那年，太平公主已经年过四旬，虽然保养得法，但毕竟已渐近老年。就在那一年，澄印献上了一条密计，让慧范亦无法相信。只是公主却深信不疑，责令澄印与自己布置停香谷，作为施行此计之地。待先天二年太平公主被天子赐死后，慧范盗出了公主的尸身，便藏在了这第二洞中。现在虽然连澄印都尸骨已朽，可这计划却由慧范接了下来。当初澄印记下的秘术每一个步骤，他都奉行不悖，不敢稍有闪失。火齐珠，人鼎，这本以为再无可能聚齐的两样，竟然都顺利到了手中，虽然现在又有意外发生，但正午马上就要到了，只消公主能够复生，自己的弟子尽数被杀，停香谷被攻占又有何憾？只是万一公主的真身有什么闪失，这计划便会前功尽弃，那才是慧范无法忍受的事。他掷出冰柱时已运全力，却没想到叶英竟将冰柱的力道转换了方向。他生怕冰柱直刺进去伤到里面太平公主的法身，抢上前一步一把夺住了冰柱。

他停下脚步，叶英透过玄冰也已看到。趁此良机，他正待跃上玄冰顶上，只是人刚一跃起，一股寒气已直冲顶门，慧范已然站在了上面。慧范虽然失算了一招，但他功力仍比叶英高得多。叶英能透过玄冰看到慧范停下脚步，慧范在那边也能看到，结果慧范反倒抢了先手。

马上就要到正午了，慧范情知这是最为关键的一刻，若是李十二娘被叶英弄出了这块玄冰，那自己十来年苦心孤诣的计划尽数落空，因此一根冰柱当成了长枪来用，尽是进手招数。这冰柱被他内力贯注，浑如金铁，也不融化，叶英的长剑每与他的冰柱撞击一击，剑上的寒气就愈浓了一层。他也知道现在已至最后关头，虽不知慧范施的到底是什么妖术，一旦被他得逞，那太平公主得以复活，李十二娘定然永远从这世上消失了。

李师妹，纵然舍去性命，我也要将你救出来！

叶英的脑海中只剩下这一个念头。此时他的问道剑已然使得淋漓尽致，“刚明柔暗”四字诀如转轮般使来，竟是毫无破绽。慧范见他奇招异招迭出，虽然每一招看去都大有破绽，可使出来时这一招偏生与自己所使的招数针锋相对，越斗越是惊奇，心道：这小子到底是从哪里习得的剑术？他似乎已然超越藏剑山庄剑法了。

慧范虽然不使剑，但他武功高强，先前也曾受人所托，要拦截藏剑山庄运出去的货，因此对藏剑山庄的诸般剑法都细细察考了一番，只觉藏剑的剑法虽然甚强，也有其极限。只是现在这个藏剑山庄的大郎所使剑法，虽然仍是藏剑一脉，分明已经超过了他们的极限。就算庄主叶孟秋亲至，多半不能比叶英更强。

李十二娘虽然不能动弹，但见慧范在玄冰顶上闪转腾挪，逼得叶英根本无法近前，心下已是大急。突然间“嗤”的一声，却听慧范冷笑道：“叶大郎，你还不死心么？”却是激斗之下，叶英就算隔着袖子握剑，剑柄也已冷得握不住了。他手上一缓，问道剑原本固若金汤的生克变化之势立时出现破绽，慧范何等本领，一有破绽就趁机攻击。他的冰柱前柱极尖，正刺向叶英额头。叶英躲闪不及，头一侧，只来得及闪开要害，冰柱却擦着他额角掠过，将他额上的皮擦破了一块。叶英中了一招，问道剑已无法连贯，只得退下两步，伸手摸了摸伤口。他额头被擦伤后，马上就毫无知觉，只是一摸之下发现触手坚硬，也不见血，倒似结了痂一般。原来那冰柱被慧范内力贯注，更为寒冷，叶英伤口的血还不曾流出，便已冻住。

他原本担心慧范的冰柱有毒，待知道原来只是伤口的血被凝住了，才放下了心。此时他已退开两步，长剑没有再与慧范的冰柱接触，只是低头看了看，只见剑身结满白霜，而他握住剑柄的袖子上更是结了一片薄冰。激动时他掌心冒汗，但这些汗亦是一渗出来便被凝成了冰块。

再斗下去只怕已难。叶英抬起头，看了看仍在玄冰顶上的李十二娘，不由得咬了咬牙。慧范眼睛倒尖，见叶英摸了伤口后咬牙，知道这少年仍不肯服输，显然马上又要冲上来，心道：这小子倒是死缠滥打。胜他不难，杀他却着实不易。现在马上就要到正午了，朗声道："叶大郎，你的剑已然冷得握不住了吧？外间纵然有人，但他们进不来，你也只有陪我连骨头烂在这里了。"

叶英没料到他这当口倒动起嘴皮子来，不过他握剑的手已冻得有点麻木，慧范要斗嘴倒是得其所哉，回道："慧范大师岂不也是如此。"

慧范笑道："我可无妨。此间乐，不思蜀也。外间之人纵有开山之力，又能纠缠几时，大不了在此间等个十天半月，那些人自然死心。到时出去，又有何碍。"

叶英一怔，心想他这话也不为无理，只是想在洞中待上十天半夜，纵然四壁是冰，但并无食物，饿也饿死了，如何撑到外界之人离去？哪知慧范似乎猜到了他的心思，说道："叶大郎想必要问我如何充饥吧？大郎细皮嫩肉，总有个百十来斤，撑过十天半月总不在话下。"

第二十四章

原来慧范甚工心计，最让他担心的，还是外间方才那一声巨响。那定然是外间的人想要破门而入。如果真是李隆基，他绝不会等个十天半月后死心离去，定会一鼓作气攻进来。但想要击破没奈何，实是谈何容易，就算李隆基不惜血本，聚集诸多高手强行凿入，想凿通也不是一时半会的工夫。当务之急，便是杀了叶英，就算李隆基率领大批高手强攻入第二洞里时，自己也已带着公主远走高飞了。而叶英虽然不是自己对手，但也仍有一战之力，再与他纠缠，万一错过了时辰便功亏一篑，因此想以口舌来摧毁叶英的斗志。叶英听得他居然说要吃了自己充饥，也不由得汗毛直竖，心道：这妖僧真是妖怪么？明知这个时候更须镇静，先前对风五时就险些因为急躁而坏了大事，现在这时候若不能镇静，别说救出李十二娘，自己这条命也捡不回来。可道理虽懂，一想到慧范方才的话，手就有些发抖，长剑都几乎要落到地上。正在这时，却听得玄冰上李十二娘叫道："慧范大师，你要我做什么，我都答应你，求求你放过大师哥吧！"

李十二娘躺在玄冰上，又湿又冻又怕，还动弹不得，见叶英苦斗仍将落败，慧范说什么还要拿他充饥，她越想越怕，虽知开口可能会分叶英的心，可这时终于忍不住哭叫起来。慧范没想到她先行崩溃了，冷笑道："小郡主，不必多言了，来路已绝，叶大郎想走也走不脱，他是要陪你在这洞里一生一世了。"

李十二娘听得他说得狠，更是伤心害怕，"哇"一声大哭起来。方才她打了个喷嚏后又叫了一声，叶英只道她受伤，其实却是一个喷嚏把鼻涕带了出来挂在颊边，又不能擦，李十二生性好洁，羞于被叶英知道，因此死都不说，此时心中伤心欲绝，全然不顾其他，哭得鼻涕眼泪满脸都是也不管了。哭声中，却听叶英冷冷道："李师妹，你放心，这洞定然别有出处，我不信这妖僧肯被关死在里面。"

叶英的心魄方才时亦有些动摇，但听得李十二娘的哭声，慧范一怔，忽然叹道："叶大郎，你真是难得一见的良材美质，可惜命蹇，你已然连剑都握不住，纵然能发现出口也用不成了。"

叶英说得全然不错，这第二洞除了没奈何这道石门，确有第二处出口。慧范本想用口舌来击溃叶英斗志，没想到这少年软硬都不吃，此时反倒更为冷静。他心想说不得了，正午马上就到，总之不能再让叶英靠近玄冰。他将身一纵，从冰上跳了下来，哪知一落地，却是"哗"一声，溅起了不少水来。慧范一怔，还不明所以，眼前却是一亮。

是那颗悬在洞顶的火齐珠，突然又亮了一倍许。本来洞中已亮同白昼，此时更是亮得连影子都看不到。见此异像，洞中几人全都惊呆了，慧范却是又惊又喜，忖道："澄印书中所言，原来都是真的！"

他是从澄印留下的一本笔记中得到还魂术的。要施还魂术，须以火齐珠与人鼎。当时这两样东西都在太平公主手中，但太平公主失势太快，失势之时澄印却带着人鼎失踪了。虽然慧范及时将太平公主的尸身带到了停香谷第二洞这块玄冰中保存了起来，但火齐珠与人鼎一直不知下落。这十来年里他把还魂术每个步骤都背得熟而又熟，可这门法术又不能试演一遍，因此就算他自己也一直心有惴惴，生怕法术无灵。

澄印笔记中说，于秋分日正午，在第二洞中将火齐珠布下。秋分日纯阴纯阳之气正好平分，火齐珠汲取了纯阳之气后，便能将公主体内的纯阴之气调和，将她的元神转入人鼎之中。而秋分日正午之时，火齐珠将会光明大作，正是此时景象。洞中多了这许多水，想必是火齐珠的纯阳之气越来越多，将冰块化去的缘故。一想到公主马上就要复生，慧范精神一振，踏着水上前一步，冰柱当胸向叶英刺去。叶英已用袖子将剑柄裹了两层，仍觉得入手阴寒，慧范一上来，虽知不能用剑去挡，可这一招不挡又万万不成。"当"一声，这一样力量也不甚大，但叶英却觉剑柄上那股寒气更浓了一层。慧范得势不让人，冰柱舞了个花，又连击三下。这三下叶英仍是不得不挡，可一挡之下，寒意竟似什么活物般要循着他手臂经络沿上来。

纵然斗志不垮，仍然不是这妖僧对手么？叶英正想着，李十二娘忽道："大师哥，你知道傅大士的空手把锄头，步行骑水牛么？"

叶英正被慧范逼得连连后退，心道：李师妹还说什么锄头水牛？却听李十二娘念道："空手把锄头，步行骑水牛。人在桥上走，桥流水不流。"

叶英甚喜读诗，但这首诗如此浅显，却不曾读过。他正不知李十二娘念这四句做什么，慧范却笑道："小郡主，你这时传你大师哥入门剑诀，也已来不及了。"

原来这四句原先并非剑诀，实是南北朝时高僧善慧所作的偈诗。善慧俗名傅翕，人称傅大士。公孙大娘以剑入舞，创立剑器舞，但弟子初习时终不能直接握剑，因此总以空手练习。只是刚入门的弟子空手使剑舞时总觉得无从入手，公孙大娘便以这傅大士四句示之，说这是剑舞一门的入门四句。悟得此四句，便可悟有剑与无剑之别。李十二娘当年受公孙大娘所教时也曾悟过这四句，但自己实是知其然，而不知其所以然，只知到了一定程度，手中无剑亦如有剑，全无分别。她听得慧范说叶英连剑也握不住了，情急之下，已是病急乱投医，想起以前师傅父过自己的入门诀来，心想别个剑诀不能说给外派之人听，这四句乃是成句，自是不妨，若大师哥有所悟，自是再好不过。慧范极是博学，却连公孙大娘一门的入门诀也知道，一口就叫破了李十二娘的用意。哪知叶英眼中忽地一亮，笑道："不错，人在桥上走，桥流水不流！"剑光一闪，剑气立时大盛，"当"一声，在冰柱上斫了一下。

先前叶英一直避免自己的剑与冰柱相触，此时却自己迎了上来，慧范不由得一怔，长剑又是“当当当”地斫了三下。这三下斫在了同一个地方，本来冰柱被慧范贯注了内力后变得极是坚硬，但前后四剑尽斫在同一处，他只觉手上一轻，冰柱一下被削成了两段。慧范吃了一惊，不知为什么叶英突然间会不怕剑上传来的寒气了，定睛一看，却见叶英手中握剑，但剑柄竟在他掌中不住上下翻飞，实际触到他的皮肤时只是极短一瞬。慧范吃了一惊，心道：“这小子竟还有这一招！”

公孙大娘乃是当世最顶尖的剑客，亦是最善育人的良师。她以傅大士四句为入门诀，实是含有无限深意。兵者为凶器，舞却无一丝杀气，以剑化舞，本来是最不可能的事，公孙大娘却做到了。这四句偈诗文意浅深，老妪能解，但又博大精深，公孙大娘要弟子悟的，并非剑诀剑意，而是“有”与“无”，“行”与“止”之辨，以之来化去剑术中那一丝戾气。这一关是公孙大娘一脉弟子的必经之路，叶英所修的问道剑与公孙大娘的剑术渊源极深，只是他初见问道剑时剑术已然不弱，那入门一关便不曾经历过。当初拓跋思南剑术造诣何等深厚，见了问道剑后虽然悟得的随手一招就极为厉害，但也觉得难以克制，而以为问道剑乃是魔剑，其实正是此理。叶英心性纯良，后来也一直未走上歧路，但问道剑的那一丝戾气却一直不曾化去，以至总是难有突破。他曾花了大力气练成“春云乍展”这一招，后来以之实战又发觉此招长剑要离手攻击，实是华而不实，并无实用，但听得李十二娘念了这傅大士四句，刹那间想到：原来人在桥上走，流的是桥不是水。其实这一招“春云乍展”使来，我的剑并不曾离手。

原来练剑亦如悟道，往往苦思冥想一世也不得其解，偶然间却豁然开朗。问道剑的前四字是“刚明柔暗”，原本也与“有”“无”“行”“止”一般，乃是相反相承。叶英的悟性本高，此时顿悟，心中实是欢喜无限。问道剑能在剑上生发对敌之招，但剑在手中，终有其限，而与这式“春云乍招”两相结合，剑上变化立时多了十多倍。慧范本来便觉叶英剑上奇招妙招层出不穷，此时变化越来越奇，长剑上下翻飞，总在叶英指掌间飞舞，竟有难敌之势。他方才已占了七八成攻势，这回反被叶英逼得后退，心想这冰柱已不足以克制他的长剑了，双手一紧，“啪”一声，已将冰柱捏成了细屑，转瞬间化水从指缝间流出，双手却握成了拳，上下一扬，使的却是一路少林派的罗汉拳。

罗汉拳乃是少林弟子入门的拳术，就算刚入少林的小沙弥也会，算得是朴质之至。叶英的剑可谓极天下变化之最，花团锦簇，变化万千，慧范的拳只不过直来直去，但就是这直直一拳，一下又将叶英的剑逼在了圈外。

恶斗至此，虽然对慧范痛恨之极，但叶英也不由得暗暗佩服。慧范的为人阴险恶毒，但武功却算得堂堂正正。也只有见到此时慧范出手，叶英才真正知道“拙能胜巧”之理。可心里佩服，眼见头顶的火齐珠越来越亮，他心里也更是焦急。正想道：这妖僧的武功到底何处方是尽头？耳边忽然又传来一声巨响。

这是有什么重物在石门上重重一击。第二洞虽然曲折，但别无分支，声音汇聚到这儿，更是响亮。慧范心道：他们还不死心么？没奈何重达数万斤，李隆基手上固然有许多强悍的武士，可想攻破这道石门，实是痴心妄想。他正待上前向叶英击去一拳，“咣”的又传来一声巨响。

这声响动与先前大不相同，已如大鼓被击破时的声音，随之而来的竟是一股热浪。四周的冰块原本就化了不少，被这阵热浪一冲，简直如汤泼雪，一下又融化了一多半，慧范和叶英两人本来就是蹚在了水里，此时水竟没到了小腿肚上。他两人都是一怔，却听得那一边有人高声道：“慧范和尚，十一年前你逃过一劫，今日在劫难逃了！”

这声音甚是尖细，人随声出，铁门后出现的正是高力士的脸。

在平台上，神策武士砍下了好几株大树，堆在了门前。这些人武功精强，内力深厚，砍几棵树自是小菜一碟，几乎将平台都塞满了。一点上了火，烈火顿时熊熊燃起。平台下便是山涧之水，等烈火渐灭，那石门已被烧得通红，突然间又将冰冷的涧水泼上。如此水火交攻到第三次，门上终于出现了裂痕。高力士再命那力大无穷的于武陵以铁杖猛击，这堵看似坚不可摧的石门在击到第二下时终于碎裂。

一破了石门，高力士亦率人快步入内。待走到那焚身闸前，见又有一道铁门。这铁门虽然也颇为坚固沉重，在高力士眼中实不能与外面那石门同日而语，正待命于武陵上前将铁门撬开，身后却伸来一掌搭在他肩上道：“力士，先不要开。这少年与慧范两人，谁会赢？”

里面的叶英和慧范仍在恶斗。虽然叶英剑术精奇，千变万化，但高力士只看了一眼便轻声叹道：“叶家的大郎要败了。”

李隆基淡淡一笑道：“那不必管了，马上就到正午。”

十年前，他初见叶英时，并不曾把这少年放在心上。但这次看到，高力士方才明知这少年的剑术竟然已有了相当高的造诣。如此年轻，就有这等本领，高力士亦未免起了一丝爱才之心。但他也明白，陛下已下了绝杀令，谷中所有人都不能放走。虽然叶英定是为了那人鼎而在与慧范苦拼，在陛下眼里，他仍是敌人。而陛下要的，是慧范的秘术。如果叶英此时占了上风，慧范已岌岌可危的话，那陛下定然会下令对叶英下手了。

慧范见到高力士出现，原本一惊，但见高力士并没有冲进来，他心道：这铁门仍能挡他们一挡，我还有机会！

正午顷刻就要到了，只消再撑片刻，还魂术将大功告成，到时自己就将带着公主远遁。高力士定然并不曾察觉，这间看似密闭的小屋实际上还有一个出口……

慧范定下了神，叶英却是大为焦急。见到石门被攻破时，他也舒了口气，心道这些人都是自己的救兵，慧范果然在劫难逃，哪知这些人到了铁门外，竟是好整以暇地停了下来，居然如看戏一般等着。

他们的目的，其实是慧范的还魂术！叶英突然间心头一凉。他这时才算发觉，自己本以为的同盟，原来根本没把自己当一回事。他们要的，其实是慧范的还魂术。慧范能够让人死而复生，这等本领才是他们想要的，什么李十二娘，什么叶英，就算无辜，在他们眼里亦是一文不值。一瞬间叶英心中万分激愤，一股怒气几乎便要冲口而出，剑光亦是随之大增，铁门外观战的高力士脸色不禁微微有点变色。

如此凄厉的剑光，竟是平生未见。先前叶英剑术虽奇，但剑气堂堂正正，此时却充满了邪异之气。就算躺在玄冰上的李十二娘也已察觉，她心中一寒，忖道：不对！大师哥入魔了！

她不曾走火入魔过，但曾听师父说起走火入魔的模样，依稀正是叶英此时发出的剑气。虽然明知自己也已命在顷刻，她仍是喃喃道："空手把锄头，步行骑水牛。人在桥上走，桥流水不流。"她一遍遍念着这四句偈诗，心里只是想着：大师哥，你千万不要入魔！好些年前，大师哥给自己拿糖球吃，后来又救了苏苏，因为信守一句承诺，带了苏苏到长安来，一路上又无微不至于照顾自己。这等情景正不停在她眼前闪现，一想到如此温柔的大师哥会变成一个妖邪诡异的魔头，李十二娘心里就无比心痛。方才这四句偈诗让叶英扭转劣势，此时她也只盼能让叶英斩断心魔，恢复正常。

叶英的剑突然之间变得如此凄厉，慧范亦吃了一惊。此时叶英的剑排山倒海般斩下来，竟是无坚不摧。这样斩下来，不仅要把自己斩开，身后的玄冰多半也会被他斩成两半，更不要说玄冰里太平公主的法体，以及玄冰上动弹不得的李十二娘。他这一生唯有一个心思，便是复活太平公主，明明已到了生死关头，他脑海中反倒空空一片，双手猛然合掌，一下夹住了叶英的剑。

这是空手入白刃。但他这一招空白入白刃接住寻常刀剑还不在话下，要接住叶英这妖异之极的一剑却绝无可能。他只觉剑气破空而下，几乎破脑而入，正在惊恐，洞顶的火齐珠突然间又是一亮。这火齐珠本来就放出极亮的光，此时更亮得照人无影。

正午到了。

这一阵亮将洞中几乎所有的人眼睛都闪得一时间看不到东西，李十二娘正念着的偈语也戛然而止。

成功了！慧范一阵狂喜。而本来要切入他顶门的长剑亦突然停住。此时慧范若出手反击，当胸一掌打出，叶英只怕被他打个闭气而亡，但慧范也忘了对叶英下手，一下冲到了中间，伸手解开了李十二娘身上的穴道，叫道："公主，我……"

澄印的笔记后面说得清楚，说返魂术成功后，人鼎的精气尽为沉香棺中的太平公主吸取，于是死者因此复生。按理，现在太平公主应该吸光了人鼎的精气，已然复活，要马上把她从棺中放出。哪知他刚要推开李十二娘，李十二娘忽地一臂扬起，狠狠一耳光打来："你这贼和尚！"

李十二娘被慧范捉来点了穴道后放在玄冰之上这半天，动也动不得，冷又冷得要命，心里更是怕得要死，只在运气冲穴。只是她功力甚浅，慧范点她的穴时力量虽然并不重，也不是她能自行解开的。方才那火齐珠突然间大放光明，李十二娘只觉身上一热，仿佛有道热流直贯入四肢百骸。她真气不足，冲穴一直示能成功，借着这股力，却一下将慧范所点之穴解了。眼见慧范还要来推自己，一肚子恶气正在没处发的时候，这一掌打得越发清脆。只是这一掌打上，李十二娘自己却震得手掌发麻，人也被震得从棺木上倒了下来，心道：这贼和尚的脸皮好厚！

慧范本以为李十二娘已然精气尽失，纵然不死也只剩一口气，哪知她会突然抽自己一耳光。这一耳光对他来说也毫发无损，他也顾不上与李十二娘纠缠，扑到棺木前定睛看去。这棺木上方开着一个小窗，上面嵌了一块水晶，里面露出的正是太平公主的脸。这十来年里，太平公主的尸身一直放在沉香棺木中，又冻在玄冰里，竟是仍与十多年前一般模样，容貌如生。可再容貌如生，仍是个死人，哪有半点生机。慧范一心以为太平公主已然复活，见此情景，心顿时凉透了。谋划了那么多年的大事，到头来发觉竟是一场空，慧范心中无比绝望，顾不得对付李十二娘，只是想着：这是怎么回事？还魂术每一步都不曾有错，他也不知到底哪一步出了岔子，但太平公主就是没有复活。正在茫然之际，那棺木突然向一边滑去。他大吃一惊，心道：公主复活了！眼见棺木要挤向洞壁，他也顾不得一切，飞身向棺木扑去，一把抓住，回头一看不禁瞪圆了双眼。

原来，是叶英一个箭步冲了上来，一手揽住了李十二娘，接着一脚在沉香棺木一踢。棺木虽沉，但地上积水，被叶英这一脚踢得滑了开去，露出地上一个黑漆漆的洞口。

这正是第二洞里的第二个出口。叶英先前见地上积水尽向玄冰下流去，便猜到这儿会有第二个出口，见果然正是，他大喜过望。虽然这洞口黑黝黝的，里面不知有什么，他也顾不得一切，揽着李十二娘一跃而下。李十二娘此时已恢复神智，觉得被叶英揽在怀里，又是羞涩又是开心，心道：大师哥回来了！他回来了！伸手搂住了叶英的腰，将脸贴在他胸前，只是一动不动。

见正中心居然还有一个洞，铁门外的高力士不由得一呆。他不由分说，一把抓过边上于武陵的铁杖，一下塞进了铁门下方。他的力量自是远不如于武陵，内力却强过于武陵甚多，铁门被他别得开了个大口子，高力士一下钻了进去，还没等站稳，一掌切在了右腿阴陵穴上。这一招“六龙飞辔”使出，慧范轻功再高，数丈之内也逃不脱，只是明明身前有个大洞，慧范竟是动也不动，高力士一下冲到他跟前，左掌在他颈后一切，右掌已斩向他腋下。这一招有一式厉害后招，只是“砰砰”两声，高力士的后招根本不曾用出来，两掌尽已切在慧范身上。慧范中了两掌，这才直直地倒在了地上。

高力士两掌打中，反倒一怔，见慧范仍是动也不动，伸手试了试他鼻息，惊叫道：“死了！”

铁门“咣”一声开了，李隆基在几个武士簇拥下走了过来。他却没理睬慧范，走到了那沉香棺前，喝道：“开棺！”边上一个持斧的武士听得，举斧将棺盖劈开。一打开盖，露出了里面一个中年妇人来。

看到这中年妇人的尸身，李隆基长舒了一口气，喃喃道：“太平啊太平，朕还只道你真个能重生呢，原来我们都被人骗了。这样也好，不必再杀你一遍了。”

高力士在一边听得遍体生寒。他过来小声道：“陛下，慧范已死了，他定是心灰意冷到了极处，霎时而亡。”

李隆基扭头看了看慧范的尸体，低声道："他上了那么多年当，此时才算明白过来，自是了无生趣了。哈哈，不消说他，连朕也是上了澄印这个大当了。"

澄印的还魂术让李隆基极为神往。本以为有了还魂术，那开元盛世也能永世传承下去。只是看到太平公主仍是一具毫无生机的尸体，他此时才知道，这些所谓的法术终究还是虚妄。慧范更是因为多年来唯一的执念瞬间破灭而心碎致死。李隆基虽不至猝死，但这份失望亦是溢于言表。高力士小声道："此事本来便无理可喻，陛下不必挂怀。"他长了长身，又道："神策诸将听令，即刻搜山，不得放过一人！"

下完了令，他扭头向高力士道："力士，出去吧，这洞中实让我万分不快。你让人将这两人的尸身就地埋了，普天之下，莫非王土，这两个乱臣贼子，朕也法外开恩，在这停香谷中给他们一块葬身之地。"

高力士点头道："此是陛下仁德。"他顿了顿，又小声道："方才从洞中遁走的那两人……"

李隆基听他提起叶英和李十二娘，眼里竟异样的有些茫然，低低道："一个是忆盈楼公孙大娘弟子，一个是藏剑山庄叶家子弟，是么？"

高力士一躬身道："陛下神武睿智，确是此二人。"

李隆基想了想，忽然笑道："既然已入我彀中，谈何逃遁？引路的烟花，应该就是他们放的。给秦将军传令，放这几人出谷去吧。"

"天下英雄入吾彀中矣"，这句话乃是昔年太宗皇帝见到新取的进士鱼贯而出时所言。高力士一怔，他还记得陛下先前说过，有谁胆敢出谷，责令驻守谷口的天策诸将格杀勿论，但此时为何要放这几人走？只是他也不敢多说，跟前李隆基出了洞。直到他们出了洞，才有武士从洞顶取下了火齐珠，前来交给李隆基。李隆基把玩着这珠子，叹道："无论如何，朕得知此珠竟有如此妙用，倒也是澄印之功。"

听陛下说起澄印，高力士近前了一步道："陛下，这澄印到底为何要设此骗局？"

澄印说有还魂术，不仅慧范信之不疑，陛下也颇为期待，但这还魂术最终还是个骗局。李隆基眯起眼看了看对面的山顶，低低道："当年澄印献这还魂术，真正的用意，朕猜想多半是为了那人鼎吧。"

高力士道："人鼎？"

李隆基点了点头道："这人鼎今年一十有五，那就是生于景云元年。这一年发生了什么事，力士，你还记得吧？"

高力士的身子微微一振，垂首道："奴婢记得。"

景云元年，正是陛下诛韦后一党，将父亲睿宗扶上帝位的一年。那一年里，与陛下一同向韦后一党下手，也正是太平公主。韦后弄权数年，同党受诛有数十人之多。李隆基仿佛看到了一点隐约的什么，喃喃道："那一年，安乐府中，曾搜出一个婴儿，你可还记得？"

韦后之女安乐公主李裹儿，曾是个权倾一时的跋扈之人。高力士点了点头道："奴婢还记得，这婴儿正是澄印搜出。"

李隆基转过身道："你可知澄印的俗家姓名？"

高力士一怔。他虽然精干，但澄印已死多年，他也根本没想过要去查一个死去多年之人的俗家姓名。他道："奴婢不知。"

李隆基道："澄印的俗家姓，乃是姓武。"

姓武！高力士的眼睛一下睁大了许多。这个姓氏与李唐皇族可谓纠缠不清，就算陛下，亦是武后的嫡亲孙子，身体里也同样流着武氏的血脉。而安乐与太平两公主，不仅同样也有武氏血脉，还都曾嫁给武氏为妻。陛下对武氏，可谓既恨之入骨，又有一丝说不清道不明的亲情在吧。高力士自不敢妄加揣测，也不敢多嘴，只是静静地听着。李隆基又道："他的俗家名字，便是武承宗。"他顿了顿，又道："是武承嗣之弟，也就是安乐后夫武延秀的亲叔父。"

竟然还有这层关系！高力士险些要叫出来。他自认精明强干，但真个论到精明强干，实不能及陛下万一。当年澄印搜出来的小婴儿，自是安乐公主与武延秀之女了。落到斩草必要除根的太平公主手上，就算只是个小婴儿，定也难逃活命，但那小婴儿也是澄印的嫡亲侄孙女，因此澄印才以返魂术为借口，保下了这小婴儿吧。他道："慧范被澄印骗了这么多年，诚是蠢笨之极。"

李隆基忽然长叹了口气，低低道："此事若无太平首肯，慧范岂会信之不疑？便是朕，也要等此时诸事线索都已齐备连贯后，方才猜出真相。而武后曾想在太平孀居后把她嫁给武承嗣，她岂会不知澄印的真正用意？朕今日方才明白，姑姑这等人，当时亦动了恻隐之心。"

太平公主虽是李隆基的亲姑姑，但李隆基称她只是"太平"

两字，直到现在却突然改叫“姑姑”。高力士没敢再说话，心知现在自己不管说什么都错，不如不说。陪着李隆基走出了第二洞，站在平台上望去，只见谷中四处都是在搜山的神策军卒。他们奉了陛下之命搜山，自是一个都不能放过。只是谷中再无旁人，他们这一番搜山自是白费力气。

看着四野的军卒，李隆基忽然道：“力士，那少年，是叫叶英么？”

高力士听陛下问起叶英，忙上前道：“正是。陛下，这少年乃是藏剑山庄的大公子。可要将藏剑山庄平毁了？”

李隆基摇了摇头道：“不要了。只消藏剑山庄没做什么大逆之事，便什么都不要管。”说着，他又极轻地道：“我也不想他变成第二个谢云流。”

这句话李隆基说得极轻，但高力士仍然听到了，他惊愕得说不出话来，不仅陛下前所未有地称上了“我”，更是陛下提起了那个已多年不曾提过的名字。

很久以前，谢云流和陛下也曾是好友。但再好的好友最终也会反目，而陛下，原来直至今日，仍在心底藏着那一份久逝的友情啊。一瞬间，高力士也似乎明白了陛下放走叶英诸人的原因了。

此时的叶英背着苏苏，领着李十二娘刚离开谷口。他生怕苏苏醒过来会大吵大闹，因此暂时还没解苏苏的穴道。从地下水道逃出了第二洞后，他一直都万分担心会被陛下的武士们发现，但直到将苏苏带出来，仍然没被发现。此后的事顺风顺水，甚至顺利得让叶英都不敢相信，就这般轻轻巧巧地离开了这是非之地。

走出谷口时，他又转过头，小声道："李师妹，还记得当初我给你吃了什么？"

李十二娘嫣然一笑道："两个糖球，一个橘子味，一个石榴味。大师哥，你还不信我是李十二么？我可没变成什么太平公主。"

叶英讪讪一笑，说道："以防万一。"虽然他初听到有还魂术时万分不敢相信，但还魂术被证明是假的后，他倒又有点疑神疑鬼了。只是问了好多当初的事，李十二娘答得都滴水不漏，若她真成了太平公主的话，这太平公主神通也太大了点，竟连五年前自己给她吃过什么糖都知道。他顿了顿又道："李师妹，方才多谢你给我颂那剑诀，那时我险些入魔。"

李十二娘又是一笑，说道："我知道大师哥你才不会变成那贼和尚似的。"

与李十二娘说笑了一阵，叶英却回头看了看。他的心境并不似李十二娘那般轻松，这件事仍然有太多的谜团。慧范这些人当初到底为什么要对藏剑山庄的人下手？李十二娘到底是怎样的身世？这些谜，难道就永远是个谜了吗？还有那位救过自己一命的忆盈楼前辈，她有没有离开停香谷？只是自己已经出谷，已没有再冒险回去的道理。

前辈，你自己保重吧。叶英想着，再不回头，走出了山谷。他却不曾发现，当他们走出谷口时，林中有一双眼睛正盯着他们。

那正是天策府的秦颐岩。

秦颐岩只有等他们走后，才打马出来。先前有几个行脚僧想逃出山谷，被守在谷口的天策武士一枪一个，尽都了账。天策符的武士精于伏击冲锋，以快马疾驰，突下杀手，方才那两个出谷去的少年武功再高，取他们性命并不烦难，只是秦颐岩不知陛下为何下令要放走他们。

陛下，也是动了恻隐之心么？他想着。

此时远远地见到一群人走了过来，为首的正是陛下。秦颐岩上前见过礼，说了方才有两个少年男女带了个小女孩离去之事，李隆基只是点点头，没有说什么，下令收队回营。他也知道天策府与神策府两方素不相容，自己在时双方尚能顾全大局，自己一旦离开，这两支人马只怕会先行打起来，因此下令秦颐岩率天策武士回洛阳，自己带着神策武士回长安城去。

直到李隆基一行人走了许久，在谷口的一棵大树之上，一个人忽地一长身，站在了一根大枝杈上。

这是个中年妇人，已不复先前的老态。看着李隆基消失的方向，妇人许久没有说话。她的易容术和隐藏之术堪称天下独步，神策武士搜山时也知谷中多半已无人，搜得并不仔细，更不曾想到她一直便躲在谷口的大树之上。

隆基，你可知我已饶了你一次。

李隆基出谷时根本没想到她会躲在谷口这棵大树上。当时她若出手，虽然肯定会被天策、神策两府武士乱刃分尸，但刺杀李隆基的可能亦是很大。只是，她最终仍然没有出手。毕竟，这个人放过了李十二娘，虽然他并不只是因为动了恻隐之心。

她默默地看着，忽然，眼里滴下了两滴泪水，正砸在身下的枝杈上。因为这十一年来，她第一次知道，那最小的女儿原来真个还活在世上，而且，离自己还那么近。

尾　声

秋雨连绵，又是一年了。人都已大了一岁，但这废寺却仍是废寺，似乎毫无变化。

陆浩靠在了一根柱子上，不住地喘息。看着面前这人，好一阵才道：“叶英兄，你的剑术竟然到了这等地步！一年前，这寺里就躺过两个死人，我以为今年又会躺一个。”

一年前，两人曾经相约一年后再在此重新比试。事过半年，虽然明知只是比试，但出剑之时陆浩仍是紧张万分。叶英的剑术和自己招式仍是大不一样，但剑意也仍是一般无二。一年过后的今夜，他好几次以为自己要输了，最终仍是撑了过来，还胜了半招。只是他心里并不如何高兴，因为得到了四个剑意图后，这一年里他一直在勤修苦练，本以为必能大大胜过叶英，谁知还只是半招，而且他也知道叶英有雀目症，到了晚上就看不清。说起来，实是自己输了才是。

他正想着，叶英在那边回道："彼此彼此。"说着，突然扔过一个东西来道："接着吧。"陆浩伸手一把接过，却见又是一片竹片。这竹片要比当初叶英给他的那片大些，也不似那片一样陈旧，上面却刻了七个图。

一看到七个图，陆浩只道自己看错了，揉了揉眼，发现真是七个。他对问道剑前四式已是熟而又熟，也如叶英一样手一摸就知道了，怎么也没想到叶英突然扔出的这竹片上竟会有一个全套，不由得又惊又喜，叫道："啊！叶英兄，这正是问道剑的全部七剑么？"他突然有些狐疑，问道："叶英兄，这若是真的，你为何自己不练后三式？"

方才的比试陆浩看得清楚，叶英的剑术虽然与自己大相径庭，但剑意却与自己一般无二，只是分明仍是"刚明柔暗"四字，并不见自己尚不知的。叶英却淡淡道："应是不假，只是我尚未参悟后三图。"

陆浩一怔，问道："为什么？"

叶英道："一年前，我答应与陆浩兄比个高下。但因缘巧合，被我先得了七剑全套。若我先行参悟后三图，岂不是有违与陆兄平手而斗，一决甲乙的初衷？但从今日起，便开此戒，陆兄还需小心。"

陆浩又是一怔，半晌叹道："一诺千金，叶英兄诚天下信人，陆某拜服。"当初约定时，并没有约下平手而斗这协议，但叶英却不占这便宜，硬是这一年里不去参悟新得的三剑，陆浩想到此处，不禁佩服得五体投地。

叶英道："拜服倒不必了。不过陆兄，你将你的真实身份跟我一言吧？”

陆浩心头一动，打了个哈哈道：“叶英兄说笑了。我么，姓陆名浩——”哪知他不曾说完，叶英忽道：“令狐！”这一声极为突然，陆浩下意识地道：“什么？”说出了口方知失言，却已覆水难收，一张脸登时涨得通红。好在叶英到了晚上看不清，也看不到他脸红得如虾子一般。他心知瞒不过，只想了想便道：“叶英兄想必是遇到了柴子琦先生吧？”

叶英听他一口便叫出柴子琦，倒也佩服，说道：“正是。陆兄倒是神机妙算。”

陆浩淡淡道：“这也不算神机妙算，因为在中原，只有柴先生知道我真姓令狐。”

叶英道：“我还知道你是明教中人。”

这话又如晴天霹雳，陆浩期期艾艾道：“叶……叶英兄，你又如何知道？”

叶英道：“你说什么去年这寺里躺过两个死人。知道此事的，除了我们，便只有那些下手的行脚僧，还有就是明教的六刀使。何况，陆浩兄你这化名，岂不正是‘六号’二字么？”

陆浩喃喃道：“真是瞒不得叶英兄半点，你大概是属狗的，鼻子这般灵。”

他虽然没有直说，但这般说自是承认了。叶英道：“在下奇怪的倒是一点，你有如此剑术，为何会加入到明教六刀使中？其余五刀使难道不防你有异心？”

明教的六刀使也就是刀阵厉害，单打独斗实是无甚可取。而陆浩如此剑术，加入六刀使实是弃已之长而从人之短，叶英最不明白的就是这点。陆浩却叹了一声道："叶英兄，有些事不足向外人道也，在下也不愿多说。现在在下已离开明教，那五位兄弟就算防我，也已防不着了。"

叶英却是一怔，诧道："你离开了明教？明教不追杀你么？"

明教不比其他门派，进了后想要退出的绝无仅有，除非是叛乱后另扯旗号。陆浩道："然。好在少教主助了我一臂之力，明教上下只道我已死了。"他说到这儿，打了个哈欠道："此事也不必细说。叶英兄，如此大恩，真不知该如何报答，一年后，我若有何心得，必倾囊以授。"

叶英摇了摇头道："不必了。陆兄所得，是陆兄的，叶英所得才是叶英的。只是陆兄，我到底叫你陆兄好还是令狐兄好？"

陆浩道："还是叫我陆浩吧，至少这名字我也用惯了。"他说着，站起身来道："雨也停了，就此一别，明年的今日今时，再在此地相约吧。"

叶英道："好，陆兄保重。"

听着陆浩远去的脚步声，叶英站在房柱边，默默无语。虽然问道剑的后三剑他确实未曾参悟，但初初一看，心中更增寒意。

这后三剑，亦可以一字概括，便是"虚""慢""空"三字。叶英说自己不曾参悟，其实并不甚切，在与慧范的一战最后，他其实便已经用上了一点"虚"字诀。但当时那一剑已入魔道，他自己也很清楚。这三字已不复前四字的平和，就算不入歧途，剑势之凌厉也可想象。

真个用上后三剑的剑意的话，恐怕，比试就会成为生死相搏了。不知为何，叶英心里有种异样的感觉。

陆兄，你会死在我剑下吧。我答应你，你死了，我必为你做一件事。

生死与之，此志不渝。

方才停下了的雨突然间又下了起来，仿佛为了叶英发下的这句誓言而哭泣。夜还长，路亦长，叶英从一边拿起了伞，撑开了向前走去。虽然看不清道，但他仍是走得极为坚定。无论这路有多长，多么难走，他都会一步步地走下去。

图书在版编目（CIP）数据

洗心问剑·壹／燕垒生，剑网3项目组著．—北京：新星出版社，2016.6

ISBN 978-7-5133-1970-6

Ⅰ.①洗… Ⅱ.①燕… ②剑… Ⅲ.①侠义小说－中国－当代 Ⅳ.①I247.5

中国版本图书馆CIP数据核字（2015）第292483号

洗心问剑·壹

燕垒生，剑网3项目组著

策划编辑： 陈　曦
责任编辑： 陶凌寅
责任印制： 李珊珊
装帧设计： 阿　鬼

出版发行： 新星出版社
出 版 人： 谢　刚
社　　址： 北京市西城区车公庄大街丙3号楼　100044
网　　址： www.newstarpress.com
电　　话： 010-88310888
传　　真： 010-65270449
法律顾问： 北京市大成律师事务所

读者服务： 010-88310811　service@newstarpress.com
邮购地址： 北京市西城区车公庄大街丙3号楼　100044

印　　刷： 北京京都六环印刷厂
开　　本： 910mm×1230mm　1/32
印　　张： 9.625
字　　数： 160千字
版　　次： 2016年6月第一版　2016年6月第一次印刷
书　　号： ISBN 978-7-5133-1970-6
定　　价： 36.00元
